Der geliehene Partner

Erotischer Roman über die Suche nach
einer Moral, losgelöst von der Religion

von

Ekkehard Meyer

Der Autor

Ekkehard Meyer wuchs in einer fünfköpfigen Familie im Nachkriegsberlin auf. Als Schüler begeisterte er sich für den Zusammenschluss Europas und hatte die Gelegenheit in Gastfamilien in Frankreich und England zu leben. Er gründete zusammen mit Freunden die EAG, eine Arbeitsgemeinschaft, die eine Vereinigung Europas unterstützte, für die er Manifeste und Liedertexte verfasste. Der Autor studierte Wirtschaftswissenschaften und Maschinenbau und erlebte intensiv die 1968er Protestbewegung der Studenten.

Die berufliche Tätigkeit führte den Autor in mehrere Städte des süddeutschen Raums. Er gestaltete für mittelständische Unternehmen und Industriebetriebe die ausländischen Vertriebswege und konnte die Denk- und Lebensweisen anderer Kulturkreise schätzen lernen.

Als der Broterwerb nicht mehr im Mittelpunkt stand, widmete sich der Autor zunächst der Musik und später der Literatur. Er ist Mitglied der Literarischen Gesellsaft Karlsruhe, einige seiner Kommentare und seine Bücher: Der europäische Schatten, Wirtschaft ohne Moral, wurden veröffentlicht.
Ekkehard Meyer ist verheiratet, hat zwei erwachsene Söhne und vier muntere Enkel.
Januar 2016

Vorwort des Autors

Der Mensch strebt danach gut zu sein und im Einklang mit sich und seiner Umwelt zu leben und Glück zu erhaschen. Er will ein *Hypermensch* werden, der in der Lage ist, seine niederen Triebe, wie: Hass, Rache, Eifersucht und Gier, zu beherrschen. Dabei behindern ihn oft seine Charaktereigenschaften, die er sich nicht aussuchen durfte und die geprägt sind durch: Erbanlagen, Umfeld und Erziehung.

Der erfolgreiche Pianist Erik kann und will kein treuer Ehemann sein, daher hadert er mit der herrschenden Moral. Insbesondere lehnt er sich gegen das sechste Gebot auf und versucht eine *moralische Orientierung* zu finden, die losgelöst von der Religion sein will. Als er der attraktiven Helena begegnet, wird er von ihrem Zauber gebannt, obwohl er mit Liebe und Verantwortung an seiner *Ehefrau Helga* und an seinen beiden Söhnen hängt.

Seine Konzertreisen führen ihn an viele malerische Plätze in der Welt. Die Leserin und der Leser können eintauchen in die majestätische Winterlandschaft der Alpen, in die Welt der Maories auf Neuseeland, in die Tierparks Südafrikas, sich zurückversetzen lassen in die Zeit der Pharaonen in Ägypten und in das Leben der Mayas in Mexiko, oder die Erhabenheit der Ewigen Stadt Rom auf sich wirken lassen. Sie können Anteil nehmen an den Herausforderungen der Eltern von heranwachsenden Kindern, erhalten Einblicke in die Welt der Oper und können über Missgeschicke hinter den Kulissen schmunzeln.

Immer wieder suchen *Erik und Helena* eine Begegnung, lassen sich vom *Rausch der Sinne* und ihrer Liebe gefangen nehmen

3

und bestehen Abenteuer auf ihren gemeinsamen Reisen. Durch Eriks Verhalten werden die Gefühle seiner Ehefrau ungewollt verletzt und auch *Helena* fühlt sich durch seine Liebe zwar gekrönt, aber auch gekreuzigt. Daher versucht er *das magische Dreieck* aus: Erwartungen seiner Ehefrau, Sehnsüchte von Helena, Wunsch nach Überwindung von herrschenden Moralvorstellungen in einen Einklang zu bringen.

In kurzweilig erzählten Rückblenden werden die Ehen der Großeltern beschrieben und *andere Formen eines Zusammenlebens* betrachtet. Bietet eine ungebundene Partnerschaft Vorteile, ist die WG (Wohngemeinschaft) eine Alternative, kann die Ehefrau beruflich erfolgreich sein, ohne die Kindererziehung zu vernachlässigen, könnte das Familienleben in unterentwickelten Völkern oder in der Tierwelt ein Beispiel geben? Diese Fragen stellt sich Erik und er versucht herauszufinden, ob die *Ehe noch als zeitgemäß* angesehen werden kann und die Forderung nach sexueller Treue der Natur des (männlichen) Menschen gerecht wird. Anschaulich und humorvoll wird auch die reife Liebe beschrieben, die Helga und Erik erleben mit all den *Freuden und Pannen des Altwerdens*.

Geleitwort

Wenn die Liebe dich ruft, so folge ihr,
auch wenn ihre Wege schwer und steil sind.

So wie die Liebe dich krönt,
so kann sie dich auch kreuzigen.
So wie sie dein Wachstum begünstigt,
so ist sie auch für dein Beschneiden.

Khalil Gibran (1883 bis 1931) „Der Prophet"

Der geliehene Partner, Inhaltsverzeichnis

Kapitel 1
Die Begegnung
München, 1985

Einmal mehr blickte die Welt der Kunst nach München, denn die berühmte Gemäldegalerie Steinberg hatte zu einer Vernissage eingeladen. Der Maler, van Tol, der auch internationale Anerkennung fand, stellte Bilder aus seiner jüngsten Schaffensperiode vor und wurde von Besuchern umringt. Dieses Ereignis lockte Künstler, Kritiker, Mäzene, Kaufinteressierte und Neugierige nach München und fand sogar im lokalen Fernsehen Erwähnung.

Die polierten Marmorböden der Galerie, die hohen Säulen, die breite Treppe und die Kerzenleuchter verliehen ihr ein edles Ambiente. Erik saß am Flügel in der Gemäldegalerie und beobachtete die illustren Gäste, als ihm Herr Steinberg ein Zeichen gab mit dem Klavierspiel zu beginnen. Er spielte bekannte Melodien als Hintergrundmusik, die ihm als geübten Pianisten wenig Anstrengung abverlangten. Müßig ließ Erik seinen Blick über die Zuhörer wandern, die sich an Sektgläsern festhielten, in kleinen Gruppen vor den Bildern standen und sein Klavierspielen kaum würdigten. Da traf ihn ein Blick, der ihm so unter die Haut ging, dass er versehentlich einen unpassenden Akkord spielte. Erik erwiderte diesen Kontakt mit einem Gesichtsausdruck, der Verwirrung aber auch Faszination erkennen ließ. Der Blick kam von einer Besucherin, die in einem Halbkreis um den Flügel herumspazierte, als sollte er eingekesselt werden. Sie war schlank, dunkelhaarig, keine schöne, eher eine aparte Frau, Mitte dreißig, mit großen, ausdruckstarken Augen. Sie wirkte eher unauffällig in ihrem grauen Kostüm mit dem lieblos gesteckten Halstuch, nur ihr Blick und ihr Gang in den beängstigend hohen Schuhen, hatten etwas Bemerkenswertes und Provozierendes. Die Füße wurden sorgfältig voreinander gesetzt und ihre Hüfte machte eine kleine schwingende Bewegung bei jedem Schritt, während sie den Kopf so aufrecht hielt, dass ein Buch beim Gehen vom Kopf nicht heruntergefallen wäre. Der Gang erinnerte an den von Mannequins auf einem Laufsteg.

Erik spielte jetzt den Titel, den Frank Sinatra erfolgreich gesungen hatte: Strangers in the night, und beobachtete diese faszinierende Frau aus dem Augenwinkel. Dann legte er eine Pause ein und schlenderte gemächlich zum Büfett, das im Vorraum aufgebaut war. Hier waren Garnelen zu einem Schwan geformt, dem Wappentier der Galerie Steinberg und es gab andere erlesene Appetithäppchen. Erik angelte sich gerade ein Lachsschnittchen, als neben ihm eine flinke Hand nach einer Olive pickte.

„Können Sie den Titel: Blue Moon, für mich spielen?", fragte die geheimnisvolle Fremde, die plötzlich neben ihm stand. Ihm fiel fast das Schnittchen aus der Hand, als er sie so dicht neben sich spürte. „Ich spiele fast alles, was hier gewünscht wird, es ist meine Aufgabe die Besucher zu erfreuen. Ihnen einen Wunsch zu erfüllen, bereitet mir eine besondere Freude. Wollen Sie hier ein Bild kaufen?", gab er lächelnd zurück.

Sie wiegte den Kopf hin und her, knabberte lustlos an ihrer Olive und antwortete: „Ich suche ein großes Bild in Brauntönen gehalten für den Eingangsbereich unseres Gemeindehauses, es soll noch gegenständlich sein, aber auch mit einer Hinwendung zum Unendlichen."

Er schüttelte den Kopf und musste schmunzeln: „Ihre Gemeinde muss wohlhabend sein, wenn sie hier ein Bild erwerben will. Ich versuche mir vorzustellen, wie der Maler eine Hinwendung zum Unendlichen auf die Leinwand bringen könnte. Musikalisch könnte das vielleicht gelingen."

Sie blickte ihm nun voll ins Gesicht. „Ich habe wenig Hoffnungen hier ein geeignetes Bild zu finden, aber wie sich die Unendlichkeit musikalisch einfangen lässt, das würde ich liebend gerne hören."

Mit einem Blick zum Flügel sagte er: „Die Arbeit ruft", und ging zurück in den Ausstellungsraum. Erik spielte zunächst ein paar Titel, dann nahm er das Mikrophon in die Hand und verkündete mit süffisantem Lächeln: „Und nun: Blue Moon, auf Wunsch einer bildersuchenden, himmelwärts gewandten Dame." Er spielte zunächst diesen Titel, wie er in den Noten steht, aber dann wandelte er das Thema ab und improvisierte eine Melodie hinzu mit zarten, fast sphärisch klingenden Tönen, die in ein großes Crescendo mündete und der Fremden und auch anderen Zuhörern sichtbar unter die Haut ging.

Erik Müller war ein bekannter und gesuchter Pianist, groß, sportlich mit braungelocktem Haar, stets gutgelaunt, der mit einer unterhaltenden und witzigen Moderation zu jedem vorgetragenen Titel seine Zuhörer fesseln konnte. Viele Besucher sind wohl zu der Vernissage mehr gekommen, um ihn zu erleben und weniger, um Bilder zu kaufen.

Gegen zweiundzwanzig Uhr ging die Ausstellung zu Ende und Erik fragte die Fremde, ob sie gleich nach Hause gehen müsse, oder noch auf ein Glas Wein in die nahegelegene Weinstube mitkommen wolle. Sie nickte, ohne zu zögern und stöckelte neben ihm her, hatte aber auf dem Kopfsteinpflaster mit den hohen Schuhen Schwierigkeiten und hakte sich, ohne zu fragen, bei ihm ein. In dem Weinlokal wählte sie, mit Hinweis auf die Heimfahrt mit dem Auto, ein Glas Sprudel und er bestellte sich einen kräftigen, trocknen Spätburgunder. Sie stellten sich gegenseitig vor. Ihr Name: Helena, gefiel ihm, er erinnerte an die schöne Frau aus der griechischen Mythologie, die von Paris entführt wurde und den Trojanischen Krieg ausgelöst hatte. Erik wollte mehr über sie in Erfahrung bringen, insbesondere, interessierte es ihn, ob sie verheiratet ist und er fragte scheinheilig:

„Überlässt Ihr Ehemann immer Ihnen die Auswahl von Bildern, oder mag er Vernissagen nicht?" Helena erkannte sofort den Pferdefuß in seiner Frage und überlegte, ob sie sich öffnen wollte und antwortete: „Mein Mann ist farbenblind oder farbschwach, wenn man es freundlicher formulieren möchte, übrigens sind das über zwanzig Prozent der Männer, Frauen sind sehr selten von einer Farbschwäche betroffen, er interessiert sich schon deshalb nicht für Bilder. Begleitet Ihre Frau Sie nicht auf ihren Tourneen?"

Er trug zwar keinen Ehering, aber machte auch keinen Hehl aus seinem Familienstand, wenn er danach gefragt wurde: „Sie begleitet mich in Länder, die sie gerne sehen möchte, wenn wir einen Betreuer für unsere beiden Söhne finden und das ist selten der Fall."

„Wie sind Ihre Söhne und vermissen sie nicht den oft verreisten Vater", hakte sie interessiert nach.

„Pascal ist jetzt acht Jahre alt, hat wohl von seinem Vater einige Gene mit auf den Lebensweg bekommen, er spielt gut Klavier, steht gerne im Rampenlicht, hat ein ausgleichendes und fröhliches Gemüt, sprudelt vor Ideen und ist im Alltag etwas anstrengend. Rudolf ist erst sechs Jahre alt, hat von seiner Mutter die Sensibilität mitbekommen, versucht alles mitzumachen, was der Ältere ausheckt und ist ein sonniges, unkompliziertes Kind. Nach der Geburt von Pascal hat meine Frau, Helga, ihr *Medizinstudium abgebrochen, um sich voll der Kindererziehung widmen zu können.* Gelegentlich kommt der Ehemann dabei zu kurz."

Helena zuckte leicht zusammen, als hätte er ihr einen Vorwurf gemacht: „Unser Sohn Carsten ist jetzt dreizehn Jahre alt, er ist zwar intelligent, aber er spielt überall den Clown, verhält sich aufmüpfig und befindet sich derzeit in einer schwierigen Phase. Irgendwie hat er von Anfang an seine Mutter nicht beachtet, er strahlte immer nur seinen Vater an. Damals war das Geld bei uns knapp, auch konnte ich mir ein Leben zuhause nur mit Putzen und Windelnwickeln nicht vorstellen, daher habe ich, sobald ich konnte, *meine berufliche Tätigkeit in meiner Steuerkanzlei wieder aufgenommen.* Es hat mir Spaß gemacht mit Kunden zusammenzukommen, Probleme zu lösen, die Kanzlei erfolgreich zu machen und Geld zu verdienen. Meine Mutter kümmerte sich liebevoll um ihren ersten Enkel und wirkte fast traurig, wenn sie ihn abends wieder abgeben musste."

Erik wirkte nachdenklich und ihre Darstellung überzeugte ihn nicht ganz. Er stellte sich seinen Sohn vor, der von der Schule mit seinen Problemen heimkommt und keine Mutter, sondern nur die Oma vorfindet. Dennoch interessierte ihn diese Frau, auch weil sie berufstätig war und Mutter:

„Ich kann mir gut vorstellen, dass eine aktive, vom beruflichen Erfolg verwöhnte Frau, zu wenig Erfüllung bei der Kinderbetreuung findet. Ich halte jedoch *den Mutter-Kind Kontakt in den ersten Lebensjahren für wichtig* und war froh, dass Helga nicht nach beruflichen Erfolgen strebte. Das zusätzlich verdiente Geld wird auch zusätzlich ausgegeben und wird nach einiger Zeit gar nicht als Zusatzeinkommen oder Erhöhung des Lebensstandards wahrgenommen."

Helena lehnte sich zurück und sah ihm bohrend in die Augen: „Hat Ihre Frau den Verzicht ihrer beruflichen Karriere erklärt oder haben Sie ihn eingefordert? Wir Frauen sind schon mit der Geburt belastet, sollen wir automatisch auch noch mit der Betreuung der Kinder bestraft werden und auf eine berufliche Tätigkeit verzichten?"

„Ich begrüße es, wenn der Frau die Kindererziehung wichtiger ist als ihre Karriere, einfordern sollte man es nicht."

Das ganze Thema war ihr wenig angenehm und daher lenkte Helena das Gespräch schnell in eine andere Richtung: „Waren Sie schon einmal in Neuseeland? Die Berichte, die ich von diesem Land gehört habe, fesseln mich und ich würde gerne auf einem Segelboot in den Wellen des Pazifiks kreuzen und auch das milde Klima und die Schönheit des Landes erleben, sowie mich in die Welt der Magie der Maoris entführen lassen."

Er nickte mit dem Kopf und sein Gesicht strahlte bei dem Gedanken an dieses Land: „Ja, ich hatte ein Konzert in Auckland und empfand Neuseeland als eines der schönsten Länder, das ich je auf meinen Reisen kennengelernt habe. Aber ist es entsetzlich weit, wenn das Flugzeug in Singapur zwischenlandet, dann hat man gerade einmal die Hälfte geschafft und man fühlt sich bei den freundlichen Menschen dort auch am Ende der Welt. Zu einer Segelbootfahrt fehlte mir die Zeit und der einzige Maori, mit dem ich sprechen konnte, war mein Taxifahrer. Die Landschaft hat mich an die Schweiz erinnert, nur dass es in Neuseeland wärmer ist und man sieht zusätzlich das Meer mit unzähligen Segelbooten."

Sie warf ihm einen bewundernden Blick zu und fragte: „Haben Sie keinen Ausflug gemacht und mussten gleich zurückfliegen?"

„So etwas tue ich mir nicht an, ich habe schon einiges ansehen können, aber ich war ja nicht als Urlauber dort. An einem Sonntag habe ich mir ein Auto gemietet und bin auf der Nationalstraße eins nach Rotorua gefahren, das zu den interessantesten Thermalzonen der Erde zählt. Dabei muss man sich beim Fahren nach jeder Kurve sagen: Schön links bleiben, denn wo einst die Engländer herrschten, gibt es heute noch Linksverkehr. Heilkräftige Quellen sprudeln dort an jeder Ecke aus dem Boden und wer ein Bad im Mineralwasser der

Polynesian Pools nimmt, wird von allen Gebrechen geheilt, aber nur, wenn er daran glaubt. Besonders beeindruckend sind die Geysire, sie schießen heißes Mineralwasser und Dampf in unterschiedlichen Zeitabständen fünfzehn Meter in die Höhe. Die Energiekosten für das Kochen sind in dem Maoridorf Whaka sehr gering, die Hausfrau stellt den Topf mit Gemüse morgens einfach in ein Erdloch und wenn sie mittags vom Feld kommt, dann ist das Gemüse gar."

„Ach, ich würde mir gerne fremde Länder ansehen, aber mein Mann scheut weite Reisen und daher bleiben so exotische Ziele für mich wohl nur ein Wunschtraum", bemerkte sie mit gesenktem Blick und lehnte sich zurück.

„Führen Sie denn ein so strenges Regime *in Ihrer Ehe, dass die Partner nichts alleine unternehmen dürfen* und wird das von beiden Seiten so gewollt?"

In Helenas Gesicht konnte man einen Hauch von Enttäuschung wahrnehmen: „Heinrich ist Pfarrer und steht daher etwas im Rampenlicht und von einer Pfarrersfrau erwartet man die Einhaltung gewisser Spielregeln. Auch haben wir uns bei der Trauung die gegenseitige Treue in der Ehe versprochen."

Erik machte ein nachdenkliches Gesicht und kippelte auf seinem Stuhl vor und zurück, als wolle er ein wackliges Gleichgewicht demonstrieren: „Wenn sich der eine Partner zum Beispiel nicht für Musik interessiert, dann kann der andere Partner trotzdem alleine in ein Konzert gehen, ohne die eheliche Treue zu verraten."

„Heinrich würde mir das zwar nicht verbieten, aber er würde mich deutlich fühlen lassen, dass er es missbilligt, mit Fragen: Wie lange dauert das Konzert, wann bist du wieder zuhause, geht denn niemand mit zu dem Konzert, was gibt es heute Abend zu essen. Er würde mich belauern, da er befürchten würde, hier eröffnet sich die Möglichkeit den Pfad der Tugend zu verlassen."

„Dann sitzt jetzt Ihr Mann daheim und trommelt mit den Fingern auf dem Tisch, weil er jede Minute bis zu ihrer Rückkehr zählt?" Ihr Gesicht entspannte sich und sie setzte ein Schmunzeln auf, das ihm sehr gut gefiel: „Eigentlich haben Sie Recht mit ihrer Vermutung, nur befindet er sich heute auf einem Kongress und erfährt gar nicht, wann ich nach Hause komme. Sonst würde ich auch jetzt nicht hier sitzen."

Am Nachbartisch nahm jetzt rumpelnd ein älteres Ehepaar Platz. Er war von stattlicher Größe und sein Bauch schwappte in zwei Wellen über den Gürtel. Seine Kleidung wirkte gepflegt und das Gesicht mit dem grauen Schnauzbart, den eng beieinander liegenden Schweinsäugelein und dem Doppelkinn etwas feist, seine Gesten hatten etwas Gebieterisches. Der mitgeführte, pummlige Hund machte einen müden Eindruck, er hatte ein zottiges Fell und sein Gang war watschelig, als hätte er den Gang von seinem Herrchen übernommen. Sie versteckte ihre welke Haut, so gut es möglich war, unter teurem Schmuck, das Haar war etwas zu dunkel gefärbt und man sah leicht den hellen Haaransatz. Das elegante, prall gefüllte Kostüm ließ zwar auf einen gewissen Wohlstand schließen, aber es verriet auch, dass sie den Kampf gegen die Pfunde längst verloren hatte. Das Paar hatte sich nicht mehr viel zu sagen, denn sie sprach unentwegt nur mit dem Hund: Purzel Platz, ja, brav, hier dein Leckerli. Er starrte alle Gäste weiblichen Geschlechts schamlos an und ließ dann die junge Kellnerin kommen. Sie stellte mit ihrem flotten Gang, dem langen, blonden Haaren und ihrem frischen Lächeln einen erfreulichen Kontrast zu dem mürrischen Paar dar:
„Ach, Ihnen möchte ich auch einmal im Mondschein begegnen!", sagte er und gab ihr einen kleinen Klaps auf den Po, um zu unterstreichen, in welche Richtung seine Vorstellungen gingen. Die Kellnerin hätte ihm gerne eine passende Antwort gegeben,

aber sie durfte den Gast nicht brüskieren, daher trat sie einen Schritt zurück, lächelte verkrampft und sagte artig: „Dann würden Sie sicherlich ihre Frau nach Hause begleiten."

Erik hatte den Eindruck die Gäste am Nachbartisch würden zuhören, daher fuhr er leiser fort:

„Bei einer Frau, die mir nur treu ist, weil sie keine Gelegenheit zur Untreue hat, wie es in manchen arabischen Ländern der Fall ist, müsste ich doch befürchten, dass sie die erste Gelegenheit zur Untreue sofort nutzen würde und sie daher dauernd eingesperrt lassen. Der Mann, der nur treu ist, weil keine Frau ihn reizvoll findet, ist eigentlich nicht treu, sondern nur chancenlos. Wenn schon Treue, dann sollte sie einer inneren Überzeugung entspringen und sollte nicht basieren auf der Furcht vor Strafe oder der Angst davor, die Moralvorstellungen der Mitmenschen zu verletzen."

Helena setzte sich aufrecht hin, richtete ihren Blick in die Ferne und es entstand eine unangenehme Gesprächspause: „In der Kirche habe ich vor der versammelten Gemeinde gelobt: Ich bin treu, bis dass der Tod uns scheidet. In der Bibel heißt das *sechste Gebot: Du sollst nicht ehebrechen.* Ein ähnliches Gebot findet man auch in anderen Religionen, daher hat es sicherlich einen tieferen Sinn. Darf der Mensch sich über die elementaren Regeln des christlichen Zusammenlebens hinwegsetzen?"

Erik beugte sich vor und sah ihr lächelnd direkt in die Augen: „Auch ich wurde in der Kirche getraut, nicht aus innerer Überzeugung, sondern weil ich sonst beide Mütter in die Verzweiflung gestürzt hätte und weil die Kirche mit Orgel und Glanz einen passenden Rahmen für eine Trauung bildet. Da ich mich kenne und auch zu meinen Eigenschaften stehe, bin ich vorher mit meiner Frau zu dem Pastor gegangen und habe ernsthaft erklärt, dass wir der Frage: Willst du treu sein, bis dass der Tod euch scheidet, nicht zustimmen können. Wir sind dann übereingekommen den Text so zu ändern, dass ich zustimmen konnte. Ich finde die Formulierung: Willst du an der Seite deiner Frau stehen und zu ihr halten in guten und in schlechten Zeiten, ist mehr auf den Menschen und die Praxis zugeschnitten. Wir haben in Deutschland inzwischen eine Scheidungsrate von fast fünfzig Prozent, hier wird das Band der Ehe nicht durch den Tod, sondern durch den Scheidungsrichter getrennt."

„Auf diese Abänderung hat sich der Pfarrer eingelassen?", fragte sie ungläubig.

„Er hat ohne zu zögern zugestimmt und das schon 1975, vielleicht auch weil er selbst über diese Formulierung nicht ganz glücklich war. Die kirchliche Trauung hätte sonst nicht stattgefunden."

Die Kellnerin kam vorsichtig, den Nebentisch meidend, vorbei und fragte nach Getränkewünschen. Helena bestellte sich jetzt ein Glas Sekt lehnte sich entspannt zurück und fragte provozierend: „Sind Sie und Ihre Frau sich treu?"

„Wir stehen zueinander, aber in sexueller Hinsicht zählen wir beide zu den Sündern, ich glaube sonst würde diese Ehe auch nicht mehr bestehen. Ein Seitensprung kann eine belebende Wirkung in der Ehe haben."

„Ich bin der Überzeugung, wenn man sich in einer Beziehung wohl fühlt, dann hat man gar nicht das Bedürfnis nach einem anderen Partner und wenn man mit einem Anderen schläft, dann zerbricht etwas in der alten Beziehung."

Erik nahm schmunzelnd einen Schluck Wein und fuhr sich mit der Hand durch das Haar: "Ich *fühle mich in meiner Ehe wohl, kann aber die Reize von anderen Frauen nicht übersehen.* Wie singt Hildegard Knef so schön als Frau: Soll so etwas Schönes nur einem gefallen, die Sonne, die Sterne gehören auch allen. Im Rausch einer jungen Beziehung könnte die Erde versinken und man möchte auf ewig mit diesem Partner zusammen sein, aber dieser Rausch hält nicht ewig an und das ist von der Schöpfung so eingerichtet, weil die Erhaltung der Spezies Mensch eine hohe Priorität hat und mit wechselnden Partnern wird die Erhaltung der Art sicherer!"

„Wechselt Ihre Frau auch den Partner und wie funktioniert so etwas im Alltag, kündigt sie dann an: Heute bin ich bei Peter, morgen bis du wieder dran?"

Er zögerte einen Augenblick, denn er befürchtete, dass Helena ihn wegen seiner Einstellung verachten könnte, aber er entschloss sich dann doch zu antworten: „Frauen sind sicherlich zurückhaltender als Männer. Die Hippiebewegung hat damals zu einer toleranteren Moral geführt. Man wollte die bürgerliche Doppelmoral anprangern und provozieren und gab sich in der Sexualität besonders freizügig, auch die Frauen. Der Spruch machte die Runde: Hast du zwei Mal mit derselben gepennt, gehörst du schon zum Establishment. Auch in unserem Freundeskreis wurde unter Eheleuten der Partnertausch praktiziert. Man lud gelegentlich ein anderes Paar ein, das einen Reiz ausübte und das eine tolerante Einstellung zur Sexualität hatte. Wenn die Frau interessiert war, dann nickte sie ihrem Mann diskret zu und das war dann die Lizenz mit Lust ans Werk zu gehen und umgekehrt. Fiel das Nicken aus, wurde locker geplaudert und der Abend wurde bald beendet."

Helena hörte mit Faszination zu, aber sie konnte sich das alles noch nicht so richtig vorstellen:

„Es ist doch nicht auszuschließen, dass dabei eine ungewollte Schwangerschaft entsteht und dies Experiment plötzlich eine dramatische Wendung erfährt, oder der Partner sich verliebt in seine Gespielin."

„Schwangerschaftsverhütung war für unsere Eltern ein großes Thema", flüsterte Erik hinter vorgehaltener Hand, „heute hat es glücklicherweise seine Dramatik verloren. Wäre unser Leben ohne jedes Risiko nicht furchtbar monoton und langweilig und würde in die Spießigkeit führen? Erschreckt Sie nicht der Gedanke einen Ehealltag so zu führen, wie das Ehepaar am Nebentisch? Ist das Abenteuer nicht das Salz in der Suppe unseres Lebens?"

Sie schien für einen Moment sehr nachdenklich und betroffen zu sein und schwenkte hilflos ihr Sektglas, dann fasste sie sich wieder, hob den Kopf und sagte: „Ich glaube, dass Gott der Schöpfer der Erde und des Menschen ist. Er hat uns zwar den Auftrag gegeben uns zu vermehren, aber uns auch geboten die Ehe nicht zu brechen. Mit der fleischlichen Lust will er uns in Versuchung führen und er erwartet von einem tugendhaften Menschen, dass er seine Triebe beherrschen kann und die göttlichen Gebote einhält."

„Ich habe meine liebe Not mit dem *oft missbrauchten Wort: Gott*, und insbesondere mit der Schöpfungsgeschichte. Wenn wir Gott als eine weise Stimme in unserem Innern betrachten, einen klugen Plan, nachdem die Schöpfung aufgebaut ist und sich weiterentwickelt, sinnträchtige Regeln, die ein Zusammenleben ordnen, die Erkenntnis, dass ich nicht alles erfassen kann und nur ein sehr kleiner Teil des Ganzen bin, dann wäre ich ein gottgläubiger Mensch. Wenn wir aber mit dem Wort: Gott, eine Instanz meinen, die wachend und beobachtend die Welt umspannt, unsere Gebete erhört, ordnend in den Gang der Welt eingreift und für meine guten Taten ein Plätzchen im Paradies bereithält, dann bin ich der Überzeugung, diesen Gott gibt es nicht!"

Wieder blitzten ihre ausdrucksstarken Augen auf, sie klatschte mit der Hand auf den Tisch und fauchte zurück: *„Wie könnte denn sonst die Welt entstanden sein?"*

„Man vermutet, dass die Erde von einigen Milliarden Jahren entstanden ist und sich unser Universum seit dem Urknall mit Lichtgeschwindigkeit ausdehnt. Die Erde ist der einzig bekannte Planet, auf dem es organisches Leben gibt. Wahrscheinlich gibt es Parallelwelten, aber die sind so unendlich weit entfernt, dass sie für uns bedeutungslos sind. Das Leben hier verdanken wir einer Reihe von Zufällen, wie: Entfernung von der Sonne, Neigung der Erdachse, die von Mond stabilisiert wird, heißer Erdkern, schützende Ozonschicht, hinreichend Wasser und tausend andere Faktoren. Ist nur eines davon zufällig nicht vorhanden, so könnte sich auf der Erde kein Leben entwickeln."

Helena setzte sich jetzt aufrecht hin, dabei berührte ihr Knie unbeabsichtigt sein Knie und er verspürte ein Knistern, das ihm gut gefiel und das sein Bein für einen Moment lähmte. Dann bewegte er es vorsichtig, aber vergeblich einige Millimeter in ihre Richtung, in der Hoffnung ihr dort noch einmal zu begegnen. Wie anziehend sie nun aussah, als ihre Züge ernst wurden sie die Hände flach auf den Tisch legte und energisch sagte:

„Wenn Sie das Wort: Gott, nicht benutzen wollen, so sprechen wir doch von einer allmächtigen Kraft, die diesen Plan erdacht hat und diese Zufälle herbeigeführt hat."

Erik schmunzelte und beugte sich weit zu ihr hin: „Schön, dass Sie so flexibel sind. Nur bleibt doch die entscheidende Frage: Greift diese Kraft ordnend und strafend in das Weltgeschehen ein? Die bei der Vereidigung unserer Regierungsmitglieder benutzte Formel: So wahr mir Gott helfe, erscheint mir wie ein amtlich angeordneter Unfug. Diese Floskel setzt voraus, dass es einen helfenden Gott gibt und er gewillt ist, gerade diesen Bundeskanzler zu unterstützen. Auch Ihre Formulierung bereitet mir Probleme: Gott hat uns den Auftrag gegeben, Gott erwartet von uns die Einhaltung seiner Gebote, denn wer darf sich anmaßen, zu wissen was Gott erwartet und wie könnte dieser Gott uns seinen Auftrag mitteilen?"

„Die Zehn Gebote sind in der Bibel festgeschrieben, zweites Buch Moses, Exodus. In meinem Leben hat mir Gott schon mehrfach Zeichen gegeben. Vor fünf Jahren war ich an Morbus-Crohn erkrankt, eine unangenehme, chronische Entzündung des Darms, diese Krankheit gilt in der Medizin als unheilbar. Ich habe zu unserem Herrgott gebetet und er hat mir bedeutet: Glaube fest an deine Heilung, stelle die Ernährung um, vermeide alle Hektik in deinem Leben. Ich habe alle Medikamente abgesetzt, die auch massive Nebenwirkungen ausgelöst hatten und sie durch Weihrauchtabletten aus Indien ersetzt, auf die mich ein Heilpraktiker aufmerksam gemacht hatte. Dann habe ich mich intensiv auf die Umsetzung des göttlichen Rates konzentriert und bin heute ohne Befund, mein Hausarzt spricht von einem Wunder."

„Es macht mich sehr glücklich, dass Sie diese heimtückische Krankheit überwinden konnten. Morbus-Crohn wird durch eine Fehlsteuerung des eigenen Immunsystems ausgelöst. Wenn es gelingt, das eigene Immunsystem richtig zu aktivieren, dann kann ich mir eine solche Heilung ganz ohne die teuren pharmazeutischen Produkte gut vorstellen. Dabei ist es ganz unwichtig, ob diese Programmierung des eigenen Immunsystems durch Handauflegen einer Wunderheilerin, den Fetisch eines Medizinmannes oder einen Gang nach Lourdes ausgelöst wird. Der Glaube oder die innere Einstellung kann das bewirken, denn dem Glauben wohnen immense Kräfte inne."

Sie entspannte sich jetzt wieder, weil er ihre Beschreibung des göttlichen Wirkens nicht rundweg ablehnte oder gar lächerlich machte: *„Ist Ihnen Gott noch nie begegnet?"*

Sie sah ihm fest in die Augen und beugte sich leicht nach vorne, fast als wolle sie ihn beschwören nun keine falsche Antwort zu geben und er spürte, wie leidenschaftlich diese Augen sein konnten.

„Als Kind habe ich gebetet, Gott möge mir eine Fahrradbeleuchtung schenken, dann könnte ich, wie die anderen Kinder, auch bei Dunkelheit noch Rad fahren. Mein Gebet wurde lange Zeit nicht erhört, aber zu meinem zehnten Geburtstag bekam ich ein größeres Fahrrad und siehe da, es war eine Beleuchtung eingebaut. Ich dachte: Es gibt also einen Gott und er hat mein Gebet erhört. Heute sehe ich das ganz anders."

Helenas Augen blitzten strafend aber auch anmutig auf, Ihr Körper beugte sich vor und mit den Händen unterstrich sie ihre Worte. In ihrer Empörung fand er sie noch anziehender und ihre Leidenschaft faszinierte ihn: „Dies ist ein kindisches und lange zurückliegendes Beispiel, ist Ihnen Gott seitdem nicht mehr begegnet?"

„Vielleicht ist er mir nicht begegnet, weil ich an keinen Gott glauben kann, der ordnend in den Alltag eingreift, wenn man ihn nur inständig darum bittet und der mich belohnt, wenn ich mich gottgefällig verhalte. Aber es gab viele Ereignisse in meinem Leben, die trotz meines Fehlverhaltens, zu einem glücklichen Ausgang geführt haben, Sie würden sagen, wo Gott schützend seine Hand über mir ausgebreitet hat. Zum Beispiel stand ich vor einiger Zeit auf einem Vorortbahnsteig und musste feststellen, dass mein Zug auf dem gegenüberliegenden Bahnsteig einfahren wird. Nun konnte man die Gleise überqueren oder den langen Weg durch einen Tunnel mit Treppen wählen. Ein Schild warnte: Gleise überqueren ist verboten. Ich dachte, dass diese Warnung sicherlich nur für Gehbehinderte gilt, denn weit und breit war kein Zug zu sehen und wenn einer kommen sollte, dann könnte man wegspringen. Noch während ich überlegte, tauchte aus einer Kurve ohne jede Ankündigung die Front eines Zuges auf, donnerte mit hoher Geschwindigkeit auf den Bahnhof zu und war schon vorbei, als ich mich umdrehten wollte. Hier wäre wohl jedes Wegspringen zu spät gekommen. Ich glaube, dass wir alle eingebunden sind in den Lauf der Schöpfung und es hat jeder sein Geschick, wenn ein Ereignis kommen soll, dann wird es eintreten, so sehr wir uns auch bemühen es zu verhindern."

Sie strich sich eine Haarsträhne aus dem Gesicht während sie ihm andächtig zuhörte und er war gefangen von ihrer Art die Worte mit Gesten zu unterstreichen, auch wenn sie ihn nicht überzeugen konnte. Er mochte ihre großen, strahlenden Augen, die sinnlichen, kaum geschminkten Lippen und ihr üppiges, langes Haar, das bei manchen Bewegungen einen Teil ihres Gesichtes verdeckte.

„So betrachtet, sind unsere Sichtweisen gar nicht so weit von einander entfernt, nur würde ich bei Ihrem Erlebnis sagen, es war Gottes Fügung."

Sie lächelte und entschuldigte sich, dann stand sie auf, um die Toilette aufzusuchen. Er sah ihr hinterher und ihm fiel wieder dieser schwingende, erotisierende Gang auf. Auch die Art, wie sie suchend umherschaute und dann ihren Weg fortsetzte, hatte etwas Anmutiges. Er stellte sich intensiv vor, wie sie sich jetzt in der Kabine gerade entblößt und wie das unter dem Rock wohl aussehen könnte. Als sie wieder auf den Tisch zukam, hätte er sie am liebsten in den Arm genommen, aber er sagte nur: „Wie schön, dass Sie den Weg zu mir wieder gefunden haben."

„Mich hat Ihre Version von: Blue Moon, berauscht und begeistert, ich würde gern noch mal ein Konzert mit Ihnen erleben und unser Gespräch hat meine Sichtweise erweitert. Jetzt aber muss ich aufbrechen, denn ich möchte nicht, dass mein Sohn das lange Fortbleiben seiner Mutter bemerkt." Sie gab dem Kellner das Zeichen zum Bezahlen.

„Darf ich das regeln, denn durch Ihren Besuch der Vernissage wurde mein Engagement dort als Pianist gekrönt."

Er bezahlte, holte ihren Mantel aus der Garderobe, half ihr in den Mantel und begleitete sie zu ihrem Wagen. Wieder hakte sie sich bei ihm ein und er spürte, wie ihre schwankende Hüfte seine gelegentlich berührte, was bei ihm ein kribbelndes Gefühl auslöste. Am Auto angekommen, kramte sie umständlich, als wolle sie noch Zeit gewinnen, den Autoschlüssel aus ihrer Handtasche und reichte ihm zum Abschied die Hand und senkte dabei etwas verlegen den Blick. Er schaute sie wehmütig an und überlegte: Will sie mich wiedersehen? Er raffte all seinen Mut zusammen, griff sich ihre Schulter, drückte ihr einen Kuss auf die Wange, dabei roch er ihr Parfum, spürte ihren Atem und ihre zarte Haut, dann murmelte er verlegen:

„Ich würde Sie sehr gerne wiedersehen."

„Wer weiß, Gottes Wege sind unergründlich", gab sie lachend zurück, stieg elegant in ihr Auto und fuhr zügig los. Er winkte ihr noch eine Weile hinterher und war von Helenas Zauber noch ganz erfüllt, als er beschwingt in sein Hotel zurückstolzierte. Ein Gefühl erblühte in ihm, als habe er einen versteckten Goldschatz entdeckt.

Kapitel 2
Heranwachsende Kinder
Berlin, 1986

Vor einigen Jahren hatte sich Erik in Berlin-Zehlendorf ein älteres Einfamilienhaus mit einem baumbestandenen Grundstück gekauft. Immer, wenn es seine Zeit erlaubte, nahm er Reparaturen oder Umbauten vor und das machte ihm viel Spaß. Die Fassade war im Laufe der Jahre grau und unansehnlich geworden, daher hatte er sich ein Gerüst ausgeliehen, um die Fassade neu zu streichen. Zunächst wurden die Risse ausgebessert, dann wurde die Fassade mit einem Hochdruckreiniger gesäubert und mit Tiefengrund gestrichen, bevor die Fassadenfarbe aufgetragen wurde. Die Aktion beanspruchte eine Woche und war mit schwerer körperlicher Arbeit verbunden. Seine Ehefrau, Helga, hätte ihn gern dabei unterstützt, aber ihr zarter Körper und Arthrosebeschwerden in den Gelenken erlaubten ihr keine schweren Arbeiten. Sie versuchte dieses Unvermögen zu kompensieren, indem sie ein besonders schmackhaftes Mahl zubereitete. Heute hatte sie eine Spargelsuppe vorgesehen, dann gab es Lammkoteletts mit grünen Bohnen und gratinierten Kartoffeln und schließlich Wallnusseis mit einem Schuss Eierlikör. Als er aus der Dusche kam, waren die Kerzen angezündet, das Feuer im offenen Kamin brannte, es erklang leise klassische Musik und das Essen stand auf einer Warmhalteplatte auf dem Tisch. Er musste nur noch den Wein einschenken. Nach dem Essen zündete Erik sich seine Pfeife an und die beiden Söhne Pascal und Rudolf zogen sich in ihre Kinderzimmer zurück. Das Ehepaar wechselte nun die Plätze vom Tisch zu den Sesseln vor dem offenen Kamin und er fragte besorgt:

„Pascal wirkt in den letzten Tagen etwas bedrückt, ist Dir das auch aufgefallen?"

Sie nickte und antwortete mit innerer Bewegung: „Vor einigen Tagen wollte er nicht mehr zur Schule gehen, da habe ich nach den Gründen geforscht. Sein Klassenkamerad Igor kann ihn nicht leiden und bedroht und verprügelt ihn. Da Igor größer und stärker ist, kann Pascal sich nicht wehren. Während Du auf deiner Konzertreise warst, habe ich daraufhin Igors Eltern aufgesucht, ein neureiches, schlichtes Paar. Sie stopfen den Jungen mit Geld voll, sind aber durch Beruf und Hobbies so stark eingespannt, dass sie nicht Anteil nehmen können an seinen Nöten. Der Junge hat massive Probleme in der Schule und er kann mir eigentlich nur leidtun."

Erik protestierte: „In erster Linie tut mir Pascal leid. Wie haben die Eltern reagiert?"

Helga berichtete weiter: „Sehr negativ, ich solle mich um meine eignen, missratenen Kinder kümmern, Igor sei ein friedfertiges Kind und wenn er prügelt, dann nur, um Angriffe abzuwehren und ich solle sofort ihr Haus verlassen. Das habe ich auch getan und angekündigt: Wenn Igor Gewalt anwendet, werde ich einschreiten."

„Wie stellst Du Dir das vor, du weißt doch nicht ob und wann die Rauferei stattfindet und willst Du dich dann in eine Schlägerei einmischen?"

„Ich habe das Schulende abgewartet und bin den Kindern heimlich gefolgt. In einiger Entfernung von der Schule fing Igor an zu schubsen, stellte Pascal ein Bein und trat auf ihn ein, als er am Boden lag. Da habe ich ihn am Kragen gepackt, den Rohrstock aus dem Ärmel gezogen und habe dem Raufbold drei kräftige Hiebe auf den Hintern verabreicht und ihn aufgefordert sich bei Pascal zu entschuldigen. Das hat er dann auch mit weinerlicher Stimme getan."

Erik wiegte den Kopf hin und her: „Da bewegst Du Dich am Rande der Legalität, wie hat sich Igor dann verhalten?"

„Ich finde meine Maßnahme im Rahmen der Notwehr oder der Nothilfe durchaus legal. Seit zwei Tagen ist Ruhe, Igor hat Pascal nicht mehr angefasst und ich denke, dass er zu Hause nichts erzählt hat, weil er Erklärungen aus dem Weg gehen wollte und die Hiebe als verdient betrachtet."

„Du wirst unser Kind nicht immer beschützen können, es muss lernen sich selbst zu helfen."

Von oben hörte man Pascals fordernde Stimme: „Papa, wann erzählst Du uns unsere Gutenachtgeschichte?"

Erik erkundigte sich: „Wovon soll denn die Geschichte diesmal handeln?"

„Von einem gefährlichen Löwen", ertönte es von oben und der jüngere Bruder Rudolf ergänzte noch: „Und abenteuerlich soll die Geschichte auch sein."

„Ich komme gleich hoch, bitte Spielsachen wegräumen, Waschen und Zähneputzen nicht vergessen."

Man hörte von oben eine Diskussion, wer welches Spielzeug benutzt hat und wer es deshalb auch wegräumen muss. Um das Spielzeug aufzuräumen benötigt man eine Minute, die Auseinandersetzung über die Zuständigkeit zog sich über zwanzig Minuten hin. Schließlich waren gurgelnde Geräusche vernehmbar und die Toilettenspülung rauschte, die Kinder versammelten sich in Pascals Zimmer und dann erfolgte die Frage: „Wo bleibst Du denn?"

„Ich komme gleich", versicherte Erik, stieg die Treppe empor, setzte sich auf den Bettrand und begann zu erzählen: „Vor zwei Monaten war ich zu einem Konzert in Kenia, das liegt in Afrika."

„Das weiß ich doch, da wohnen die Massai Krieger", unterbrach ihn Pascal.

„Nach dem Abendessen wollte ich noch ein wenig spazieren gehen und lief in das Buschland, das hinter der Hotelanlage beginnt. Da ahne ich nichts Böses, aber was soll ich Euch sagen, plötzlich trottete ein Löwe neben mir her. Ich dachte: Jetzt schön ruhig bleiben und nicht wegrennen, denn das wäre ein Zeichen für den Löwen mich zu jagen. Ich blieb also stehen und schaute dem Löwen voll in die Augen. Da begann der Löwe so wirre Laute von sich zu geben, ich wollte wissen, was er da erzählte und hörte genauer hin und was soll ich Euch sagen, da schlug der Löwe die Pfoten übereinander und betete: Komm Herr Jesus, sei unser Gast und segne, was du uns bescheret hast, Amen. Au weh, dachte ich, jetzt wird es aber Ernst, die Bestie will mich auffressen.“

„Kann denn ein Löwe beten und warum betet er mitten in Afrika in deutscher Sprache?“, wollte Pascal wissen.

„Das ist eine sehr gute Frage! Also, so ganz genau habe ich den Löwen nicht verstanden, weil ich Angst hatte, er hatte mehr so vor sich hin geknurrt als gebetet, aber ich hatte schon den Eindruck, ein Knurren mit deutschem Akzent. Vielleicht ist er ja in der Nähe von der deutschen Mission dort aufgewachsen. Ich überlegte eilig, wie ich den Löwen abwehren konnte und da hatte ich die rettende Idee mein Niespulver einzusetzen. Ich öffnete vorsichtig die kleine Tüte mit dem Niespulver und hielt sie den Löwen unter die Nase, gerade als er zubeißen wollte. Das Niespulver zeigte sofort Wirkung: Der Löwe musste so heftig niesen, dass er nicht zubeißen konnte und ich schlenderte ganz gemütlich in mein Hotel zurück.“

Rudolf kommentierte: „Da hast du Glück gehabt, aber der arme Löwe hat nichts zu fressen bekommen, obwohl er gebetet hat.“

„Ein Gebet ist ja oft die Formulierung eines Wunsches und nicht alle Wünsche gehen in Erfüllung.“

Der Jüngere war nun sichtbar müde, er umarmte seinen Vater, gab ihm einen feuchten Kuss auf die Wange und zog sich in sein Bett zurück.

Von unten fragte Helga fürsorglich: „Soll ich Rudolf noch ein Gutenachtlied singen?"

Erik, der sich mit Pascal unterhalten wollte, passte dieser Vorschlag nicht gut ins Konzept, daher antwortete er spöttelnd: „Ach, lass es uns doch erst einmal im Guten probieren!"

Der Vater nahm nun die Hand von Pascal, sah ihm in die Augen und begann zu plaudern: „Ich habe gehört, dass es Schwierigkeiten mit Igor gab und Mutter Dir geholfen hat. Sie wird Dir aber nicht immer helfen können, daher musst Du versuchen Dir selbst zu helfen."

„Das ist bei einem Typen, der stärker und größer ist, sehr schwer", gab der Sohn zu bedenken.

„Auch bei mir im Musikkonservatorium gibt es viele Menschen mit denen ich gut zu Recht komme und mich freue, wenn ich sie sehe. Andere möchte ich lieber nicht sehen und einige sind sogar richtig gemein. Zum Beispiel hat mir neulich der Kollege Ruge beim Vorspielen heimlich ein Notenblatt auf die oberen Seiten des Flügels gelegt. Bei jedem hohen Ton klirrten die Seiten und ich wurde ganz nervös bei den Klavierspielen, bis ich das Notenblatt entdeckt habe. Ich wusste sofort, dass der Herr Ruge das Blatt dort hineingelegt hatte, um mich zu ärgern, aber beweisen konnte ich es nicht. Da stand ich auf, nahm das Notenblatt aus dem Flügel und hielt es so hoch, dass auch der Dirigent es sehen konnte. Dann fragte ich ganz laut: Wie kommt denn dieses Notenblatt in den Flügel? Dabei sah ich den Herrn Ruge fest in die Augen und der lief sofort rot an und jeder konnte den Schurken erkennen."

„Dein Herr Ruge ist aber nicht stärker als Du und er verprügelt Dich nicht."

„Stärke ist nicht immer das Wichtigste im Leben, jeder hat irgendeine Chance. Auch für denjenigen, den Du als saudumm betrachtest, gibt es Gebiete, auf denen er Dir tausend Mal überlegen ist. Der Igor hat vielleicht Gründe, warum er gerade Dich nicht leiden kann. Er ist dick und unsportlich, sicherlich auch weil seine Eltern ihm so viel Geld zuschieben, dass er dauernd Schokolade kaufen und zu Mac Donalds rennen kann. Er ist traurig, weil seine Eltern so selten zuhause sind und sucht Trost im Konsum, er möchte sich etwas Gutes antun. Bei Eurem bescheidenen Taschengeld, könnt ihr euch nur sehr selten einen Besuch bei Mac Donalds leisten. Wenn es Euch sehr wichtig wäre dort einmal zu essen, würden wir alle gemeinsam hingehen. Igor ist vielleicht träge, aber er hat auch wenig Anleitung und macht daher seine Schularbeiten schlecht. Dann sieht er Dich, dem alles zuzufallen scheint, da kann schon einmal Neid und Hass entstehen."

„Ja soll ich denn auch dick und faul werden, nur um ihn nicht herauszufordern?", fragte Pascal verzweifelt.

„Nein, das brauchst Du nicht, aber schüre nicht seinen Neid mit Sätzen wie: Das begreift doch jeder Depp beim ersten Mal lesen. Er ist Dir nicht sympathisch, dann brauchst Du in ihm auch keinen Freund zu suchen, aber versuche zu verhindern, dass er Dein Feind wird. Er hat in Mathe eine Fünf, du könntest ihm anbieten bei seinen Matheschularbeiten zu helfen, dann macht Ihr etwas gemeinsam und wenn er seine Note verbessern kann, wird er Dir dankbar sein."

„Igor hat seine Clique, er braucht mich nicht."

„Seine Clique besteht nur, weil er sie zu Mac Donalds und auf die Motorjacht seines Vaters einlädt, sie lieben ihn deshalb nicht. Die Clique will sich amüsieren, Du könntest ihn weiterbringen und das fühlt er."

Pascal schüttelt den Kopf, faltete ein Blatt Papier zu einer Papiertaube, sie flog einen Meter und stürzte dann ab: „Ich werde es versuchen, aber ich glaube nicht an einen Erfolg, denn er braucht jemanden, auf dem er herumtrampeln kann, um seinen Frust abzureagieren."

„Im Leben kann man nicht allen Schwierigkeiten ausweichen, man muss sich ihnen stellen. Ich habe in meinem Leben die Erfahrung gemacht, alle Probleme, die ich versucht habe zu umschiffen, wurden mir später wieder in anderer Form serviert. Es scheint so, als sei es der *Plan der Schöpfung, dass jeder seine Aufgaben im Leben zu lösen hat*, egal ob er fleißig oder faul ist. Versuche einen Kampf mit allen Mitteln zu verhindern, denn es kann nichts Gutes dabei herauskommen. Wenn Du aber einem Kampf trotz aller Bemühungen nicht ausweichen kannst, dann stelle Dich, bereite Dich vor und laufe nicht weg. Schon wenn Du stehen bleibst und ihm fest in die Augen siehst, ihm signalisierst, dass Du kampfbereit bist, wird er unsicher werden. Er ist größer und stärker als Du, aber du bist viel schlauer und schneller als er und das kannst du nutzen. Wenn er den Kampf anfängt, dann nutze Deine Schnelligkeit. Bevor er seinen schwerfälligen Körper zu Dir drehen kann, hast Du ihm schon drei Schwinger von der Seite verpasst. Das muss schnell und überraschend kommen und wenn Du willst, üben wir das beide morgen, aber für heute sagen wir gute Nacht."

Erik ließ seinen nachdenklich gewordenen Sohn im Zimmer zurück und ging hinunter ins Wohnzimmer. Helga warf ihm einen gekränkten Blick zu und er schob schnell eine Begründung für seine spöttische Anmerkung nach:

„Eigentlich finde ich Deine Gutenachtlieder sehr schön, aber ich wollte mein Gespräch mit Pascal führen, da passte Dein Lied nicht hin."

Helga war es vor dem Kamin zu warm geworden und sie hatte ihre Kleider abgelegt und einen leichten, langen Morgenmantel übergezogen. Erik setzte sich neben sie und berichtete ihr kurz von dem Gespräch von Mann zu Mann. Er schenkte sich einen

Cognac ein und schwenkte ihn vor dem Kamin, sie nahm einen Likör. Seine Idee, den Kampf zu üben, fand Helga nicht gut, aber sie war zufrieden, dass auf Pascal nicht nur das weibliche Element wirkte, sondern auch das männliche. Vater und Mutter sind für die Entwicklung eines Kindes beide wichtig.

Das Tagwerk war vollbracht und beide ließen die wohltuende Muße des Feierabends auf sich wirken. Die gemeinsame Verantwortung für ihre Kinder wirkte besonders in diesem Moment verbindend. Sie rekelte ihre Beine hin zum wärmenden Feuer, dabei öffnete sich leicht der Schlitz ihres Morgenmantels und gab den Blick auf ihre schlanken, nackten Schenkel frei. Er stellte sich vor, dass unter dem Morgenmantel der ganze Körper nackt war und dieser Gedanke gab seiner Sinnlichkeit Flügel. Erik begehrte seine Frau auch nach elf Jahren Ehe noch, wie in den frühen Tagen ihrer Begegnung. Er strich ihr über das Haar, zog sie an sich und küsste sie lange und intensiv, dabei glitt seine Hand an ihrem fraulich geformten Körper abwärts und er zog spielerisch an der Schleife des Morgenmantelgürtels, der dann, der Erdanziehung folgend, auf den Boden fiel. Der Mantel öffnete sich leicht, sodass ihr dunkles Dreieck im flackernden Schein des Kaminfeuers erkennbar wurde, das er so leidenschaftlich begehrte und das auch ihre beiden Söhne hervorgebracht hatte. Daher hatte dieses kleine Juwel in ihrem Schoß etwas Heiliges, es war von der Aura des Schöpfungsaktes umgeben. Er nahm sie auf seine Arme und trug sie auf das Fell vor dem Kamin. So schnell er konnte, streifte er seine Kleider ab, legte sich an ihre Seite, bedeckte ihren Körper mit Küssen und fühlte sich bald umfangen von ihrem kleinen Juwel. Die harmonischen Bewegungen ihrer Körper schwollen an, wie die Glut im Kamin, und nachdem beide sich im Liebesrausch verströmt hatten, entspannten sich ihre Körper. Sie blieben auf dem Fell aneinander gekuschelt noch eine Weile liegen und ließen das Hochgefühl, das sie sich gegenseitig geschenkt hatten, noch nachklingen.

An den Wochenenden nahmen Helga und Erik oft ein üppiges Frühstück im Bett ein und studierten danach die Tageszeitung. Sie bereitete alles vor, er trug es hoch, später gesellten sich die Kinder ins elterliche Bett dazu, da fand die Zeitungslektüre ein jähes Ende, es war nun Hüpfen und Kissenwerfen angesagt.

„Papa, kannst du mir die Rakete machen?", erkundigte sich Rudolf mit flehender Stimme.

Erik hatte eigentlich keine Lust dazu und antwortete: „Meinst Du denn bei diesem trüben Wetter heute können die Raketen überhaupt fliegen?"

„Die Raketen fliegen doch über den Wolken und da scheint immer die Sonne", gab sein Jüngster zurück. Eine so plausible Antwort musste einfach belohnt werden, daher machte sich Erik bereit für das Raketenspiel. Er legte sich auf den Rücken und winkelte beide Beine an. Rudolf, der den Raketenflug liebte, und daher mit den Startvorbereitungen bestens vertraut war, stützte auf der einen Seite sein Becken auf den väterlichen Füßen ab und seine Hände auf der anderen Seite falteten sich in Eriks Finger. Pascal gab das Startsignal und rief mit gepresster Stimme: "Die Rakete startet heute von der Plattform: Ehebett, alle Mitarbeiter nun in die Schutzräume, zehn-neun-acht-sieben-sechs-fünf-vier-drei-zwei-eins- Feuer, Zündung ist erfolgt!" Erik machte ein zischendes und donnerndes Geräusch und streckte die Beine, dadurch schnellte Rudolf mit quickenden Lauten in die Luft, Eriks Beine wirbelten einige Runden bevor sie zur Seite rollten, um mit einem Schwung die Raketenlandung auszuführen.

Mit dem Ziel etwas mehr Ruhe in das strapazierte Bett zu bringen, schnitt Erik das Thema Urlaubsplanung an. Er selbst wollte an die Cote d'Azur und Helga bevorzugte den Gardasee und hatte Rudolf schon von dem großen Kinderzimmer dort vorgeschwärmt. Es kam zur Abstimmung: Erik und Pascal sprachen sich für die Cote d'Azur aus, Helga und Rudolf für den Gardasee, eine Patt-Situation. Man fasste noch einmal die Argumente zusammen und Helga punktete mit einem kürzeren Anfahrtsweg und mehr Platz in der Ferienwohnung. Gemeinsam wurde der Beschluss gefasst, dies Jahr an den Gardasee zu fahren und im nächsten Jahr nach Frankreich.

Eriks Gutenachtgeschichte verwandte Pascal später in seinem Aufsatz mit dem Thema: Mein schönstes Ferienerlebnis. Die Lehrerin hatte den Aufsatz zwar gut bewertet, aber am Rand die Anmerkung gemacht: Hier ist dir wohl die Phantasie durchgegangen! Diese Randbemerkung empfand Pascal als unpassend. Obwohl er wusste, dass sein Vater sich oft Geschichten ausdenkt, die lustig und etwas ausgefallen sind, hielt er diese Geschichte, bis auf das Löwengebet, für möglich.

Nach dem turbulenten Bettfrühstück zog sich Erik an seinen Schreibtisch zurück, denn er musste endlich die Planung für seine Konzertreise im Herbst in Angriff nehmen. Er überprüfte noch einmal die Alternativen, die er in die engere Wahl gezogen hatte, Kammerkonzert in Wien, Begleitung einer Sopranistin in Mailand. Er ertappte sich dabei, wie er all diese Angebote nur halbherzig in Betracht zog. Sein Interesse kreiste um die Einladung der Gemäldegalerie Steinberg in München, die er eigentlich schon zur Seite gelegt hatte, weil sie finanziell weniger attraktiv war. Er trug alle möglichen Scheinargumente zusammen: So eine Vernissage ist recht gemütlich, man wird nicht sehr gefordert als Pianist, außerdem konnte er München mit dem eigenen Auto erreichen. Aber er musste sich eingestehen, dass alle diese Überlegungen nicht den Kern trafen.

Der Kern seiner irrationalen Überlegungen war Helena, die wie der Geist aus der Flasche des Märchens: Aladin und die Wunderlampe, vor ihm aufstieg und die vage Hoffnung, sie dort wieder zu treffen. Gegen alle Vernunft gab er der Galerie Steinberg seine Zusage

Kapitel 3
Ein folgenreiches Wiedersehen
München, 1986

In München buchte Erik dasselbe Hotel, wie vor einem Jahr, weil er von dort die Galerie bequem zu Fuß erreichen konnte und auch der Weg zu dem zweiten Auftraggeber nicht weit war, einer Firma, die ein großes Jubiläum feierte. Nach der Ankunft in München besorgte er zunächst die Mitbringsel für seine Söhne, dann suchte er ein Restaurant auf, bestellte eine bayrische Brotzeit mit Brezeln, Schinken, Käse und einem Rettich, der sich wie eine Ziehharmonika auseinander ziehen ließ. Hinzu kam ein erfrischendes Hefeweizenbier, genau, wie sich das für einen Saupreußen gehört. Dann ging er gedanklich die Musiktitel durch, die er während der Vernissage vortragen wollte.

Kaum in der Galerie Steinberg angekommen, ließ er neugierig und aufgeregt seinen Blick kreisen, aber er konnte Helena unter den Gästen nicht ausfindig machen. Er begann sein Klavierspiel, aber die Gesuchte war nicht zu entdecken. Nach einer Weile fiel ihm ein rotes Kleid mit tiefem Rückendekolleté auf, das er nur von hinten sehen konnte, aber der schwingende Gang ließ ihn ahnen, zu welcher Person dieses Kleid gehören könnte. Erik zuckte kurz zusammen und behielt dieses Kleid im Augenwinkel. Helena lehnte sich an einen Pfeiler, führte ein Glas Sekt an die Lippen und lächelte ihm zu. Als er eine Pause einlegte, wartete sie schon am Buffet. Er begrüßte sie mit einem scheuen Wangenkuss, der ihr unangenehm war, weil einige Besucher den Pianisten beobachteten.

„Wie schön Sie wiederzusehen", stammelte Erik und musste zwei Mal schlucken, bevor er weiter sprach, denn er hoffte, ihr Besuch würde ihm gelten, „sind Sie wieder auf Bildersuche?"

„Vor einem Jahr sagte ich Ihnen, ich möchte Sie gern noch einmal am Klavier erleben und heute bot sich mir die Gelegenheit dazu."

„Haben Sie einen Musikwunsch?", wollte Erik wissen und nahm sich ein Schinkenschnittchen vom Buffet.

„Ich höre das Lied: Moonriver, sehr gerne und bin schon sehr gespannt, wie Sie diesen Titel interpretieren", antwortete sie, als sei es sicher, dass er diesen Titel spielen würde, dann angelte sie sich ein Salzstängelchen.

Natürlich spielte Erik diesen Titel sofort nach der Pause. Zunächst erklangen flirrende Töne, die an das Rauschen von Wasser erinnerten, dann erfolgte ein großes Glissando, das sich anhörte wie ein Wasserfall, erst dann spielte er die Melodie, sehr zart und ausdrucksstark. Helena hatte sich mit einem Ellenbogen auf den Flügel gestützt, blickte ihn strahlend an und bewegte den Kopf im Takt der Musik und war ganz versunken in seine Interpretation.

Nach der Vernissage schlug er vor, noch gemeinsam sein Lieblingsrestaurant aufzusuchen, das sich zu Fuß erreichen ließ. Sie stimmte diesem Vorschlag ohne zu zögern zu. Auch heute trug Helena wieder auffallend hochhackige Schuhe, sie bestanden eigentlich nur aus einem mit Strass besetzen, um das Bein geschlungenen, Lederband und erinnerten an griechische Sandalen. Ihr Kleid gefiel ihm sehr gut, leicht ausgeschnitten, figurbetont, dazu ein Jäckchen, das an den Ärmeln mit hellem Pelz besetzt war. Sie hängte sich bei ihm, wie selbstverständlich, ein, als hätten sie sich erst gestern zum letzten Mal gesehen. Wieder empfand er ein stimulierendes Kribbeln, wenn ihre Hüfte beim Gehen wie zufällig seine berührte. Sie erzählte von ihren Schuhkäufen und lachte bei der Erinnerung daran. Er fand sie wieder ungewöhnlich anziehend. Im Restaurant empfahl Erik ihr das Rinderfilet, sie studierte lange die Speisekarte und wählte schließlich einen Salat und einen lieblichen Weißwein aus. Er bestellte sich eine Spargelkremsuppe, das Rinderfilet mit Kroketten und einen trockenen, badischen Spätburgunder. Alle seine Versuche sie wenigstens zu dem Spargelsüppchen zu überreden, blieben erfolglos.

„Ihre Version von: Moonriver, hat mir sehr gefallen, ich habe sie noch nie so schön gehört, wie heute", begann sie das Gespräch. Der Wein war inzwischen serviert worden und er schlug vor: „Wir haben uns im vergangenen Jahr sehr vertraulich über ethische Fragen unterhalten und wir haben uns heute wiedergefunden, ich finde wir sollten uns mit: Du, ansprechen."

„Wenn es Ihr Wunsch ist, warum nicht", gab sie lachend zurück und hielt ihm ihre Wange hin. Er beugte sich über den Tisch und versuchte erfolglos seinen Kuss auf ihren Mund zu lenken.

Mit dem Kompliment: „Du hast ein hübsches Kleid an", versuchte er über seinen Misserfolg hinwegzukommen.

Die Speisen wurden serviert und sie erzählte von den Schwierigkeiten, die der dreizehnjährige Sohn Carsten ihr bereitete: „Eigentlich ist er ein recht intelligentes Kind, das jedoch seine Gaben nicht nutzt. Er hängt herum, kifft und ist aggressiv und jetzt hat er noch Geld aus meiner Handtasche gestohlen, um sich wieder Stoff zu kaufen. Ich komme an den Jungen einfach nicht heran", die Stimme versagte ihr fast und sie war den Tränen nahe.

„Gibt es denn gar nichts, wofür Carsten sich interessiert?", erkundigte sich Erik vorsichtig.

„Doch, Mädchen und Autorennen."

„Da hast Du doch einen Ansatz, Du lädst ihn zum Formel 1 Rennen ein."

„Die Formel 1 Rennen finden am Wochenende statt und gerade da kann ich meine Kunden antreffen, die ein Handwerk betreiben und die sich in der Woche nicht mit Steuern beschäftigen können. Außerdem ist es ihm peinlich, sich mit mir zu zeigen, er findet mich viel zu spießig, er würde meine Einladung sicherlich ablehnen", antwortete Helena sichtbar verzweifelt.

„Es kommt auf einen Versuch an. Gib Deinem Kind das Gefühl, dass es für Dich das Wichtigste auf der Welt ist. Zeig ihm, dass Du sogar bereit bist diesen brüllenden Motorenlärm, die rücksichtslos auffahrenden Besucher bei der Anfahrt, die sich als kleine Rennfahrer fühlen, und dreihundert DM Eintrittsgeld in Kauf zu nehmen, nur um mit ihm zusammen zu sein."

„Er macht es mir schwer ihn lieb zu haben. Ich denke auch das wäre ein falsches Signal. Ich bin so bitter enttäuscht über seinen Diebstahl, er könnte dann den Eindruck gewinnen, dass seine frevelhafte Tat noch belohnt wird", fügte sie hinzu und ihre Stimme wurde wieder fest und steigerte sich in der Lautstärke.

„Vielleicht hat er den Diebstahl gar nicht begangen, um sich zu bereichern, man könnte seine Tat auch als *einen Aufschrei interpretieren: Beschäftige Dich mit mir*! Das mag Carsten nicht bewusst sein, aber es könnte ihn unterbewusst zu der Tat getrieben haben. Vielleicht ist es auch kein Zufall, dass er Dich bestohlen hat und nicht seinen Vater. Versuche es herauszufinden."

Helena fühlte sich jetzt angegriffen, das Weinglas in ihrer Hand zitterte und schwappte über, sie setzte sich aufrechter hin, schwenkte energisch den Kopf zu ihm und ihr Gesicht nahm einen entschlossenen Ausdruck an: "Willst du damit andeuten, dass ich als Mutter versagt habe und die Schuld trage an seinem Fehlverhalten?"

Ihn faszinierte die empörte Helena fast noch mehr als die entspannte, die jetzt noch mit einem finalen Nicken ihren Worten den nötigen Nachdruck verleihen wollte. Das Hilflose in ihrem Blick, das durch das energische Kopfnicken vertrieben werden sollte, wirkte auf ihn liebenswert und anziehend zugleich.

„Ein Urteil darüber steht mir nicht zu und es könnte auch nicht sehr fundiert sein, denn ich bin kein Psychologe und kenne Carsten nur aus Deiner Beschreibung. Da wir zwei Kinder haben, musste ich mich zwangsläufig mit Fragen der Erziehung beschäftigen. Ich habe gelernt, dass Kinder mehr Zuwendung benötigen, als wir es uns vorher vorgestellt hatten und in kritischen Entwicklungsphasen ist vielleicht sogar eine Vollzeittätigkeit am Kind erforderlich. Übrigens, als wir Kinder waren, haben wir auch Zuwendung von unseren Eltern erwartet und eingefordert."

„Wir waren zwei Kinder zuhause und wir haben nicht durch Clownerie oder gar Diebstahl versucht Aufmerksamkeit zu erhaschen."

Wieder bewegte Helena energisch den Kopf, um ihre Aussage zu bekräftigen und wirkte wie eine Löwin im Käfig, die von den Alltagszwängen befreit sein will und ausbrechen möchte, aber keine Vorstellung davon hat, wie sie das anstellen sollte.

„Die Ausgangssituationen sind unterschiedlich, bei Geschwistern wird soziales Verhalten täglich eingefordert, dafür sorgen die Geschwister untereinander. Carsten, als Einzelkind, kann auf diesen Erfahrungsschatz nicht zurückgreifen."

Erik hatte noch eine Käseplatte bestellt, die der Kellner gerade auf den Tisch stellte. Helena nahm ein Eckchen Knäckebrot und ein Zipfelchen Käse. Erik drängte sie doch zuzugreifen, denn es macht wenig Spaß allein zu essen. Sie schaute an sich herunter: „Ich würde schon gern, aber ich will auf meine Figur achten."

Sie bestellte sich, energisch winkend, ein zweites Glas Weißwein, als müsse sie ihren Kummer ertränken und ihren Mut beflügeln: „Carsten erfordert mehr Beschäftigung als ich geben kann, vielleicht ist der Gluckeninstinkt oder die Mutterliebe in mir schwächer ausgeprägt, als bei anderen Frauen. Ich war erleichtert, als mein Ehemann Heinrich mir mitgeteilt hat, dass er den Jungen aus seinem negativen, kiffenden Umfeld herausnehmen will und mit ihm eine dreitägige Bergwanderung angesetzt hat, die Sonntagspredigt übernimmt ein Kollege und ich kann mich entspannen."

Erik durchzuckte der Gedanke: Dann ist sie ja an diesem Wochenende alleine und er sah die Erfüllung seiner sehnlichsten Wünsche ein Stück näherkommen und tirilierte innerlich. Er rückte beschwingt etwas näher an sie heran, sah in ihrem Dekolletee den Brustansatz, der sich bei jedem Atemzug hob und wieder senkte, dann legte er seine Hand über ihre:

„Abstand zu den Dingen des Alltags kann den Blick schärfen. Vielleicht kommt Heinrich mit neuen Erkenntnissen von der gemeinsamen Bergwanderung zurück, aber mich macht es sehr glücklich, dass Du jetzt hier sein kannst."

Helena übertrug die Bewunderung, die sie zunächst für den Pianisten Erik empfand, jetzt auf die ganze Person, seine Art Anregungen aufzuzeigen, machte sie nachdenklich und sie sehnte sich nach seiner Nähe. Sie rückte auch ein wenig in seine Richtung, ließ ihre Hand in seiner liegen und hielt den Blick leicht gesenkt und sagte kleinlaut: „Möglicherweise hat mein Sohn Recht, wenn *er mir Spießigkeit vorwirft* und von mir eine Änderung erwartet."

„Spießigkeit ist nicht so treffend, ich würde es Furcht vor dem Unbekannten nennen, die Angst davor alte, ausgetretene, aber vertraute Wege zu verlassen und vom Baum der Erkenntnis zu naschen."

„Ich fühle mich zu Dir hingezogen, aber ich habe Angst von der verbotenen Frucht zu naschen. Ich will meine Angepasstheit überwinden, bin hin und her gerissen, aber ich zögere mich in deine Welt entführen zu lassen."

Ihr Gesicht verriet Scheuheit und Entschlossenheit und als sie den Kopf leicht senkte, fiel ihr Haar halb über das Gesicht und ließ ihren inneren Kampf nur noch ahnen. Er sah jetzt ihr großes, wohlgeformtes Ohr und fand sie unwiderstehlich anziehend. Er wollte die Dramatik bei ihrer Entscheidungsfindung entschärfen und antwortete spöttelnd: „Ich habe kein Pferd und kein Schloss und kann Dich nicht auf mein Schloss entführen, aber ich habe ein gemütliches Hotelzimmer und kann Dich an die Hand nehmen und dahin führen. Ich sehne mich danach Dich im Arm zu halten und Deine Nähe zu atmen. Komm, erhöre mein Flehen und lass Dich führen!"

Sie hielt ihm ihren Mund hin und er küsste ihre geschlossenen Lippen. Sie verabredeten sich in seinem Hotelzimmer, aber sie bestand darauf, getrennt zu gehen, denn sie wollte nicht mit ihm zusammen in einem Hotel gesehen werden. Er bezahlte und ließ die zögernde und hilflos an ihrem Weinglas nestelnde Helena im Restaurant zurück.

Beschwingt, fast hüpfend, ein Lied summend, eilte er in sein Hotelzimmer zurück. Dort stellte er die Schuhe ordentlich unter die Garderobe, zog die Bettdecke glatt, rasierte sich noch einmal und öffnete eine Sektflasche aus der Minibar. Es klopfte einmal lang, zwei Mal kurz und er zuckte zusammen und öffnete die Tür. Helena eilte auf dem kürzesten Weg zum Stuhl, setzte sich dort aufrecht hin, mit Hut und hochgestelltem Kragen und wirkte jetzt wie ein Schulkind, das die Mutter vergessen hatte abzuholen. Er nahm ihr die Jacke und den Hut ab, küsste sie kurz auf die Stirn und bot ihr ein Glas Sekt an:

„Wie schön, dass Du bei mir bist."

Sie nippte an dem Sekt und hielt sich an dem Glas fest, wie an einem Rettungsanker und blickte geradeaus. Er hängte das Schild: Bitte nicht stören, an die Tür und setzte sich zu ihr, dass sie ihn ansehen musste, aber sie starrte vor sich hin und sagte kein Wort. Er wollte ihr eisiges Schweigen brechen und fragte: „Schmeckt Dir der Sekt?"

Darauf stieß er mit ihr an. Sie erwachte wie aus einem Trancezustand, lehnte sich zurück, nickte und lächelte ihn an. Dann stand sie auf, eilte ins Bad, schloss sorgfältig die Türe hinter sich ab und kam nach einer Weile nur in den Hotelbademantel gehüllt wieder heraus. Sie wählte zielstrebig den Weg ins Bett, legte sich mit Bademantel hinein und zog die Bettdecke hoch, so dass nur der Kopf und die ausgestreckten Arme herausschauten. Sie starrte die Decke an, als würde sie einen notwendigen, aber schmerzlichen, chirurgischen Eingriff erwarten.

Er war zunächst ratlos, fasste sich dann, legte sich neben sie und schob vorsichtig seinen Arm unter ihren Kopf und starrte auch die Decke an. Es dauerte eine Weile, bis sie sich zu ihm hindrehte und ihren Kopf zaghaft an seine Schulter lehnte. Er streichelte sie zärtlich, zuerst die Haare, dann die Wange und das Kinn und schließlich die Schulter, die gerade noch unter der Bettdecke hervorlugte. Dabei ließ er sich viel Zeit. Sie genoss seine Zärtlichkeiten mit geschlossenen Augen und halb geöffneten Mund und schob ihren Körper dichter hin zu ihm. Er legte hastig seine Kleidung ab und küsste ihr Haar, dann ihre Wange und als sie sich nicht wehrte, schließlich ihren Mund. Helena legte ihre Arme um seinen Hals, zog ihn an sich und erwiderte seinen Kuss leidenschaftlich, dabei kam sie langsam immer weiter unter der Decke hervor. Er zog ihr den Bademantel aus und konnte ihre kleinen, runden Brüste sehen. Das schüchterne Paar saß nun aufrecht im Bett und die

Bettdecke fiel vollends von ihr ab und er bewunderte ihre perfekte Figur, ihre schöne Haut und die Glut in ihren Augen, die das in ihr aufblühende Paradies erahnen ließ. Sie wirkte jetzt weniger gehemmt, sog seinen bewundernden Blick in sich auf, drückte ihren Unterkörper gegen seinen und wirkte wie ein Vulkan, der nach einer langen Pause wieder aktiv geworden ist. Helena saugte sich fest in seinem Mund, als wolle sie ihn in sich einsaugen, dann umarmte sie ihn so heftig, dass er Mühe hatte zu atmen, ließ sich langsam auf den Rücken fallen und öffnete zaghaft ihre Beine. Er fühlte überquellend von Hochgefühl, wie sein kleines Männlein, das inzwischen nicht mehr klein war, langsam den Weg in ihren Schoß fand. Sie kam harmonisch seinen Bewegungen entgegen und schon nach kurzer Zeit kündete ein lautes und langgezogenes: Jaaa, jaaa, jeeetzt, ihren Höhepunkt an. Sie lockerte die klammernde Umarmung und fiel zurück in das Kissen und atmete schnell, wie nach einem Hundertmeterlauf. Sie ließ ihn fühlen, dass sie nun eine kleine Pause benötigte und er zog sich, ungestillt, aus ihrem Schoß zurück. Jetzt, da sie ausgestreckt vor ihm lag, bemerkte er wieder, wie schön und perfekt ihr Körper war, mit den langen Schenkeln und dem kleinen, nassen Dreieck, sowie der schlanken Taille, den Brüsten mit den keck herausstehenden Knospen und einem entspannten und zufrieden strahlenden Lächeln auf ihrem Gesicht.

Nachdem sie sich erholt hatte, ging sie auf Entdeckungsreise auf Eriks sportlichen und braungebrannten Körper. Zunächst zerwühlte sie mit beiden Händen seine Haare, bedeckte Stirn, Nase und Wangen mit Küssen und ließ ihre langen Fingernägel sanft um die Brust und den Bauchnabel kreisen. Dabei fühlte er ein Kribbeln, als würden Maikäfer dort ein Wettrennen veranstalten. Auf ihrem Weg abwärts umschifften ihre Fingernägel sein kleines Männlein, ohne es zu berühren, und setzten ihren Weg auf seiner Schenkelinnenseite fort. Ihre Entdeckungsreise konnte nicht ohne Folgen bleiben, sein zu alter Größe herangewachsenes Männlein suchte sich zielstrebig den Weg zu ihr. Sie nahm ihn gierig in sich auf, schloss die Beine, sodass er sie eng und intensiv fühlte und sie flüsterte: „Ja, Du füllst mich herrlich aus, komm zu mir." Als er seinen Orgasmus nahen fühlte, zog er sich zurück und verströmte sich auf ihren Schoß.

„Ich hätte Dich gern in mir gespürt, das gibt mir erst den richtigen Höhepunkt", flüsterte sie ihm ins Ohr.

„Du hast mir nicht verraten, ob Du verhütest, denn mein Liebeselixier ist fruchtbar, meine beiden Söhne sind der lebendige Beweis dafür."

„Ich nehme die Pille, weil ich nicht noch einmal schwanger werden will", antwortete sie mit energischen Worten und nickte dazu wieder mit dem Kopf. Dann kuschelte sie sich wieder an ihn und bedeckte seinen Schoß mit ihrem Schenkel, als wolle sie diese Quelle der Lust vor dem Himmel verstecken.

So lagen sie eine Weile nebeneinander, dann sagte er: „Die Erdbevölkerung vermehrt sich rasant, ich habe mein Soll zur Erhaltung der Art des Menschen mit Freuden erfüllt, möchte aber keinen Beitrag zur Überbevölkerung leisten", und es klang fast wie eine Entschuldigung dafür, dass er ihren Wunsch nicht erahnt hatte.

„Wir haben eine Entscheidung getroffen, die unseren beiden Ehepartnern Unrecht tut und wir müssen versuchen damit im Alltag zurecht zu kommen, das ist die Strafe für das Naschen von der verbotenen Frucht", sagte sie mit Tränen in den Augen.

„Ich denke, das kann uns am besten gelingen, wenn wir zwar uns innerlich dazu bekennen, aber es als unser Geheimnis betrachten und es nicht preisgeben. Um Strafen einen Sinn zu geben, müsste eine Handlungsalternative bestehen, wir müssten eine Wahlfreiheit gehabt haben. Ich glaube unsere Entscheidungsfreiheit ist durch Gene, Erziehung, unser Umfeld und unsere Erfahrung so stark geprägt, *dass wir wenig oder gar keine Entscheidungsfreiheit haben."*

„Willst Du damit sagen, dass ich nach unserem gemeinsamen Abendessen nicht einfach nach Hause hätte fahren können, ohne mich hinzugeben?"

„Ich bin überzeugt, Du konntest nicht einfach nach Hause fahren! Ich halte mich nicht für unwiderstehlich, aber die Anmerkung Deines Sohnes, Du seiest spießig, hat Dich zu diesem Schritt getrieben, nicht ich. Du hättest ihn wahrscheinlich ohne diese Anmerkung nicht oder viel später getan und niemand kann Dich für die Äußerung Deines Sohnes verantwortlich machen."

Helena stützte ihren Kopf jetzt auf den Arm und sah ihn fest und empört, fast zornig an: „Wenn Strafen völlig sinnlos wären, dann würde Gott keine Strafen verhängen und die Menschen würden zügellos werden, wie in Sodom und Gomorrha. Welchen Grund sollten dann überhaupt Gerichtsurteile haben, *wenn Strafen völlig nutzlos wären?"*

„Strafen können einen Beitrag zur Abschreckung leisten", fügte Erik beruhigend hinzu, „aber ich halte es für besser, wenn der Mensch nicht aus Angst vor Strafe gut handelt, sondern aus tiefer, innerer Überzeugung und Einsicht. Wir alle haben die Erfahrung gemacht, dass Hass, Eifersucht, Rache und Gier Eigenschaften in uns sind, die wir beherrschen und überwinden müssen, denn sie bringen Unheil über uns und andere. Der Mensch muss sich innerlich, mit seiner Ethik weiterentwickeln, sich überwinden und dadurch befreien."

„Glaubst Du, dass der gierige Sexualstraftäter dazu in der Lage ist?", unterbrach ihn Helena empört, „sollte er straffrei bleiben und sich auch an Deinen Söhnen vergehen können?"", fügte sie provozierend hinzu.

„Der Sexualstraftäter wird seine Tat immer wieder begehen, weil er gar nicht anders kann, ganz unabhängig von der Höhe der Strafe. Daher sollte er, solange er seine Gier nicht kontrollieren kann, *zum Schutz der Gesellschaft weggesperrt, aber nicht bestraft werden.*"

„Dann erwartest Du von einem Wirtschaftsmanager, dass er auf ein Geschäft verzichtet, wenn er es für unredlich hält, und sein Streben nach Gewinnmaximierung aufgibt?", fragte sie ihn ungläubig.

„Zur Überwindung des inneren Schweinehundes und der Abkehr vom schnöden Mammon sind übermenschliche Kräfte erforderlich, die wir in uns kultivieren müssen, über die ich noch nicht verfüge. Vor einiger Zeit rief meine Nachbarin laut über den Zaun zu mir: Na, Ihnen sieht man es an, dass sie gerne essen. Gerade weil es zutreffend ist, dass ich Übergewicht habe, hat es mich so sehr verletzt und seither sind die nachbarlichen Beziehungen unterkühlt. Der weiterentwickelte Mensch, ich möchte ihn einmal: Supermensch, nennen, müsste in der Lage sein, ihre ungeschickte Bemerkung als eine eigentlich treffende Beobachtung einzustufen und alle Rachegedanken zu überwinden."

Sie folgte seinen Gedanken und lehnte sie nicht als Fantasterei ab, sondern sagte begeistert: „Ich würde an die gute, alte griechische Tradition anknüpfen und würde Deinen entwickelten Menschen: *Hypermensch*, nennen, denn: Supermensch, klingt so modern und abgedroschen."

Helena hatte sich im Bett aufgerichtet und er sah den Umriss ihres perfekten Körpers gegen den Hintergrund des erleuchteten Badezimmers und ihm gefielen nicht nur ihre Formen, sondern auch ihre Gedanken.

Als sie leicht beschwingt wieder unter die Bettdecke zu ihm krabbelte, hatte er schon wieder Appetit auf sie und zog sie dicht an sich heran. Das Spiel der sich begegnenden, umschlingenden und ineinander zerfließenden Körper begann erneut. Beide spielten mit Hingabe die ganze Nacht dieses ewig neue Spiel, das Mann und Frau so viel Lust und Erfüllung zu schenken vermag, bis sein Knie wund wurde und sie im Morgengrauen aneinander gerollt einnickten.

Am nächsten Morgen schlenderten beide auf dem Weg zu einem Gasthaus mit bayrischem Frühstück über den Viktualienmarkt. Hand in Hand gehend und sich verliebte Blicke zuwerfend, waren sie schon ein auffälliges, gut aussehendes, nicht mehr ganz junges Liebespaar auf dem geschäftigen Markt. Als Erik, der Saupreuße, es wagte nach der Herkunft der Rettiche zu fragen und die bayrische Marktfrau kein echtes Kaufinteresse bei ihm erkennen konnte, wurde er gehörig abgefertigt:
„Ja mei, Ihr seids der Hänsel und die Gretel und suchts woas zu essen, aber Pfefferkuchenhäusl hoab i net."
In dem Gasthaus angekommen, bestellte das Paar Weißwürste mit Kraut und Bier. Als Helena nach einem kleinen Bier verlangte, erwiderte der Kellner: „Ja mei, kimmst hoalt wieder, wenn du oan Durscht hoascht", daraufhin bestellten Erik ein gemeinsames, großes Bier und bezahlte sofort ohne Trinkgeld zu geben, weil er den patzigen Kellner nicht noch einmal am Tisch sehen wollte.
Obwohl auch Helena in der Nacht einige Kalorien verbraucht hatte, aß sie nur eins von drei Würstchen, nahm ein Gäbelchen Kraut und nippte nur an dem Bier. Er aß auch ihre übriggebliebenen Weißwürste auf, lehnte sich zurück, zündete sich gemütlich eine Pfeife an und blies den Rauch genüsslich durch die Nasenflügel.

Helena hatte eine im Halbdunkel liegende Empore entdeckt, die um diese Tageszeit noch nicht in Betrieb war. Sie lockte ihren erstaunten Gespielen auf die Empore. Dort stützt sie sich halb gebückt auf die Brüstung und rieb ihr Hinterteil an ihm. Er verstand ihre Geste sofort, zögerte jedoch einen Augenblick aus Furcht vor Entdeckung. Ihr Hinterteil drängte sich immer entschlossener und fordernder an seinen Unterleib. Er war unsicher, ob ihre Geste aus reiner Geilheit geboren wurde, oder ob es eine Mutprobe darstellte zur Überwindung ihrer Spießigkeit, oder ob sie die Gefahr benötigte und das Abenteuer, um ihrer Lust neue Flügel zu verleihen. Ihn erregte ihre kecke, fast schamlose Aufforderung und er zerstreute alle seine Hemmungen. Er streifte ihren Rock hoch, schob den knappen, schwarzen Slip zur Seite und glitt von hinten tastend in ihr klitschnasses Dreieck.

Von unten war das Stimmengewirr der anderen Gäste zu hören und die beladenen, eilenden Kellner zu sehen. Er umklammerte mit den Händen ihr Becken und sie kam ihm mit wilden, schnellen Stößen entgegen. Schon nach wenigen Bewegungen setzte sie zu ihrem: „Jaaa, Jaaa, jeeetzt" an, das sie offensichtlich nicht unterdrücken konnte und er hielt ihr schnell den Mund zu, damit sich die Aufmerksamkeit nicht auf die Empore richten würde. Dann richtete sie sich auf und umarmte ihn stürmisch, erfüllt von Erlösung und Dankbarkeit. Ein durch das gemeinsam überstandene Abenteuer erprobtes Paar verließ nun eilig das Gasthaus, er gestärkt durch das Frühstück, sie gesättigt durch das Liebesspiel.

Sie bummelten zusammen noch durch einige Geschäftsstraßen und er kaufte ihr eine modische, silberne Halskette, die sie sich längere Zeit in der Auslage angesehen hatte. Sie schenkte ihm ein Pfeifenfeuerzeug, denn sie hatte beobachtet, dass er ein

Einwegfeuerzeug benutzte. Helena wollte am frühen Nachmittag die Heimfahrt antreten und er drängte sie, erfolglos, zum Bleiben. Widerstandslos begleitete er sie zu ihrem Auto, das in der Nähe der Galerie Steinberg geparkt war. Am Wagen angekommen, umarmten sie sich lange, als wollten sie die Zeit anhalten und ewig in dieser Umarmung verharren. Beide dachten wortlos an die gemeinsam erlebten, erregenden Momente und an die tiefe Zuneigung, die sie für einander empfanden. Die Zeit ließ sich nicht anhalten, ein hupendes, vorbeifahrendes Auto schreckte sie auf und sie trennten sich ohne eine Verabredung und jeder kehrte zurück an seinen angestammten Platz im Leben.

Kapitel 4
Im Rausch der Sinne
Lech, 1988

Das Jahr 1987 war für Erik beruflich erfolgreich, er hatte viele hochdotierte Konzerte im Ausland und zwei Veranstaltungen im Deutschen Fernsehen, an denen er mitwirkte. Die Renovierung seines Hauses musste hinausgeschoben werden und die Gutenachtgeschichten für die Kinder musste oft Helga sich ausdenken. Das Folgejahr wollte Erik etwas gemütlicher angehen und er hatte seine Künstleragentur beauftragt, Engagements im Raum Lech und Zürs am Arlberg zu suchen, die Auftritte dort konnte er dann leicht mit einem Wintersportkurzurlaub verbinden. Die Agentur hatte ihm die gewünschten Engagements vermittelt und ihm auch eine Telefonnummer mit Münchner Vorwahl einer Anruferin mitgeteilt, die nur ihren Vornamen mit Helena angegeben hatte. Sein Herz schlug schneller, denn er hatte oft an Helena denken müssen, aber er konnte nach zwei Jahren nicht mehr mit einer Kontaktaufnahme rechnen und alle seine Versuche sie zu erreichen, waren fehlgeschlagen. So schnell er konnte, rief er die angegebene Nummer an und eine freundliche Damenstimme erklärte ihm, er könne Helena jeweils am Donnerstag zwischen siebzehn und achtzehn Uhr unter dieser Nummer erreichen. Am nächsten Donnerstag pünktlich um siebzehn Uhr wählte Erik erneut die magische Nummer, diesmal sagte die freundliche Dame: „Einen Moment bitte, ich verbinde Sie." Dann dauerte es noch eine quälende Minute, bis er die Stimme hörte, die ihm auch nach zwei Jahren noch unter die Haut ging: „Hallo Erik!"

„Wie schön, dass ich Dich erreichen konnte, wie geht es Dir?", stotterte Erik in den Hörer.

„Mir geht es gut und ich musste oft an Dich denken, so sehr ich mich auch dagegen gesträubt habe, aber jetzt habe ich von

Deinem Auftritt in Lech erfahren", Helena machte eine Pause, schluckte und sprach weiter: „Meine Freundin hat in Lech eine Ferienwohnung und ich bin oft zum Skilaufen dort. Ich müsste meinen Skiurlaub umbuchen, um Dir aus dem Weg zu gehen, aber dazu fehlt mir die Kraft."

„Man kann den Eindruck gewinnen, das Schicksal hat in seinem Plan unser Wiedersehen vorgesehen", antwortete Erik freudig erregt.

Er wollte für die Fahrt nach Lech sein Auto benutzen, weil man die schwere Skiausrüstung auf diese Weise besser transportieren konnte. Sein Weg führte ohnehin über München, daher schlug er vor, Helena in München abzuholen und den Rest der Strecke gemeinsam zu fahren. Sie stimmte diesem Vorschlag zu und Details wurden in weiteren Donnerstagtelefonaten besprochen.

Als Erik zum vereinbarten Zeitpunkt vorfuhr, stand sie schon da mit Koffer, Skiern und einer Tasche für die Skischuhe. Sie nickte nur kurz, so als würden sie sich nur flüchtig kennen, schob eilig ihre Skiausrüstung in das Auto und stieg hastig ein. Erst im Schutze des Fahrzeugs gab es eine innige Umarmung und einen langen Kuss. Auf der Fahrt plauderten sie über die vergangenen Jahre, Helena berichtete von dem Formel 1 Rennen, das sie gemeinsam mit Carsten besucht hatte, dabei seien sich Mutter und Sohn näher gekommen, aber der Motorenlärm sei noch heftiger gewesen, als sie es sich vorgestellt hatte. Die Telefonnummer für die Donnerstaggespräche gehörte zu der Firma ihrer Freundin, die gleichzeitig auch eine Kundin von Helena war, sie nahm jeden Donnerstag dort Buchungen vor. Ein Konzertabonnement hatte sie gegen den Willen ihres Mannes durchgesetzt, besuchte die Konzerte allein und sie begann sich aus Heinrichs Umklammerung mehr und mehr zu lösen. Erik berichtete von seinen Söhnen Pascal und Rudolf, von lustigen Zwischenfällen und Pannen bei seinen Konzerten. Dann legte er seine forschende Hand auf den Schenkel seiner Mitfahrerin, wo immer die Verkehrssituation dies zuließ. Sie hatte Gefallen an seinem Spiel, nur wenn an einer roten Ampel ein Auto neben ihnen stand und sie überraschte und neugierige Blicke aus dem Nachbarauto bemerkte, dann deckte sie schamvoll ihren Rock über seine Hand und wollte, dass er im Untergrund weiterspielte. Im Autoradio verkündete eine Stimme: „Und nun hören sie das Wort zum Sonntag", Erik löste seine Hand schweren Herzens von ihrem stimulierenden Schenkel, um das Radio auszuschalten, aber sie führte seine Hand vom Radio weg zum Lenkrad und die Radiostimme fuhr fort: „Es spricht zu Ihnen heute Pastor Heinrich Hinterhuber von der evangelischen Kirche."

„Das ist mein Mann, höre ihm doch einmal kurz zu", bat Helena.

In der Predigt war die Rede von einem gläubigen Mann, den seine Firma unerwartet entlassen hatte, aus Rationalisierungsgründen, der nun ganz verzweifelt sei und sich nicht traut, diese schlechte Nachricht seiner Frau mitzuteilen und daher weiterhin morgens zur Arbeit gehe, um den Schein zu wahren. Dieser Mann hadert nun mit seinem Gott und greift zur Alkoholflasche. Aber Gott behütet auch diesen verzweifelten Mann, er will nur seine Glaubensfestigkeit prüfen, doch wird er ihn an eine neue Quelle führen und seinen Durst stillen. Schließlich stellte Pfarrer Hinterhuber die Frage an seine Zuhörer: „Sind wir nicht aufgerufen diesen Mann mit unserer Zuwendung, unserem Mitleid und unserem Rat zu stützen und auf den göttlichen Pfad zurückzuführen?"

Erik schaltete mit einer heftigen Bewegung das Radio aus und schlug mit der Faust auf das Lenkrad, dass unbeabsichtigt die

Hupe betätigt wurde. Es entstand der Eindruck, mit dem Hubsignal sollte dieser Pfarrer verscheucht werden: „Wie kann man in so wenigen Sätzen so viel Unfug unterbringen? Glaubt dieser Pastor durch Mitleid könnte man die Alkoholsucht heilen? Die Ursache der Sucht muss beseitigt werden, er sollte ihm mit einem Job als Küster eine Perspektive anbieten und nicht labern! Wer kann sich denn anmaßen zu wissen, was Gott beabsichtigt und ob Gott in das Erdengeschehen überhaupt eingreifen will?"

„Dieses Drama spielte sich in unserer Nachbarschaft ab, Heinrich greift oft Ereignisse aus dem Umfeld für seine Ansprachen auf, aber ich sehe die Dinge inzwischen auch anders als mein Mann", meldete sich Helena leise zu Wort, „Mitleid ist oft lästig und der Versuch ihn zu bekehren, ist das, was dieser Mensch am wenigsten benötigt in seiner Situation, eher könnte jemand hilfreich sein, der ihm einen neuen Job vermittelt."

„Du weißt, ich kann an keinen Gott glauben, der über uns wacht und ordnend in das Weltgeschehen eingreift. Nehmen wir einmal an, es würde einen solchen gerechten Gott geben, der alle Menschen gleich liebt. Ein Mensch, der in den Slums von Indien oder Südamerika lebt, und trotz aller Anstrengungen und Intelligenz, nicht die geringste Chance hat ein menschenwürdiges Leben zu führen, der hilflos zusehen muss, wie seine Kinder verhungern und der den Überfluss in Nordamerika und Europa sieht. Müsste er nicht eine solche Predigt als schallendes Hohngelächter und als Durchhalteparole empfinden, wenn bei ihm Gottes Prüfung schon seit seiner Geburt andauert?"

Erik krallte sich krampfhaft am Lenkrad fest und suchte ihren Blick bevor er fortfuhr: „Wie kann ein liebender Gott erkannt werden von einem jungen Soldaten, der, wie Millionen andere Soldaten auf beiden Seiten der Front, das Leben noch nicht kennenlernen konnte, nur die brüllenden, militärischen Vorgesetzten. Er wurde abkommandiert in einen inszenierten Krieg, dort hat er den Dreck, die Kälte und die Angst im Schützengraben erlebt und schließlich hing er mit zerschossenem Bauch stundenlang im Stacheldraht, bevor endlich verrecken durfte? Wofür wird meine Generation belohnt, die bisher keinen Krieg erlebt hat? Was soll denn die Generation unserer Großeltern falsch gemacht haben, dass sie von Gott mit zwei Kriegen abgestraft wurde? Ich kann darauf keine plausiblen Antworten finden!"

Helena streifte ihre Jacke ab und lehnte ihren Kopf an seine Schulter. Er roch und fühlte sie wieder, wie vor zwei Jahren und spürte die gewaltige Anziehungskraft, die von ihrem Wesen, ihren Gesten ihrem Lächeln, ihrer Stimme, ihren Brüsten und ihrem Schoß ausging. Dieser Kraft war er hilflos ausgesetzt und er wäre am liebsten sofort über sie hergefallen, aber der Autofahrer musste sich zunächst mit ihrem Schenkel begnügen:

„Ich teile inzwischen mehr Deinen Standpunkt und habe Zweifel an einem personifizierten Gott und einem Wiedersehen im Paradies. Die *Hölle spielt sich im Menschen* ab, wenn er zum Beispiel nach einem Fehlverhalten ständig Albträume hat. Das Paradies, oder glückliche Momente, erlebt der Mensch, wenn er in Harmonie mit sich und der Schöpfung steht, im Einklang mit seinen Taten und er diese auf fruchtbaren Boden fallen sieht und er erleben kann, wie seine Saat segenspendend aufgeht."

Erik nickte zustimmend und legte seine forschende Hand fester auf ihren Schenkel. Sie öffnete ganz leicht ihren Schoß und er interpretierte das als eine Lizenz zur Ausweitung seiner Ausflüge und er sah auch ihren sinnlichen, leicht geöffneten Mund und ihr stimulierendes Lächeln. Dann erzählte er im ironisierenden Ton weiter:

„Im Koran wird in der zweiten Sure das *Paradies für Muslime* beschrieben. Es sei ein Garten von Strömen durchflossen, reich an Früchten und Jungfrauen. Da eine Jungfrau ihre Unschuld verliert, nachdem sie sich einem Mann hingegeben hat, erhebt sich die Frage: Wo sollen all die Jungfrauen herkommen und welchen Reiz sollte ein solches Paradies für Frauen haben?"
Helena genoss die Nähe von Erik und das Gefühl von ihm begehrt zu sein und kam mit ihrem Unterkörper seiner suchenden Hand entgegen, aber das nachbarliche Schicksal berührte sie stark, daher wollte sie darauf noch einmal zurückkommen:
„Der Mann in unserer Nachbarschaft steht unter dem Pantoffel seiner Frau, aber er liebt sie abgöttisch und versucht mit allen Mitteln sie zu halten und ihr alles recht zu machen. Die Ehe ist kinderlos und sie hat immer wieder kurze Zeit gearbeitet, sich aber bald mit ihren Vorgesetzen überworfen, weil diese ihr angeblich immer nur an die Wäsche gehen wollten und Geldverdienen auch unter ihrer Würde sei. Nun langweilt sie sich daheim und ist unzufrieden. Er fürchtet ihren Zorn und Liebesentzug und traut sich nicht, sie über seine Entlassung in Kenntnis zu setzen. Sie sieht in ihm einen nützlichen Trottel, der als Geldbeschaffer dient. Sie glaubt, dass sie viel bessere Chancen hatte, aber sie sei durch ein Versprechen an diesen blassen Ehemann gebunden und sie glaubt, dass sein Einkommen nur eine kleine Entschädigung für ihre entgangenen Chancen darstellt."
„Diese Einstellung ist tödlich für ein Zusammenleben, nicht nur der Partner wird unglücklich, sie betrügt sich damit auch um ihr eigenes Glück und sie stellt keinen Einzelfall dar. Wehe dem Mann oder der Frau, die mit solch einem Partner gestraft ist. Hier ist Schwerstarbeit für einen Psychiater angesagt. Egal wie sehr sich dieser bedauernswerte Mann bemüht, sie wird immer

etwas daran auszusetzen haben und weitere Wünsche vortragen. Ein Gefühl der Zufriedenheit bei ihr zu erzeugen, wird ihm nie vergönnt sein."

Der Verkehr auf der Autobahn zog sich zähflüssig hin und Erik machte den Vorschlag eine Pause einzulegen, um einen kleinen Spaziergang zu machen. Er verließ die Autobahn und steuerte einen Waldparkplatz an. Als er auf ihre hochhackigen, zierlichen Schuhe sah, fragte er: „Hast du ein Paar flache Schuhe griffbereit?"
Sie wollte weder suchen noch sich von ihren geliebten, hohen Schuhen trennen und antwortete: „Ach, wir bleiben doch auf dem befestigten Weg, da kann ich so wunderbar gehen."
Also hakte sie sich ein und stöckelte mit kleinen, schwankenden Schritten neben ihm her. Es war warm und sonnig, ein lauer Wind liebkoste die Haut, durch die kahlen Bäume konnte man die Umrisse der Alpen erkennen und ihre schneebedeckten Gipfel. Direkt neben der Autobahn entdeckten sie einen Friedhof für Haustiere, der den irreführenden Namen: Waldesruhe, führte. Es war eine halbkreisförmige Anlage von einem Wall und Büschen umgeben, geebnet, mit Rindenmulch bedeckt und mit einer großen Gedenktafel versehen. Entweder wurde der Friedhof von den Tierhaltern nicht angenommen oder er war erst neu angelegt worden, denn auf der Tafel war nur eine Inschrift angebracht: Pluto, 1988.
Helena betrachtete aufmerksam die Anlage, blieb stehen und fragte: *„Glaubst du, dass Tiere auch eine Seele haben?"*
„Der Begriff: Seele, hat etwas Mystisches, oft etwas Verschwommenes, weil sie als Materie nicht zu erfassen ist. Nach dem Tod eines Menschen sagte früher der Volksmund: Öffne das Fenster, damit die Seele entweichen kann. Also hatte

man der Seele wohl doch materieähnliche Eigenschaften zugeordnet."

„Für mich ist die Seele das Zentrum des Gewissens und der Hauch Gottes im Menschen", unterbrach ihn Helena. Für Erik kam ihre Sichtweise nicht unerwartet, er wollte sich jedoch von seinem Gedanken nicht abbringen lassen, der seine Antwort auf ihre Frage vorbereiten sollte, und fuhr fort, wie ein dozierender Professor:

„Die Organe haben einen festen Platz im Körper und eine Funktion, das Herz beispielsweise sitzt im Brustraum und pumpt Blut. Die Seele hat keinen festen Platz und wir können auch nur vermuten, welche Funktion sie hat. Ich sehe in der Seele eine Einheit zur Steuerung der Körperfunktionen, wie: Wachstum, Immunsystem, Nervensystem, Ausschüttung von Botenstoffen, vergleichbar einem Rechnerprogramm, der Software, beim Computer. Der individuelle Teil der Seele muss wohl auch Gefühle verarbeiten können und Zugriff auf zurückliegende Erlebnisse haben. Ohne diese Seele könnte der Körper nicht funktionieren, genauso wenig wie ein Rechner ohne Software."

„Glaubst Du, dass die Seele mit dem Tod des Menschen stirbt?", unterbrach sie ihn erneut, diesmal mit heftiger, bohrender Stimme. Er spürte, dass diese Frage eine hohe Bedeutung für sie hatte und er wollte sie nicht brüskieren daher drückte er sich vorsichtiger aus, als es seiner Überzeugung entsprach: „Das ist eine Glaubensfrage, die sich einer rationalen Argumentation entzieht und ich vermag sie nicht zu beantworten. Nach meiner Theorie würde der individuell auf diesen Körper zugeschnittene Teil der Seele sterben mit dem Tod. Der universelle Teil könnte auch in anderen Körpern Anwendung finden und fortleben, ähnlich wie die Software sich auf andere Rechner übertragen lässt."

Eriks Urlaubsstimmung passte wenig zu diesem trüben Thema, daher versuchte er diese Diskussion zu beenden, er zog sie von dem Friedhof weg und fragte anteilnehmend: „Geht es mit Deinen hohen Schuhen?"

Sie gab ihm einen leichten Schubs, stolzierte demonstrativ leichtfüßig über den Waldweg und beharrte auf einer Antwort: „Du lenkst ab und mogelst! Du hast meine Frage nach der *Seele im Tier* unbeantwortet gelassen!"

„Unsere Vorfahren waren so überheblich, dass sie Sklaven und Heiden keine Seele zubilligten. Ich bin überzeugt, dass ohne Seele der Körper nicht funktioniert, daher müssen auch die Tiere eine Seele haben. Im Paradies sollte also auch Platz für einige Billionen Eintagsfliegen und Ameisen geschaffen werden", spöttelte er und beobachtete genau ihre Reaktion.

„Da passt es ja gut, dass Spötter dort nicht hinkommen werden, dadurch wird im Ameisenhimmel viel Platz gespart", stichelte sie zurück.

Erik wollte eigentlich alles Trennende vermeiden und er suchte nach einer wohlwollenden Anmerkung über die Kirche. Er zog sie an sich, küsste ihre Wange und verkündete mit gespielt gewichtigem Gesichtsausdruck: „Bei der Telefonseelsorge leistet die Kirche eine hervorragende Arbeit und hat schon manchen Selbstmordkandidaten ins Leben zurückgeführt."

Helena stufte diesen Satz als Ablenkungsmanöver ein und hatte das Gefühl, er nimmt ihre Frage nicht ernst. Sie wirkte gereizt und ließ seinen Kuss unerwidert und fragte mit großem Ernst: „Glaubst Du an ein ewiges Leben?"

„Nein, wenn Du damit eine Auferstehung des Fleisches meinst! Der Gedanke an die Ewigkeit wohnt vielen Religionen inne und gibt dem Paradies ja erst seinen Sinn. *Ich sehe unser Leben wie das einer Blume, sie erblüht und verwelkt wieder, aber ihr Samen pflanzt sich fort* und die daraus entstehende Blume bringt auch wieder ihren Samen aus. Also pflanzt sich das Leben und damit ein Hauch der ersten Blume vielleicht für viele Generationen fort, aber sicherlich nicht für die Ewigkeit."

Ihr gefiel der Vergleich mit der Blume und sie dachte über diesen Satz nach, dadurch entstand eine Gesprächspause. Plötzlich rief sie begeistert: „Schau, diesen kunstvoll geschichteten Ameisenhügel", sie hatte ihn am Wegesrand entdeckt und lief auf den Haufen zu. Emsig krabbelten die winzigen Ameisen hin und her und trugen Eier, Zweiglein und andere Lasten, die ihr eigenes Körpergewicht überstiegen. Alles schien in diesem Ameisenstaat wohl organisiert zu sein und die Tierchen eilten ihrem Ziel ohne Pause entgegen. Es drängte sich die Frage auf: Wer leitet diesen Staat und wie kann der Herrscher, ohne Sprache und Schrift, seine Befehle übermitteln?

„Zur Paarungszeit wachsen einigen Weibchen und Männchen Flügel, während die anderen geschlechtslose Arbeiter bleiben. Nach der Paarungszeit sterben die Männchen ab und die Königin bildet einen eigenen Staat, das ist doch bemerkenswert", begann Helena begeistert zu erzählen, wie ein braves Schulmädchen, das beim Thema: Paarung, besonders gut zugehört hatte. Es entstand der Eindruck, eine vom weiblichen Element dominierte Organisation, losgelöst von der männerlastigen realen Welt, könnte sie begeistern, wenngleich sie das Ableben der Männchen zu bedauern schien.

„Die Ameisen reinigen die Erde und schichten sie um und erfüllen eine sehr nützliche Funktion. Sie sind von der Anzahl, aber auch vom Gewicht her, bedeutender als die Menschheit", ergänzte Erik süffisant ihren Biologieunterricht.

Sie ließ eine lasttragende Ameise auf ein Stöckchen krabbeln, hob es hoch, um sie ganz aus der Nähe betrachten zu können und fragte: „Dieser winzige Körper kann Bauten errichten, sammeln, transportieren. Ich frage mich, ob er auch lieben, hassen und glauben kann?"

„Ich denke in Deinem Frauen- und Arbeiterstaat gibt es keine Individualität, keine Gefühle und Sex ist nur zur Paarungszeit angesagt, ist das nicht traurig?", spöttelte Erik.

Sie liefen wieder zum Auto zurück und setzten ihre Fahrt fort, der Verkehr rollte jetzt wieder normal und beide genossen den Ausblick auf die schneebedeckten Gipfel der Alpen und erfreuten sich daran, zusammen sein zu können. Helena verwöhnte den Fahrer mit Mozartkugeln und knüpfte an das Gespräch während des Spazierganges an:

„Betrachtest Du die Kirche als eine segensreiche Einrichtung für die Menschheit?"

„Die Kirche hat Verdienste in der Seelsorge und als Träger von sozialen Einrichtungen, hingegen hat sie durch Glaubenskriege und Inquisition viel Unheil über die Menschheit gebracht. Ich denke der entwickelte, *selbstverantwortliche Mensch sollte sich von der Religion befreien*, denn sie hält ihn gefangen in einer Ausrichtung auf das Jenseits. Die Kirche hat zu den Zeitfragen eher eine konservative Einstellung und wirkt hemmend auf eine fortschrittliche Entwicklung."

„Stellt jede fortschrittliche Entwicklung auch ein erstrebenswertes Ziel dar?", hinterfragte sie verwundert.

„Eine sehr berechtigte Frage! Betrachten wir die Prophezeiungen am Ende der Bibel, in der Offenbarung des Johannes. Da ist von Apokalyptischen Reitern die Rede, die der Menschheit unvorstellbare Plagen bringen: Erdbeben, Feuer vom Himmel, Hunger, mächtige Ungeheuer mit sieben Köpfen, Heuschrecken mit giftigen Stacheln, die Ungläubigen werden den Tod erbitten, ihn aber nicht finden. Wenn man an diese Prophezeiung glaubt und annimmt, mit dem Feuer vom Himmel sei eine atomare Explosion gemeint, mit der Hungerplage die

Klimakatastrophe und will man das Erreichen dieser Endzeit hinauszögern, dann kann man in dem fortschrittshemmenden Wirken der Kirche sogar etwas Positives entdecken: Die Endzeit und die damit verbundenen Plagen werden nach hinten verschoben."

Helena verschränkte die Arme, blickte in die Ferne und verharrte schweigend. Dann packte sie die restlichen Mozartkugeln in ihre Tasche und ordnete ihre Kleidung.

Sie waren inzwischen in Lech angekommen und er hielt vor der Wohnung ihrer Freundin. Helena wollte nicht, dass in ihm ein Liebhaber vermutet werden könnte und sie verwandelte sich schlagartig in eine andere Frau, kalt, übertrieben korrekt, lud hastig ihr Gepäck aus, sprach ihn plötzlich mit: Sie, an und behandelte ihn wie einen Fahrer, es fehlte nur noch, dass sie ihm ein Trinkgeld in die Hand gedrückt hätte.

Er hatte zwar Verständnis dafür, dass sie ihn verstecken wollte, aber ihre kalte, fast schizophrene Haltung, irritierte ihn und er hielt sie für unangemessen, ja, sie schmerzte ihn sogar. Mit gedämpfter Urlaubsfreude fuhr er in sein Hotel, dort hatten sie sich für den Abend verabredet. Er besorgte Butterbrezeln und war noch dabei seinen Koffer auszupacken und sich für den Abend herzurichten, als es klopfte. Beim Öffnen, fiel Helena ihm um den Hals und erklärte noch außer Atem:

„Ich konnte mich vorhin nicht so von Dir trennen, wie ich es gewollt hätte, aber man weiß in diesem Haus, dass ich mit Heinrich verheiratet bin."

Als er sie wieder in seinen Armen fühlte, fiel die Verstimmung von ihm ab, es blieb jedoch ein Unverständnis zurück. Er roch ihr Haar, fühlte ihre Haut und Formen, sah ihre Augen, die das Paradies versprachen und er drückte sie fester an sich. Noch während sie sich küssten, begannen sie sich eilig auszuziehen, er öffnete ihre Bluse und den BH und sie sein Hemd und nach wenigen Sekunden waren beide völlig nackt und hüpften, die Kleider auf dem Boden liegen lassend, in das breite Hotelbett. Er nahm ihre Brust in beide Hände und begann mit der Zunge die Knospe auf dem großen Brust Hof zu umkreisen. Aber sie wollte alles sofort und sie brauchte es wild. Sie warf ihn rücklings auf das Bett, kniete sich über ihn und stülpte ihr kleines Dreieck über sein aufgerichtetes Männlein. Helena hatte die Augen geschlossen, die Zunge kreiste sinnlich über ihre Lippen, ihr langes, dunkles Haar hing herab und liebkoste rhythmisch sein Gesicht, er lag bewegungslos da und stützte nur ihre Schulter, die über ihm war. Durch ihr Haar hindurch sah er ihre wippenden Brüste und als ihr Atem in ein Gurren überging, schob er sein Becken etwas höher und sie fühlte dankbar, wie tief er in ihr war und wie vollkommen er sie ausfüllte. Jetzt öffnete sie die Augen, sah ihn ekstatisch an und belohnte ihn mit ihrem befreienden: „Jaaa, jaaa, jeeetzt", und sie sank erschöpft auf ihn. Er war noch weit entfernt von dem Höhepunkt seiner Lust, aber er wusste, dass sie jetzt eine Pause benötigte und streichelte ihr zärtlich das Haar und den Rücken. Jetzt erst holte er nach, was bei der stürmischen Begegnung versäumt wurde, er holte aus der Mini-Bar ein Fläschchen Sekt und beide stießen auf ihren gemeinsamen Skiurlaub an, nachdem der erste Hunger gestillt war.

„Ich möchte nun ein Lob auf deine Muschi ausbringen, sie ist der Quell des Lebens, eine ersehnte, feuchte, geheimnisvolle, luststillende Oase, daher *taufe ich dich auf den Namen: Oase",* dann nahm er einen zweiten Schluck Sekt, betupfte ihre Muschi mit der Zunge und ließ dabei den Sekt dort hineinfließen. Obwohl der Sekt kalt war und da unten brannte, gefiel ihr diese Taufe.

Daraufhin nahm sie sein Männlein in die Hand, das sich gehorsam wieder aufgerichtet hatte, umspielte des Männleins Kopf mit ihrer Zunge und verkündete pathetisch:

„Du bist ein erhabener, feuriger, lustspendender Vulkan, *daher taufe ich dich auf den Namen: Vulkan.*"

Die doppelte Taufe blieb nicht ohne Wirkung, er legte sie sanft auf den Rücken überdeckte ihre Stirn, Nase und den Hals mit Küssen, nahm ihre Brust in die Hand und umspielte die Knospe, bis sie sich wieder aufgerichtet hatte, seine Lippen setzten die Reise fort zum Bauchnabel, den er mit etwas Sekt füllte, um den Sekt dann aus diesem naturbelassenen Kelch zu schlürfen. Sie kraulte dabei seinen Kopf und öffnete leicht ihren Schoß, um ihn dort willkommen zu heißen. Sein Vulkan war zu fast bedrohlicher Größe angewachsen, aber er suchte nicht den Weg in ihre Oase. Erik drehte langsam seinen Kopf, griff sich mit den Lippen den Mittelfinger ihrer Hand und führte ihn vorsichtig in ihren Schoß. Sie war verblüfft, fast erschrocken und ließ ihn dort bewegungslos liegen. Er drückte mit seiner Zunge ihren Finger fester auf ihr Lustzentrum und machte dabei eine kreisende Bewegung, die ihr einen Lustschrei entlockte und siehe da, das Fingerchen führte jetzt ganz selbständig diese kreisende Bewegung fort. Mit steigender Lust sah er diesem erregenden Spiel ihres fleißigen Fingers zu und glitt dann vorsichtig in ihre Oase. Dieses Gefühl innen ausgefüllt zu sein und vorne selbst das prickelnde, neuartige Gefühl zu erzeugen, steigerte ihre Leidenschaft auf unbekannte Weise, jedoch sein Becken behinderte ihr Fingerspiel. Er drehte sie herum, dass sie kniend mit leicht gespreizten Schenkeln vor ihm hockte und suchte sich von hinten den Weg in ihre Oase, seine Hand ertastete ihre Brust, während ihr Finger das Spiel in ihrem Schoß fortsetzte. Er konnte ihr stimulierendes Hinterteil und die schlanke Taille sehen, fühlte ihre schwingende Brust in seiner

Hand und beobachtete, wie in einem Pornofilm, seinen Vulkan, der immer wieder in ihre Oase einfuhr. Als er fühlte, wie sich sein Höhepunkt näherte, hielt er einen Moment inne, denn er wollte nicht vor ihr kommen und sie benötigte in dieser ungewohnten, neuartigen Stellung eine kleine Weile, bis er zunächst ein gehauchtes: Jaa, Jaa, hörte und ihre Bewegungen unbeherrschter wurden. Dann endlich rief sie ihr jubelndes: Jaaa, jaaa, jeeetzt, heraus und er verströmte gleichzeitig seine zuckende Fontaine tief in ihren Schoß.

Als sie sich erschöpft an ihn kuschelte, flüsterte sie ihm ins Ohr: „Das habe ich seit meiner Mädchenzeit nicht mehr gemacht und damals hatte ich ein schlechtes Gewissen und heute hat es mir höchste Lust geschenkt, anders, aber genauso schön, wie ein vaginaler Höhepunkt."

Erik wandte sich ihr zu und legte seinen Schenkel zwischen ihre Beine, dabei fühlte er wie die Liebesströme, die beiden Körpern im Moment des Hochgefühls entströmt waren und sich in ihrer Oase vereint hatten, nun von dort wieder heraus auf seinen Schenkel flossen. Beide wollten das Gefühl vereint zu sein, festhalten und verharrten schweigend nebeneinander, als könnten Worte dies zerbrechliche Empfinden verscheuchen.

Nach einer langen Pause fragte Helena: „Du bist in der Welt weit herumgekommen, sind Dir *masochistische Liebesspiele* begegnet?"

„Ich weiß, dass Lust und Schmerz Gefühle sind, die dicht beieinander liegen, sich gegenseitig vielleicht sogar bedingen, aber ich habe um diese Spielart immer einen Bogen gemacht. Würdest du mich, in schwarzes Leder gehüllt, gerne auspeitschen und mir Schmerz bereiten?"

„Ich kann und will es mir nicht vorstellen, aber ich kann es nicht beurteilen, weil ich es nie erlebt habe. Diese Kreise bezeichnen unser Liebesspiel als Blümchensex, wahrscheinlich doch, weil sie bei Schmerz intensiver empfinden."

Erik holte für beide Sekt und Butterbrezeln, setzte sich auf den Bettrand und fütterte sie: „Was wir zusammen erleben durften, ist das Schönste, was ich mir vorstellen kann, da gibt es keine Steigerung und wir benötigen keine Hilfsmittel dafür, sondern geben uns einfach dem Anderen hin."

„Ich empfinde das genau wie Du, aber ich kann mir vorstellen, wenn jemand gefesselt ist und dem Partner völlig ausgeliefert sich hingibt, dass sich dadurch eine neue Variante auftut."

„Eine Variante, die wenig Anziehungskraft auf mich ausübt. Ich mag es, wenn Du aktiv das tust, was Dir Lust schenkt, wenn Du mich fühlen lässt, wo ich willkommen bin, wenn Du mich teilhaben lässt an Deinem Hochgefühl. Ich bin süchtig nach Deinem: Ja, ja, jetzt, Deinen Orgasmus miterleben zu können, ist fast noch schöner, als der eigene. Ich habe dann die kindliche Illusion, nur ich kann Dir diese Freude schenken und fühle mich wichtig."

„Du bist sogar besonders wichtig für mich", sagte Helena und drückte ihm einen Kuss auf die Stirn, dann zog sie sich an, denn sie wollte die Nacht in der Ferienwohnung der Freundin verbringen.

Am nächsten Tag war Skilaufen angesagt. Der Himmel war azurblau, kein Wölkchen zu sehen, es gab reichlich Schnee und beide fühlten sich nach dem Frühstück wohl. Helena war mit dem Skigebiet bestens vertraut, daher überließ er ihr die Führung. Die Gondel transportierte sie zum Rüfikopf. Am Gipfel angekommen, begann Erik zu dozieren: „Es ist ungesund, ja gefährlich, wenn man mit kalten Gelenken nach einer Gondelfahrt das Skilaufen beginnt, wir sollten daher jetzt einige Kniebeugen machen."

Sie war davon weniger überzeugt, aber sie wusste, wenn er zu einer Überzeugung gekommen war, bedarf es eines großen Aufwandes, um ihn davon wieder abzubringen. Also machte sie, als kluge Frau, halbherzig seine Übungen mit, um sich weitere Einweisungen zu ersparen. Danach setzten beide ihre Skibrillen auf, machten die Schuhschnallen enger und sie begann die Abfahrt mit weiten, kraftsparenden Bögen und er fuhr brav hinterher. Nach einigen Minuten schwang sie ab und fragte: „Alles im grünen Bereich?"

„Der Schnee ist pulverig, der Hang ist wenig befahren, wir könnten auch zügiger fahren", bemerkte er, auch um auf seine guten Skifahrkenntnisse hinzuweisen.

Sie setzte die Fahrt fort, diesmal mit engen Bögen hart an der Falllinie, in den Kurven wurde der Schnee im weiten Bogen aufgewirbelt, die Geschwindigkeit wurde rasant und er hatte als geübter Skifahrer große Mühe mit ihr mithalten zu können. Erst an der Mittelstation hielt sie an und fragte lächelnd: „Ist die Geschwindigkeit so angenehmer?"

„Du läufst sehr gut Ski", bemerkte er außer Atem anerkennend und er wiederholte nie mehr den Wunsch nach einer zügigen Fahrt. Erik war es gewohnt die Führungsrolle selbst zu spielen, aber hier war es gut ihr die Führung zu überlassen, denn sie kannte nicht nur die eisigen und sulzigen Stellen auf der Piste, sondern auch die Wartezeiten an den Liften und sie kannte alle Skihütten. Es machte Spaß ihrer Spur zu folgen, ihren anmutig schwingenden Popo vor Augen. Ihr periodisch, prüfender Blick, ob er noch Anschluss hatte, beruhigte ihn.

Am Nachmittag wurden die Pisten leerer und sie wechselten zu einem Hang, an dem die Eiergondeln verkehrten, kleine Gondeln, die jeweils maximal sechs Personen aufnehmen können und die, mit einigem Abstand, an einem Seil hingen. An der Talstation liefen diese Gondeln sehr langsam, man steckte die Skier in eine Haltevorrichtung und stieg in die Kabine, die Türen schlossen automatisch. Helena und Erik waren die einzigen Fahrgäste in dieser Gondel und lümmelten sich behaglich auf die kleine Sitzbank, streckten die Beine aus und ließen die Winterlandschaft an sich vorbeigleiten. Sie zog die Handschuhe aus und sah ihn mit geschlitzten Augen an und ihr Blick sagte: Ich habe Lust und es muss jetzt sein, trotz erschwerter Bedingungen. Mit flinker Hand öffnete sie seinen Hosenschlitz, fingerte den irritierten Vulkan heraus und stülpte ihre Lippen darüber und liebkoste ihn mit der Hand. Nach wenigen Bewegungen war das erste Etappenziel erreicht: Sein Männlein ragte wie eine startbereite Rakete aus der Hose. Während sie ihre Liebkosungen fortsetze, öffnete sie ihre eigene Skihose und schob Hose, Strumpfhose und Slip herunter, soweit es die hohen Skistiefel zuließen. Er versuchte vergeblich einen Weg in ihre Oase zu finden, denn in dieser halbsitzenden Position, mit der Skihose und Unterwäsche in den Kniekehlen, konnte sie ihre Beine nur begrenzt öffnen. Erfinderisch zog sie sich an den oben hängenden Halteschlaufen hoch in eine halbstehende Position und siehe da, nun fanden Vulkan und Oase zueinander und die Gondel begann im Rhythmus ihrer Bewegungen zu schaukeln. Diese Stellung war nicht sonderlich bequem, dafür aber sehr erregend in diesem Ambiente. Sie fühlten die irritierten und neugierigen Blicke der Skiläufer in den entgegenkommenden, herabfahrenden Gondeln auf sich gerichtet, aber sie konzentrierten sich auf ihr Liebesspiel. Viel zu schnell kam die Bergstation bedrohlich nahe und sie mussten sich, so schnell es ging, wieder anziehen und entstiegen der Gondel beschwingt aber ungestillt.

An diesem und dem nächsten Abend gab Erik Konzerte. Beide verbrachten eine harmonische Zeit miteinander, angefüllt mit

Skilaufen, erregenden Begegnungen, Gedankenaustausch und einem Aufeinander zugehen. Er hatte auch Sehnsucht nach seinen Kindern, aber er wollte diesen Rausch der Zweisamkeit festhalten, oder wenigstens einige zusätzliche Augenblicke erhaschen, genau wie Helena. Der Abschied lauerte und kam schnell und unbarmherzig. Auf der Rückfahrt war der Himmel trübe und entsprach ihrer Stimmung, die von Wehmut und Zerrissenheit geprägt war. Sie sprachen wenig, hörten der Autoradiomusik zu und jeder hing seinen Gedanken nach und ließ die erlebten Glücksmomente nachklingen, die sich nun wie ausgeliehene Glücksmomente anfühlten.

Kapitel 5
Martha erzählt vom Zweiten Weltkrieg
Berlin, 1988

Die Abfertigung an der Grenze zur DDR war wieder schleppend und daher kam Erik erst nach Mitternacht zu Hause an. Helga wartete auf ihn und machte einen verstörten Eindruck. Er befürchtete ertappt worden zu sein und dachte: „Au weh, haben sich meine geheim gehaltenen Schandtaten so schnell bis Berlin herumgesprochen?"

Helga umarmte ihn flüchtig, setzte sich und begann zu berichten:

„Meine Mutter hatte einen Schlaganfall und liegt jetzt im Krankenhaus. Über die Genesungschancen geben die Ärzte nur vage Auskünfte. Fest steht, es werden Lähmungserscheinungen zurückbleiben und sie kann ihren Haushalt nicht mehr alleine führen. Mein Bruder kann sich nicht um sie kümmern und will ihr einen Platz im Pflegeheim beschaffen. Ich weiß, dass sie das nicht will und ich glaube, sie wird dort nicht lange überleben."

Erik war zunächst erleichtert, dass nicht sein Stelldichein die Ursache für ihren Kummer war, und er teilte ihre Sorge: "Niemand will in ein Pflegeheim, ich würde es auch nicht wollen, manchen Dingen müssen wir uns einfach stellen. Was kostet denn so ein Heim und wie viel Rente steht zur Verfügung?"

„Das ist ein zusätzliches Problem, nachdem was ich bisher herausgefunden habe, kostet ein Einzelzimmer im Heim mindestens viertausend DM monatlich und dafür reicht ihre Rente und die Pflegeversicherung bei weitem nicht aus, mein Bruder, Hermann, und ich müssten zuzahlen, wenn ihre Ersparnisse aufgezehrt sind."

Er steckte sich seine Pfeife an, nahm einen Schluck Rotwein und fuhr ihr sanft mit der Hand über den Rücken: „Martha ist eine bescheidene, angenehme Person, ich sehe sie gerne, ob das so bleibt, wenn sie jeden Tag hier ist, weiß ich nicht. Überlege doch einmal, ob Du sie hier bei uns aufnehmen willst, dann bekommst Du eben noch ein drittes Kind hinzu?"

Sie nippte an seinem Rotwein und trommelte nervös mit der Hand auf dem Tisch: „*Ein Gast geht nach einiger Zeit, eine pflegebedürftige Mutter nicht.* Welche Auswirkungen wird das auf unser Familienleben haben?"

„Ich sehe das nicht so dramatisch und wenn das Zusammenleben total schief geht, können wir es immer noch ändern. Wir sollten auch die Kinder befragen. Sind wir nicht alle Gäste auf dieser Erde und mit über siebzig Jahren und einem Schlaganfall ist Martha sicherlich in ihrem letzten Lebensabschnitt angekommen. Sie wird es hier bei Dir gut haben und Du erhältst die Rente und den Pflegesatz und leistest damit einen kräftigen Beitrag zu unserem Einkommen, gerade das war oft Dein Wunsch."

„Ja, das habe ich mir auch schon überlegt, aber ich wollte unabhängig davon Deine Meinung hören. Wie soll das denn praktisch funktionieren, Du benötigst das Musikzimmer, die Kinder jeweils ihre Zimmer und das Dachgeschoss lässt sich nicht beheizen und die Treppe ist für Oma zu steil."

„Ich denke Rudolfs Zimmer ist am besten geeignet, es ist hinreichend groß und es liegt nahe bei der Toilette und hat einen Fernsehanschluss. Wir müssen den Kindern die Idee nur gut verkaufen, denn Einschränkungen sind unsere Herren Söhne nicht gewohnt."

Im Bad, wo sich beide für die Nacht fertig machten, führten sie ihre Diskussion beim Zähneputzen fort.

Am nächsten Tag, es war ein Sonntag, saßen Helga und Erik schon am Frühstückstisch als von oben zu hören war: „Papa ist wieder da!" Dann stürmten die Kinder die Treppe herunter und setzten sich auf Eriks Schoss, einer links, der andere rechts. Beide schauten sich suchend um und nach einer Weile fragte Rudolf und das war auch in Pascals Sinn: „Du Papa, was hast Du uns denn mitgebracht?"

Erik traf diese Frage nicht unvorbereitet, obgleich sie schon voraussetzt, dass er überhaupt etwas mitgebracht hatte und eigentlich lauten müsste: „Hast Du uns etwas mitgebracht?" Er zauberte unter dem Tisch eine Kappe mit eingebautem Flaschenöffner für Rudolf hervor und Handschuhe mit Kompass für Pascal, die er in einer Boutique in Lech besorgt hatte. Beide Kinder probierten sofort lautstark die Zusatzfunktionen der Geschenke aus.

„Oma Martha geht es nicht gut", begann Erik mit ernster Stimme, „sie ist so krank, dass sie nicht mehr kochen und sich nicht mehr versorgen kann, aber sie will nicht in ein Heim gehen, was kann man da denn machen?"

„Sie kann doch zu uns kommen, Mama kocht und Oma hilft uns bei den Hausaufgaben", kam die Antwort prompt von Pascal.

„In welchem Zimmer soll sie denn wohnen?", wollte Helga wissen.

„Im Schlafzimmer, das ist so groß, da haben alle Platz", schlug Rudolf vor.

„Die Oma schnarcht so laut, da benötigt sie schon ein eigenes Zimmer und wir haben an Rudolfs Zimmer gedacht", bemerkte Erik.

„Nein, das finde ich ganz gemein, immer müssen die Kleinen zurückstecken, ich bin dagegen", verkündete Rudolf und stampfte zur Bekräftigung mit dem Fuß auf.

Am nächsten Tag fuhr Helga mit Rudolf in ein Möbelhaus und zeigte ihm ein besonderes Bett, es bestand aus einem oberen Bett mit einer Rutsche und nach unten und einer Leiter, sowie einem zweiten Bett unten, das wie eine Höhle aussah und von innen beleuchtet war.

„Gefällt Dir das Bett, das wir in Euer Zimmer stellen wollen? Wenn ihr Euch streitet, dann kannst Du Dich immer in Deine Höhle zurückziehen, denn die gehört Dir allein."

Am nächsten Tag verkündete Rudolf großmütig, dass er sofort umziehen will, wenn das neue Bett geliefert wird.

Ende Februar zog Martha in das altengerecht hergerichtete, ehemalige Zimmer von Rudolf. Sie hatte ihren blauen Wellensittich, Hansi, und ihren Ohrensessel mitgebracht und begann sich sehr wohl zu fühlen in dem Haus, das drei Generationen unter einem Dach vereinte. Die meiste Zeit verbrachte sie in ihrem Zimmer, beim Duschen und Anziehen half ihr Helga und einmal in der Woche kam die Bewegungstherapeutin. Die Friseurin und die Fußpflegerin kamen alle vier Wochen und der Hausarzt meldete seinen Besuch alle acht Wochen an. Den Kindern las sie Geschichten vor oder berichtete von Begebenheiten aus ihrer Jugendzeit und der gemeinsamen Zeit mit ihrem inzwischen verstorbenen Ehemann, Konrad. Pascal interessierte sich besonders dafür, was seine Mutter als Kind alles angestellt hatte.

Im Fernsehen wählte Martha meist alte Filme ohne Actionszenen, mit einer einfachen, von Dialogen getragenen, Handlung, die sie danach dem geduldigen Hansi erzählte. Der flog ihr auf die Hand und krächzte: „Blödsinn", dabei drehte er fragend den Kopf, als wollte er sagen: Da staunst du wohl, was ich alles drauf habe. Zum gemeinsamen Frühstück am Wochenende und zu jedem Abendessen kam sie hinunter ins Esszimmer und brachte oft den Kindern eine Kleinigkeit mit aus ihrer „Schatztruhe." Das Treppensteigen fiel ihr sehr schwer, sie zog sich am Geländer von Stufe zu Stufe und wenn sie oben ankam, waren zehn Minuten vergangen. Im Laufe der Jahre hatte sich ihr Gewicht auf fünfundvierzig Kilo reduziert und es wäre ein Leichtes für Erik, sie hinaufzutragen, das ließ jedoch ihr Stolz nicht zu.

Ostern gab es Lammkeule mit Klößen und grünen Bohnen, ein Gericht, das Erik besonders schätzte und daher auch seinen Teller mit einer riesigen Portion gefüllt hatte, während Martha nur sehr kleine Mengen zu sich nehmen konnte und ihr kaum gefüllter Teller etwas verloren wirkte. Als nun Erik noch eine weitere Portion nachnahm, ließ sie sich schmunzelnd zu der diplomatischen Bemerkung hinreißen:

„Na, Dir schmeckt es aber heute besonders gut", eigentlich hätte sie sagen müssen: „Es ist unglaublich welche Unmengen Du verschlingen kannst."

Während der zweiwöchigen Sommerurlaubsreise der Familie wurde Martha in einem Seniorenheim untergebracht, sie trennte sich nur unwillig von Hansi, aber Vögel waren, unsinnigerweise, in dem Heim verboten. Helgas Bruder, Herrmann, wollte regelmäßig nach Martha und Hansi schauen. Nach einer Woche rief er Helga verzweifelt an und berichtete, Martha gehe es gut, im Haus sei alles in Ordnung, die Blumen seien gegossen, aber eine Katastrophe sei eingetreten, er hatte Hansi, trotz bester Pflege, tot in seinem Käfig aufgefunden. Es wurde beschlossen einen neuen blauen Wellensittich zu kaufen und Martha erst nach der Rückkehr der Familie vorsichtig einzuweihen. Am Tag nach der Rückkehr der Familie Müller nach Berlin fuhr Erik um die Mittagszeit ins Seniorenheim, um Martha abzuholen. Sie saß schon seit sieben Uhr früh auf ihrem Bett mit Hut, Stock und Mantel und die Pflegerin erzählte, dass sich Martha gar nicht integriert habe und alle Bastelangebote ausgeschlagen habe, nicht einmal an der Singstunde habe sie teilnehmen wollen und gegessen habe sie kaum etwas. Zu Hause angekommen, suchte sie sofort ihren Hansi auf und stellte betrübt fest: „Ich wundere mich, mein Hansi fremdelt heute und freut sich gar nicht so recht über meine Rückkehr."

Helga klärte sie behutsam über Hansis unerwartetes Ableben auf und zeigte ihr die Grabstelle im Garten, wo Hansi zur letzten Ruhe gebettet war.

Der fünfzehnte September war der Geburtstag von Konrad, dem vor zwei Jahren verstorbenen Ehemann von Martha. An diesem Tag traf die Familie zusammen, auch nach seinem Tod, um diesen Geburtstag zu feiern. Helga hatte Königsberger Klopse gekocht, das Lieblingsessen von Konrad, Martha hatte das rote Kleid angezogen, das erste, das ihr Konrad nach dem Krieg geschenkt hatte und Hermann hatte das alte Fotoalbum mitgebracht, mit Bildern von der Familie aus der Vor- und Nachkriegszeit. Nach dem Essen erzählte Martha von Konrads Geburtstagsfeier im Jahr 1939 unmittelbar vor dem zweiten Weltkrieg und zeigte auf das Foto mit Konrad in Uniform. Der historisch interessierte Pascal fragte: *„Hat Opa Konrad im Krieg auch Juden erschossen?"*

Martha sah ihrem wissbegierigen Enkel gütig in die Augen und antwortete: „Opa Konrad hatte Glück, er war bei der Luftwaffe, dort wurden keine Erschießungen durchgeführt, aber wäre er bei der Infanterie gewesen, so hätte er sich nicht verweigern können. Kein Soldat führt gerne Erschießungen aus, aber diejenigen, die einen Befehl verweigert haben, wurden oft selbst auf der Stelle erschossen."

Erik griff erläuternd ein: „Die militärische Führung weiß, dass die Soldaten ein Unrechtbewusstsein haben und mit ihrem Gewissen kämpfen bei Erschießungen, daher haben sie sich einen Trick einfallen lassen: Es werden immer mehrere Soldaten für die Erschießung abkommandiert und in einem der Gewehre ist eine Platzpatrone geladen, die nicht töten kann. Jeder Soldat kann sich dann einreden, vielleicht war ich es nicht, der getötet hat."

Pascal setzte seine Fragen beharrlich fort, als erwartete er eine Erklärung von der Kriegsgeneration, wie das alles geschehen konnte: „Wenn Opa Konrad bei der Luftwaffe in Russland war, hat er dann auch Stalingrad bombardiert?"

„Opa Konrad hat die Flugeinsätze nach Stalingrad geleitet, ist aber selber nicht geflogen, auch hier hat er Glück gehabt. Die Flugzeuge die in Stalingrad eingesetzt wurden waren vom Typ Ju 52, die eine Versorgung der eingeschlossenen deutschen Armee bewerkstelligen sollten. Es war ein langsames Flugzeug und wurde oft von der russischen Flak abgeschossen, dabei sind die Piloten meist verbrannt. Von einer Staffel Ju 52 kamen oft nur drei Flugzeuge zurück und das wussten auch die Piloten. Mancher hat sich die Hand abgehackt, damit er nicht mehr fliegen konnte. Das hat ihm auch nichts genutzt, dann wurde er erschossen, wegen Wehrkraftzersetzung und Feigheit vor dem Feind. Ja, ja, mein Junge, jeder Krieg ist menschenverachtend, gemein und brutal. Ich wünsche sehr, dass Du nicht dienen musst, wenn ein Krieg ausbricht und misstraue den dummen Parolen, die den Krieg anheizen."

„*Kriege brechen nicht aus, sie werden inszeniert*", schaltete sich Erik leidenschaftlich ein, „auch der Zweite Weltkrieg wurde von Hitler und Stalin in die Wege geleitet, weil der Eine sein Reich nach Osten erweitern wollte und der Andere sein kommunistisches System über ganz Europa ausbreiten wollte. Ein Krieg unter den kapitalistischen Staaten kam Stalin sehr gelegen, daher schloss er mit Hitler einen Nichtangriffspakt und ermunterte ihn in Polen von Westen her einzumarschieren, während seine Truppen von Osten in Polen einfielen. Unter

Schurken sind Verträge aber wertlos, das bewies Hitler als er später Russland angriff, trotz des von ihm unterzeichneten Nichtangriffspaktes."

Diese Zusammenhänge waren Rudolf zu kompliziert, seine Fragen an die Großmutter beschränkten sich mehr auf das Alltagsleben in Kriegszeiten:

„Dann hatten es die Frauen wohl besser als die Männer, denn sie mussten nicht an der Front kämpfen."

Martha strich Rudolf sanft über das Haar. Sie wirkte mit ihren schlohweißen Haaren, die zu einem Knoten zusammengesteckt waren, den tiefen Rändern unter den Augen, den vielen Altersflecken und Falten im Gesicht und ihrer Fistelstimme, wie ein gütiger Bote aus einer anderen Welt:

„Ach, weißt Du, mein Junge, vielleicht haben mehr Frauen als Männer den Krieg überlebt, aber einfach hatten sie es trotzdem nicht, denn die Städte und Fabriken wurden bombardiert, es gab wenig zu essen und die Produktion von Flugzeugen und Brot, sowie der Betrieb der Straßenbahnen mussten auch ohne Männer funktionieren."

„Hast du einmal einen Bombenangriff miterlebt?"

„Ich habe viele Bombenangriffe erlebt, hier in Berlin fielen fast jeden Tag Bomben. Die englischen Bomber kamen meist nachts, dann ertönten die panikauslösenden Sirenen und man begab sich müde und im Nachthemd so schnell wie möglich in den Schutzraum und jeder hatte grässliche Angst. Die Menschen saßen schwitzend und zitternd nebeneinander, man hörte die Bombeneinschläge näher kommen und die Wände wackelten. Niemand wusste, ob die eigene Wohnung noch vorhanden war, oder ob die Mutter noch lebte. Einen Bombenangriff habe ich noch sehr lebhaft im Gedächtnis und davon will ich Dir erzählen. Die Bombe explodierte etwa zwei Meter neben dem Haus und es hat kräftig gekracht, wir saßen unten im Keller, der zu einem Schutzraum ausgebaut war. Das Gebäude klappte zusammen, wie ein Kartenhaus, aber der Schutzraum hat standgehalten. Ich hörte meine Schwester Inge neben mir beten: Lieber Gott lass es alle treffen, nur mich nicht. Eine gewaltige Staubwolke bildete sich, die so dicht war, dass man nichts mehr sehen konnte, aber wir merkten, dass der Ausgang verschüttet war und so tasteten wir uns zum Notausgang, der nicht verschüttet war und krabbelten durch den Tunnel ins Freie.

Ein Pilot von einem abgeschossenen, feindlichen Flugzeug schwebte an einem Fallschirm auf den Marktplatz zu. Die Frauen, die nach dem Luftangriff aus den Bunkern krochen und die brennenden Häuser sahen und die Schreie der Verwundeten sich in ihre Ohren bohrten, ließen all ihre Wut und Ohnmacht an dem armen Piloten aus. Da wurden Weiber zu Hyänen, sie haben den Piloten in Stücke zerrissen."

In diesem Jahr wurde im Geschichtsunterricht das Dritte Reich besprochen und daher fragte Pascal beharrlich und bohrend weiter, als würde er von der Vorgeneration eine Rechenschaft über die Untaten im Dritten Reich einfordern: „Wir haben gelernt, dass Hitler von der Mehrheit des deutschen Volkes gewählt wurde, *hast du Hitler 1933 auch gewählt?*"

„Ich war damals noch zu jung und durfte nicht wählen, aber ich hätte Hitler gewählt. Euer Opa Konrad sprach immer nur von braunen, barbarischen Horden, er hätte Hitler ganz sicher nicht gewählt und wir hatten oft Streit untereinander bei diesem Thema. Du musst Dir vorstellen, dass nach dem Ersten Weltkrieg Deutschland verarmt und entehrt war, man musste hungern und frieren, viele Millionen Menschen waren arbeitslos und die Republik war durch zu viele Parteien hoffnungslos zerstritten. Mit Hitler ging eine Bewegung durch unser Volk, alle zogen an einem Strang, die Arbeitslosigkeit wurde beseitigt, es ging aufwärts. Wir konnten uns sogar ein Auto leisten."

Erik freute sich über die gezielten Fragen seines Sohnes an eine Zeitzeugin, die willig und mit verblüffender Ehrlichkeit Auskunft erteilte, und er rundete die Fragestunde durch ergänzende Angaben ab:

„Der wirtschaftliche Aufschwung wurde durch den genialen Reichswirtschaftsminister Hjalmar Schacht ermöglicht. Ihm gelang die Bändigung der Hyperinflation und mit Hilfe von Mefo-Wechseln ermöglichte er die Finanzierung der Rüstung und der Wirtschaft auf Pump. Dieser Bankfachmann wusste, dass Wechsel auch irgendwann eingelöst werden müssen und er vereinbarte mit Hitler eine begrenzte Laufzeit. *Mit Schurken darf man keine Vereinbarungen treffen*: Als Hjalmar Schacht die Einlösung der Wechsel anmahnte, hat Hitler ihn einfach entlassen. Damit war das Problem nicht gelöst, nur der Krieg als Lösung vorprogrammiert. Liebe Martha, euer bescheidener Wohlstand ging zu Lasten der kommenden Generationen."

Pascal sah fragend seinen Vater an, dann stellte er seiner Großmutter doch die Frage, die ihn beschäftigte: „Hast du nie bemerkt, dass Sinti, Roma, Juden und Kommunisten im Dritten Reich entrechtet und verhaftet wurden, hattest du keine jüdischen Freunde?"

Martha richtete sich auf ihrem Stuhl auf und stützte die Hand auf ihren Stock und versuchte die Frage, die sie sich schon oft selbst stellen musste, zu beantworten: „Von deinen Bekannten wusstest du oft nicht, ob sie Juden waren, denn sie lebten wie die Deutschen und sahen auch genauso aus. Die Verhaftungen wurden meist nachts durchgeführt und wenn man das zufällig einmal mitbekommen hat, dann dachte man sich: Wenn unsere Staatsmacht jemanden verhaftet, wird er wohl etwas ausgefressen haben. Man hatte auch Angst sich da einzumischen, dann gab es Ärger in der Hausgemeinschaft und im Büro und wir wollten nur leben und unpolitisch bleiben. Als ich später die Bilder von Gräueltaten und Konzentrationslagern sah, hielt ich sie für nicht möglich und für amerikanische Propaganda."

Helga spürte, dass sich das Einvernehmen von Pascal zu Martha anspannte und rissig zu werden drohte, daher wollte sie dem Gespräch und der Geburtstagsfeier eine andere Wendung geben: „Sag einmal Martha warum haben wir als Kinder in Konrads Garten gerne gearbeitet?"

Bei der Erinnerung an die Zeit mit Konrad ging ein Strahlen über Marthas verwelktes Gesicht und sie begann zu erzählen: „Nun, verreisen war nach dem Krieg kaum möglich, also seid ihr Kinder in den Ferien oft in Konrads Garten gefahren, da gab es Früchte zu ernten, man musste Abenteuer bestehen und man durfte auch arbeiten. Konrad war als Schutzmann schwere körperliche Arbeit nicht gewohnt, aber er wollte ein Betonbecken zum Auffangen von Regenwasser bauen. Dazu benötigte er Kies, den er in zwei Metern Tiefe im Garten vermutete. Er suchte nach einer Möglichkeit ohne große eigene Anstrengung an den Kies heranzukommen. Er erzählte Euch von seinem Traum, er habe geträumt, wie an einer bestimmten Stelle im Garten vor vielen Jahren ein Schatz vergraben wurde, um ihn vor den feindlichen Truppen zu verstecken. Es könnte sein, dass dieser Schatz hier immer noch liegt, man müsste ihn nur ausbuddeln. Er zeigte Euch die geheimnisumwitterte Stelle, wo, welch ein Zufall, auch zwei Schaufeln standen. Ihr fingt an wie wild zu graben und hattet nach einer Stunde ein Loch von einem halben Meter Tiefe ausgehoben und die Lust am Graben ließ spürbar nach. Konrad hatte sich aus der Werkstatt Messingspäne eingesteckt und streute diese in einem unbemerkten Augenblick in die Grube. Was glitzert dann da so goldschatzartig, fragte er Euch scheinheilig und schon wurde wieder eilig weitergegraben. Der Schatz wurde nie gefunden, aber das Betonbecken steht heute noch."

Pascal und Ralf kannten diese Geschichte noch nicht und mussten herzlich lachen und riefen:

„Oma erzähle noch eine Geschichte."

Martha aber wirkte zunehmend erschöpft und wollte sich zurückziehen. Sie stärkte sich noch mit einem kleinen Likör, umarmte die Kinder und begann den mühevollen Aufstieg zu ihrem Zimmer. In den folgenden Wochen verschlechterte sich ihr Befinden, sie aß noch weniger als vorher, lag lange halbwach im Bett, konnte kein Buch mehr lesen, weil die schlechten Augen schnell ermüdeten und schließlich kam sie zum Abendessen nicht mehr herunter, Helga brachte es ihr und blieb dann eine Weile bei ihr sitzen. Der Hausarzt empfahl Blutdruck und Cholesterin senkende Mittel und ein Rauchverbot, sowie eine operative Verödung von Herzkranzgefäßen. Martha lehnte alle diese Vorschläge entschieden ab, sie wollte ihre Gewohnheiten nicht ablegen, sich keiner Operation unterziehen und sie wollte ihr erfülltes Leben nicht künstlich verlängern. An einem Vormittag im November nahm Martha ihr Frühstück zusammen mit ihrer Tochter Helga in ihrem Zimmer ein. Sie legte ihre runzlige, zittrige Hand auf Helgas glatte Hand und sagte:

"Ich fühle mich bei Euch geborgen und wohl und habe hier eine besonders schöne Zeit erleben dürfen und ich danke Euch allen dafür."

Als Helga gegangen war, rauchte sie ihr letztes Zigarettchen und ist um die Mittagszeit, friedlich im Sessel sitzend, für immer eingeschlafen.

Kapitel 6
Begegnung mit dem Diktator
Berlin, rückblickend auf 1936

Im Nebenzimmer des Gasthauses: Zum Storchen, ging es heute stimmungsvoll zu, Martha feierte ihren einundzwanzigsten Geburtstag im Kreise ihrer Clique. Sie war aus Dresden nach Berlin übersiedelt, aber ihren sächsischen Akzent konnte sie nicht ablegen. Ihre Heimatstadt war bekannt dafür, dass sie besonders viele gutaussehende Frauen hervorgebracht hatte, eine davon war Martha. Als Fremdsprachensekretärin verdiente sie gutes Geld und strahlte gute Laune aus, wie ein bunter Paradiesvogel, der sein Lied im Frühling trällert. Die junge Frau hatte sich ein neues, figurbetontes Kleid gekauft, weiß mit blauen, großformatigen Frühlingsblumen und saß neben ihrem Freund Herbert, den sie abgöttisch liebte und mit dem sie fast jede freie Minute verbrachte. Herbert war ein stattlicher junger Mann, gutaussehend mit dunklen Locken, sportlich, stets gutgelaunt und witzig, ein Tausendsassa, der auch anderen Frauen gut gefiel. Herbert setzte sich ans Klavier und spielte das Lied: Wir freuen uns dass du geboren bist. Die Clique sang fröhlich mit und Martha musste durch einen Bogen aus gebundenen Frühlingsblüten laufen, bevor die Geschenke ausgepackt wurden. Nach dem Essen wurde getanzt und die Stimmung war großartig. Als Martha von der Toilette zurückkam, sah sie Herbert sehr eng tanzen mit Sylvia, ihrer Freundin. Nach dem Tanz zog Herbert Sylvia auf seinen Schoß und küsste sie lange und innig. Als die Musik wieder begann, tanzte Herbert wieder mit Sylvia. Eigentlich wollte er Martha nicht wehtun und sie als Freundin nicht verlieren, aber wenn er Alkohol getrunken hatte und ein roter Mund ihm lachte, konnte er diesem nicht widerstehen. In einer Tanzpause setzte sich Martha zu ihm, sie merkte, dass er angetrunken war und fragte:

„Möchtest du lieber mit Sylvia zusammen bleiben?"

„Ich will mich amüsieren und davon hält mich dein Geburtstag nicht ab", kam die gelallte Antwort, denn er wollte sich auch beweisen, dass er noch frei war und nicht unter Marthas Pantoffel stand. Dann stand er auf, um sich ein weiteres Bier zu holen. Auf dem Heimweg weinte Martha bitterlich und zu Hause begrub sie ihren Kummer im Kopfkissen. Am nächsten Tag stand Herbert mit einem Blumenstrauß vor Marthas Tür und bat sie, kniend, ihm zu verzeihen. Sie sehnte sich nach seiner Gegenwart und verzieh ihm nach einigem Zögern auch diesmal wieder.

Einige Tage später traf Martha zufällig beim Bäcker die Mutter von Herbert, die sie flüchtig kennen gelernt hatte. Sie wirkte mit ihrem faltigen Gesicht, den grauen Haaren, der schmuddeligen Kleidung, den Zahnlücken und dem gebückten Gang wie die böse Hexe aus dem Märchen. Nach dem Einkauf nahm die Mutter sie zur Seite und tuschelte ihr mit Betonung ins Ohr, als würde sie ein Staatsgeheimnis verraten:

„Mein Herbert ist ein guter Junge, aber *zur Ehe taugt er genauso wenig wie sein Vater.* Sieh mich an, mein Mann bringt all sein Geld mit anderen Frauen und mit Alkohol durch. Trotz aller Versprechungen hat er sich nie geändert und ich musste sehen, wie ich die Kinder durchbekomme. Du bist eine blühende Frau, die ihr eigenes Geld verdienen kann, Du hast einen besseren Ehemann verdient."

Was Martha längst erfasst, aber verdrängt hatte, sprachen diese Worte aus, sie wollte schreien, um sie nicht hören zu müssen, aber sie bohrten sich wie ein Stachel ein, der sich nicht entfernen ließ und der immer Schmerzen verursachte. Als Herbert wieder einmal alkoholisiert nur unflätiges Geschwätz von sich gab, beschloss Martha sich von ihm zu trennen. Sie liebte ihn nach wie vor und es fiel ihr unsagbar schwer seine

Annäherungsversuche immer wieder abzuweisen. Irgendeinen Teil von sich selbst musste sie jetzt aus sich herausreißen. Herbert war die Liebe ihres Lebens und sie wird keinem Mann in ihrem Leben mehr so begegnen können. Die leidenschaftlichen, erfüllungsspendenden Nächte gab es plötzlich nicht mehr und sie war mit ihrer Sehnsucht allein und verzweifelt. Gegen ihre Neigung wollte sie standhaft bleiben und Herberts Charme nicht noch einmal erliegen, ihre geplanten Kinder sollten in einer intakten Familie aufwachsen.

Auf einem Spaziergang am Schlachtensee kam Martha mit Konrad ins Gespräch, ein schlanker, großer, blonder Mann, mit blauen Augen und einer angenehmen Stimme, er entsprach genau dem arischen Schönheitsideal. Er wirkte etwas tapsig und umständlich, wie Männer oft sind, wenn sie sich einer anziehenden Frau nähern wollen. Er sprach von den umfangreichen Vorbereitungen zu den olympischen Sommerspielen und lud sie ein zu einer Maibowle in ein nahegelegenes Gartenlokal. Seine Gradlinigkeit und Bescheidenheit, seine festen Grundsätze und seine Beharrlichkeit, gepaart mit einem gesunden Menschenverstand, empfand sie als wohltuend, weil sie das bei Herbert so schmerzlich vermisste und daher wollte sie Konrad wiedersehen. Er hatte nur die Volksschule besuchen können und war von ihrer gewandten Sprache, ihrer guten Allgemeinbildung und ihrer Schönheit sehr angetan. Er fühlte, dass mit ihrer Hilfe seine Defizite und Schwächen überwindbar werden und er wollte sie mit allen Mitteln erobern. Ihre regelmäßigen Verabredungen zum: Radeln, Spazieren gehen, Kinobesuchen und Kegeln mündeten bald in eine feste Freundschaft und schließlich in eine Verlobung. Martha konnte, trotz ihrer zierlichen Figur, sehr gut mit der Kegelkugel umgehen und sie wurde bald zum Star im Kegelclub. Sie gewann die Clubmeisterschaft, er konnte nur einen der mittleren Plätze erkämpfen. Beide stärkten sich nach dem Wettkampf mit einem kühlenden Bier, als ein Clubfreund eine Persiflage auf Hitler vortrug. Dazu imitierte er Hitlers Stimme und hielt sich einen Kamm unter die Nase, der wie ein Hitlerbart wirkte. Noch bevor der Vortragende seine Pointe erzählen konnte, packten drei bullig wirkende Männer, deren braune Hemden mit Hakenkreuzarmbinde ihre Gesinnung verrieten, ihn an den Armen und schleppten ihn ins Freie. Nur wenige Minuten später fand man den Unglücklichen, mit verschwollenem Gesicht und gebrochenen Nasenbein auf dem Hof liegend, wieder.

„Nicht einmal im privaten Club ist man vor diesen braunen, brutalen Horden sicher", kommentierte Konrad den Vorfall, „wäre ich, als Polizist, jetzt im Einsatz, ich könnte nicht einmal einschreiten, ohne mir einen Anpfiff meines Vorgesetzten einzuhandeln, der selbst NSDAP-Mitglied ist."

„Ich habe Verständnis dafür, dass ein Verspotten unseres Führers nicht geduldet wird, aber sicherlich haben hier unsere Parteifreunde übertrieben reagiert", bemerkte Martha, „die Beseitigung der Arbeitslosigkeit, die Versorgung mit Nahrungsmitteln, die Wiederherstellung unserer Selbstachtung und die internationale Anerkennung, die auch durch die Olympischen Spiele hier dokumentiert wird, wäre ohne unseren Führer nicht möglich gewesen."

„Gewisse Verdienste Hitlers will ich nicht in Abrede stellen, aber wir dürfen dabei die Prinzipien der Rechtsstaatlichkeit nicht außcr Acht lasscn, dicsc drei Schläger müssen wegen vorsätzlicher Körperverletzung angeklagt und bestraft werden und das tut niemand in diesem Land, auch aus Angst vor diesen braunen Horden, die von deinem geliebten Führer legitimiert werden", erwiderte Konrad voller Empörung.

Martha wollte ihn nicht brüskieren, aber ihre Begeisterung für Hitler nicht kaschieren: „Du erinnerst Dich doch noch an die Weimarer Zeit, als die zahlreichen Parteien hoffnungslos zerstritten waren und alle politischen Entscheidungen blockiert und vertagt wurden. Heute zieht das deutsche Volk erfolgreich an einem Strang, uns geht es gut und das finde ich wichtiger als die Einhaltung von Prinzipien."

„Als wir vor einer Woche nachts aus dem Kino kamen, stand vor dem Haus der Rosenthals eine schwarze Limousine mit laufendem Motor, die beiden alten Rosenthals wurden verhaftet. Meine Polizeidienststelle erfährt von solchen Verhaftungen gar nichts und wenn ich nachfrage heißt es immer: Da seien höhere Staatsinteressen im Spiel und wir sollten uns da heraushalten, wenn wir Ärger vermeiden wollen. Wir Polizisten sollten den Bürger beschützen und, falls erforderlich, Verhaftungen durchführen und nicht finstere, in Leder gekleidete Typen."

„Ja, ja, die Limousine habe ich auch bemerkt, aber eine Verhaftung habe ich nicht gesehen und das ist auch besser so. Wenn jemand verhaftet wird, dann wird es wohl auch einen Grund dafür geben."

Bei aller Zuneigung und Wertschätzung, die Konrad für Martha empfand, hier zeigte sie sich auf dem rechten Auge blind. Bei diesem Thema fühlte er sich unverstanden und alleingelassen von ihr und das tat ihm weh und wirkte trennend. Bei vielen Freunden und in Familien entstand eine Spaltung in Befürworter und Ablehner Hitlers.

Berlin stand im Zeichen der olympischen Sommerspiele, Hotels wurden hergerichtet oder neu gebaut, viele Fassaden wurden frisch gestrichen und das Dritte Reich zeigte sich gastlich und tolerant gegenüber seinen Besuchern. Über den Volksempfänger, das weitverbreitete Radio für den kleinen

Mann, konnte man die Wettkämpfe auch im Rundfunk verfolgen und die ganze Nation fieberte dem Sieg eines Landsmanns entgegen. Es war ein sonniger Tag, an dem Konrad zum Streifendienst am Olympiastadion abkommandiert wurde, er sollte an der Überwachung des Eingangsbereiches mitwirken. Hinter ihm schob sich eine Menschentraube vor und plötzlich und unerwartet sah er in nur zwei Metern Entfernung, den Führer, Adolf Hitler, aus einem offenen Wagen aussteigen. Ihn durchzuckte nur ein Gedanke: Wenn dieser Mann beseitigt wird, wird auch der braune Terror beseitigt, mit dem es kein gutes Ende nehmen kann. Ich habe eine Waffe und nur jetzt die Chance es zu tun, ich bin vom Schicksal aufgerufen diesen Mann zu töten! Seine Hand glitt langsam zum Pistolenhalfter und öffnete den Verschluss.

Dann sah er die wogende Menschenmasse, die Hitler zujubelte, viele versuchten ihn zu berühren, die Leibwächter hatten Mühe sie daran zu hindern und Hitler genoss das kurze Bad in der Menge. Da brannte in Konrad eine andere Erkenntnis: Bist du verrückt, wie kannst du so etwas auch nur denken, du bist nicht zum Helden geboren und nicht legitimiert. Die Mehrheit der Deutschen würde deine Tat abscheulich finden und dich auf der Stelle zerreißen. Seine Hand schloss energisch wieder den Verschluss des Pistolenhalfters, Hitler hatte sich inzwischen entfernt.

Nach seiner Heimkehr überlegte er, ob er Martha in seine wilden Gedanken einweihen sollte und verwarf diese Idee sofort wieder, denn für sie wäre dieser Gedanke einfach undenkbar und verachtungswürdig gewesen.

Kurz vor Weihnachten wurde im Kreise der Familie und der Freunde die Hochzeit gefeiert. Das Paar hatte einen gebrauchten DKW erworben, den sie mit Blumen und Schleifen schmückten und mit dem sie stolz vor der Kirche vorfahren wollten. Das ungezogene, neu erworbene Gefährt versagte jedoch kurz vor der Kirche seinen Dienst, so dass Konrad den Wagen, mit der am Steuer sitzenden Braut, die letzten Meter schieben musste. Die eheerfahrenen Betrachter dieser Szene konnten darin eine gewisse Symbolik des künftigen Rollenverhaltens erkennen. Das Paar gelobte in der Kirche, wie das üblich war, vor der versammelten Gemeinde, sich gegenseitig die Treue zu halten und zueinander zu stehen bis dass der Tod sie scheidet. Martha hielt ihr Versprechen ein Leben lang ein. Konrad konnte später als schneidiger Offizier im besetzten Frankreich den Versuchungen der liebeserfahrenen und verführerischen Französinnen nicht immer widerstehen.

Die Jungvermählten hatten eine Zweizimmerwohnung im Stadtteil Kreuzberg gemietet mit Bad, Balkon und Kachelofen. Die Möbel für das Schlafzimmer hatte sie von ihrem Ersparten gekauft, die Wohnzimmereinrichtung wurde von seinen Eltern beigesteuert und die Küche wurde vom Vormieter übernommen. Der beschwingte Bräutigam trug seine geliebte Braut die zwei Stockwerke hinauf, um sie dann auch über die Wohnungsschwelle in ihr neues Reich zu heben. In der Hochzeitsnacht musste Martha gegen ihren Willen an Herbert denken, Konrad war ein liebevoller Mann, der sie verehrte und auf Händen trug, aber die in ihr schlummernde Leidenschaft konnte er nicht erwecken, sie erlebte die Liebe aus zweiter Hand.

In den ersten Jahren wollten sie die Zweisamkeit genießen und noch keine Kinder haben, daher schliefen sie nur an den unkritischen Tagen miteinander. Er war ein eher sachlicher und wenig romantischer Liebhaber und er hoffte, dass ihr

Temperament ihn beflügeln könnte, während Martha vergeblich darauf wartete, dass sich ihre Leidenschaft irgendwann wieder einstellen würde. So wurde sie ihm eine verständnisvolle, ihn achtende, gute und treue Ehefrau, der jedoch ein Hauch von unerfüllter Sehnsucht anhaftete.

Kapitel 7
Liebe in der Welt der Oper
Karlsruhe, 1990

Die nach dem Zweiten Weltkrieg entstandene Teilung Europas in einen kapitalistischen, von den USA dominierten, und einen kommunistischen, von der Sowjetunion beherrschten, Teil konnte durch friedliche Protestbewegungen überwunden werden. In dieser Zeit gelang die deutsche Wiedervereinigung und Europa rückte weiter zusammen.

Nach einem Konzert in London schlenderte Erik in einen Pub, bestellte sich ein Bier und wollte den Abend ausklingen lassen und dann in sein Hotel zurückkehren. Das dunkle Bier war dünn, es hatte keine Schaumkrone und hatte einen leicht bitteren Nachgeschmack, es war für den deutschen Gaumen gewöhnungsbedürftig. Der Barkeeper verkündete kurz vor dreiundzwanzig Uhr mit markanter Stimme: „Last round", und ließ dazu eine Glocke ertönen.

„Hier werden die Engländer wohl zeitig ins Bett geschickt, damit sie am nächsten Tag wieder fit für die Arbeit sind", dachte Erik und fühlte sich auf der englischen Insel etwas bevormundet.

Mit dem letzten Bier gesellte sich ein etwas pummliger Mann, Mitte vierzig, an Eriks Tisch. Er roch leicht nach Alkohol, trug reparaturbedürftige Jeans, einen scheußlichen Pullover mit einem Totenkopfschädel und stellte sich in gebrochenem Deutsch als: James, vor. Er legte offensichtlich wenig Wert auf seine äußere Erscheinung, denn sein volles Haar war fettig und ungekämmt und ein Schneidezahn war halb abgebrochen, als hätte er gerade eine handfeste Schlägerei hinter sich. Ohne Umschweife kam James zur Sache: Er sei eigentlich Filmregisseur, aber er habe ein *Angebot für eine*

Opernproduktion erhalten, das einen ungeheuren Reiz auf ihn ausübe. Da er zu geringe Erfahrungen in der Opernwelt habe, könne er sich vorstellen, dass Erik diese Lücken, als sein musikalischer Regieassistent, schließen könnte.

„Well, ist das ein deal?", fragte James mit einem breiten, selbstzufriedenen Grinsen, als sei er gewohnt, dass seine Angebote immer mit Begeisterung und Dankbarkeit aufgenommen würden.

„Nun, das trifft mich ein wenig unvorbereitet und ich habe keine konkreten Vorstellungen von dieser Opernproduktion", gab Erik ungläubig zu bedenken und lehnte sich behäbig zurück, um etwas Zeit zu gewinnen, und weil er dieses Angebot für großmäuliges Stammtischgeschwätz hielt.

James kramte aus einer speckigen Ledertasche Unterlagen hervor, die schon sehr konkret ausgearbeitet waren mit Skizzen der Bühnenbilder, der Beleuchtung, der Kostüme und der Besetzung von Solisten. Das alles machte auf Erik einen beachtlichen und sehr professionellen Eindruck.

„Das Projekt ist beschlossen und ich war schon recht fleißig. Wir haben ein dickes Budget", informierte James süffisant und voller Begeisterung, als hätte Erik schon zugesagt, „und Luciano Pavarotti hat die Arie: Nessun Dorma, aus der Puccini Oper: Turandot, zu einem Hit bei der Fußballweltmeisterschaft gemacht, wie die Titelmelodie eines Erfolgsfilms, das fördert unser Projekt."

„An welcher Bühne und wann soll diese Turandot aufgeführt werden?", wollte Erik mit zunehmendem Interesse wissen.

„Die Premiere soll im Oktober am Badischen Staatstheater in Karlsruhe stattfinden, wir haben die Zusagen von den herausragenden Solisten in dieser Liste hier schon vorliegen."

Erik überflog diese Liste und war beeindruckt und begeistert. Trotz seiner ungepflegten Erscheinung machte sein Gegenüber einen sympathischen Eindruck auf ihn, auch die Termine waren einhaltbar und er konnte sich zunehmend mit dem Gedanken einer Zusammenarbeit anfreunden. James übertrug die umfangreicheren Möglichkeiten des Films fantasievoll auf die Verhältnisse einer Opernbühne und strahlte die Überzeugung aus, dass er durchaus in der Lage sei, seine Fantasien auch auf der Opernbühne realisieren zu können. Erik reizte diese Aufgabe, da er dabei nicht im Orchestergraben sitzen würde, sondern auf die gesamte Produktion Einfluss nehmen könnte. In einem Nebensatz nannte James das für seinen musikalischen Regieassistenten vorgesehene Honorar und das konnte Erik einfach nicht ablehnen.

Die beiden Pub-Besucher verabredeten sich kurzfristig in Karlsruhe vor dem Badischen Staatstheater, um das weitere Vorgehen abzustimmen. Am Eingang zum Staatstheater stand die Statue eines großen, dreibeinigen Pferdes, das an das Trojanische Pferd erinnerte, es wurde: Musengaul, genannt. Als James seinen Assistenten Erik erkannte, lief er auf ihn zu und rief:

„Wir bringen diesem Pferd das Springen bei.“

Die Bühne war technisch perfekt ausgerüstet und bot gute Möglichkeiten für eine aufwendige, naturalistische Inszenierung. Puccinis Oper: Turandot, spielte vor langer Zeit am Palast der chinesischen Prinzessin Turandot. Jeder Freier musste ihre drei Rätsel lösen, um Herrscher und Gemahl werden zu können. Konnte er sie nicht lösen, wurde er geköpft. Der aus seiner Heimat geflohene Fürst Kalaf konnte die Rätsel lösen und wurde nicht nur zum neuen Herrscher gekrönt, er gewann schließlich auch die Liebe der kaltherzigen Prinzessin.

James wollte das erste Bild schaurig gestalten, daher war die Bühne in blutroter Farbe gehalten und zeigte den chinesischen Palast drapiert mit den abgeschlagenen Köpfen der gescheiterten

Verehrer. Das nach weiteren Hinrichtungen lechzende Volk sollte in Richtung Palast kriechen. Um die Kulisse am Anfang schemenhaft zu halten, ließ James einen Gazevorhang anbringen und wollte eine Nebelmaschine einsetzen. Das Volk wurde vom Chor dargestellt, das singend auf den Palast zu krabbeln sollte, hinter einem Vorhang und im Nebel. Hier setzte Eriks Protest ein, denn der Chorgesang konnte unter diesen Bedingungen nicht mehr beim Publikum ankommen. Die Nebelmaschine wurde entfernt, der Chor kroch seitwärts, der Gazevorhang blieb. James gab an den Chor in seinem nicht perfekten Deutsch die Anweisung: „Ihr müsst würmen", damit war wohl eine wurmartige Fortbewegung gemeint. Die Inszenierung sollte auch einen aktuellen Bezug erhalten, nämlich den Kampf der Geschlechter, daher sollte in der Schlussszene eine gezähmte Turandot zu Kalafs Füßen liegen und ihn ansingen. Auch hier meldete Erik Bedenken an:

„In der Oper sind überwiegend weibliche Zuhörer und denen wird dieses Schlussbild nicht gefallen. Die Szene muss auch deshalb umgestaltet werden, weil Turandot nicht die anstrengende Schlussarie im Liegen in die falsche Richtung singen kann!"

Die Zeit drängte, die Kulissenbauer warteten auf Anweisungen, der Chor wurde mit Extrachor auf achtzig Sängerinnen und Sänger aufgestockt, die an der vorgesehenen Stelle keinen Platz mehr fanden. Die maßangefertigten chinesischen Schuhe mussten geschnürt werden, dafür reichte aber die Zeit beim Kostümwechsel nicht aus. Die Masken mit den chinesischen Schlitzaugen verursachten Schweiß, der die Schminke herabtropfen ließ. Trotz all dieser Schwierigkeiten war James nur schwer von seinen Plänen abzubringen und Streit in der Führung war schlecht für die Moral der Truppe, daher zog sich die Regie zu einem Vieraugengespräch zurück.

„Wenn die Handlung schon dürftig ist und die Dialoge flach, dann möchte ich wenigstens provozieren und einen Bezug zur Gegenwart herstellen!", verteidigte James seine Regieführung.

„Du bist Filmregisseur, dort sind schlüssige Handlungen und überzeugende Dialoge wichtig. *Die Oper will Emotionen erzeugen*, neben der Musik sind Liebe, Glück, Hass, Eifersucht und Tod die Elemente, die eine Oper prägen."

„Wie soll ich glaubhaft machen, dass diese männerhassende, blutrünstige, eiskalte Turandot plötzlich eine liebende Ehefrau wird?", wandte James entrüstet ein.

„In der Oper wird dieses Wunder durch den Kuss von Kalaf bewirkt und seine Bereitschaft für sie sein Leben zu opfern, das muss hier als Basis für eine glückliche Zweisamkeit ausreichen. Der Opernbesucher ist ein besonders empathisches Wesen, er will innerlich bewegt, mit einer Melodie im Ohr, nach Hause gehen. Diese Maxime macht oft Kompromisse bei der Handlung und dem Dialog erforderlich."

„Die Oper Turandot ist eine der wenigen, in der es ein glückliches Ende gibt. Wie es im Ehealltag mit diesem Liebespaar weiter geht, wird aus gutem Grund nicht mehr gezeigt. Auch im Film wird beim Happyend gewöhnlich abgeblendet."

Erik konnte James einige Kompromisse abringen und die Vorbereitungen gingen zügig voran, die Kulissenbauer und Kostümschneider mussten zusätzliche Nachtschichten leisten und vollbrachten wahre Wunderwerke.

Am Tag der Orchesterprobe wollte James seine Inszenierung von der zehnten Reihe im Zuschauerraum betrachten. Bei der Anfangsszene hatte eine ältere Chorsängerin Probleme mit dem „Würmen", und bewegte sich in kniender Haltung auf den Palast zu.

„Du Frau, Arsch runter, du verdirbst mein Bühnenbild", polterte James in seinem nicht so feinen Deutsch über die Lautsprecheranlage. Die Chorsängerin war so betroffen von der groben, öffentlichen Zurechtweisung, dass sie schluchzend die Bühne verließ. Die weitere Orchesterprobe verlief zufriedenstellend und es wurden einige Verbesserungsmöglichkeiten gefunden: Der Chor konnte teilweise den Dirigenten nicht sehen, daher wurden Monitore hinter der Bühne angebracht, die den Dirigenten zeigten und der Chordirektor dirigierte zusätzlich an der Bühnenseite.

Für den nächsten Tag war die Generalprobe angesetzt, die wie eine Vorstellung durchgeführt wurde, mit vollem Orchester, Chor und Solisten in Kostümen, Kulisse aufgebaut, Beleuchtung besetzt. Dazu wurde die Presse eingeladen und einige Ehrengäste, so dass sich etwa hundert Zuschauer im Parkett befanden. Die Ouvertüre begann, der chinesische Palast wurde schemenhaft hinter einem Gazevorhang sichtbar. Nach einigen Takten sollte der Vorhang fallen und einen ungefilterten Blick auf den schaurigen Palast freigeben. Unglücklicherweise fiel der Vorhang nicht auf die Bühne, sondern in den Orchestergaben. Die Geiger unter dem Netz hatten große Schwierigkeiten die Geigenstöcke zu schwingen, denn es dauerte eine Weile, bis die eilig herbeigeeilten Bühnenarbeiter den Vorhang eingeholt hatten. Der Dirigent ließ mutig weiterspielen, die Zuschauer waren amüsiert und James ärgerte sich.

Es war ein sehnlicher Wunsch von Erik, Helena bei seiner Premicrc dabci zu habcn. Da er Schwierigkeiten hatte sie telefonisch zu erreichen, schickte er ihr kurzerhand eine Bahnfahrkarte und eine der begehrten Premierenkarten. Sehr zu seiner Freude bestätigte Helena ihr Kommen, erklärte jedoch, dass sie nach der Vorstellung sofort wieder die Heimreise antreten müsse. Erik holte sie am Hauptbahnhof ab. Es war ein warmer, sonniger Nachmittag und bis zum Premierenbeginn hatten sie noch einige Stunden Zeit, daher beschlossen sie eine Fahrt in den nahen Schwarzwald zu unternehmen. Auf der Fahrt berichtete Erik von seiner ungewohnten Arbeit am Badischen Staatstheater, dem kauzigen James und der Panne bei der Generalprobe. Helena erzählte von ihrem Konzertabonnement, das ihr viel Freude bereitete, und von den zunehmenden Spannungen mit Heinrich, der seiner patriarchalischen Haltung treu blieb und der hinnehmen musste, dass seine Frau ihm immer weiter entglitt.

Gemeinsam fuhren sie auf den Turmberg und genossen den Rundblick über Karlsruhe, man konnte die Rheinebene sehen und schemenhaft die Berge des Pfälzer Waldes dahinter. Am rechten Horizontrand konnte man das Atomkraftwerk Philippsburg erkennen, seine Kühltürme wirkten wie Geierhälse, die sich in die friedliche Landschaft reckten. Erik sah von der Seite Helenas Gesicht gegen den azurblauen Himmel mit den Haarsträhnen, die einen Teil ihres Gesichtes verdeckten, dem Grübchen auf der Wange und er spürte ihre Hüfte, die seine Hüfte sanft berührte. Er musste sie immer wieder ansehen, als könnte er nicht glauben, dass sie nun wirklich bei ihm war. Dann liefen beide Hand in Hand einen Höhenweg entlang, der durch einen schattenspendenden Wald führte und gelangten an ein Maisfeld. Helena bückte sich und zog mit anmutigen Bewegungen ihre hohen Schuhe aus, ihr Haar wehte im Wind, sie lächelte ihn herausfordernd an und lief mit flinken Schritten, barfüßig in das Maisfeld. Die Maispflanzen standen dicht beieinander und waren über zwei Meter hoch, Helena war sofort verschwunden und nicht mehr ausfindig zu machen in dem Feld. Zunächst sah man noch die eine oder andere Maispflanze wackeln dort, wo sie ging, dann verlor sich ihre Spur. Erik hatte das Gefühl, das Maisfeld hätte seine ersehnte Geliebte verschluckt. Ihr Verschwinden steigerte seine Sehnsucht, er hegte den innigen Wunsch sie jetzt in seine Arme nehmen zu können und zu liebkosen, aber dazu musste er sie zunächst finden. Voller Erwartungen lief er in das Feld und begann ungeduldig mit seiner Suche.

Trotz der Sonne war es im Feld halb dunkel und die Sicht durch die Stauden stark eingeschränkt. Die Pflanzen wuchsen in Reihen, die einen Abstand von etwa achtzig Zentimetern hatten. Wenn man eine Reihe durchbrochen hatte, dann konnte man links und rechts einige Meter weit sehen, nach vorne und hinten hatte man keine Sicht. Wie besessen schob sich Erik von einer zur nächsten Reihe, bog einige Pflanzen oben auseinander, um weiter sehen zu können, ohne jedoch eine Spur von Helena zu entdecken. In seiner Not rief er laut ihren Namen, aber es war nur das leise Rauschen des Windes zu hören, der durch das Feld strich, sie hatte sich geschickt versteckt. Er war unsicher, ob sie entdeckt werden wollte, aber er wollte die Hoffnung nicht aufgeben sie doch noch zu finden und in ein naturumschwirrtes, berauschendes Maisfeldbett zu locken.

Der Premierenbeginn war für zwanzig Uhr angesetzt. Erik beschaffte Helena bis zum Vorstellungsbeginn einen Platz im nahegelegenen Theaterkaffee und stürzte sich in die Premierenvorbereitungen. Die Kulisse musste verstärkt werden, da der Herold, nach der neuesten Regieanweisung, oben vom Palast singen sollte. Das hatte noch rechtzeitig geklappt. Für die chinesischen Schnürschuhe wurden Schnellverschlüsse vorgesehen, auch die waren noch rechtzeitig fertig geworden. Es war beruhigend zu wissen, dass der Dirigent und die Solisten im Hause waren. Es war in hohem Maße beunruhigend zu erfahren, dass Turandot fehlte. Die Uhr zeigte inzwischen neunzehn Uhr dreißig an und Turandot befand sich auf der Autobahn acht kurz hinter Pforzheim in einem Stau. Die Turandot der B-Besetzung befand sich im Ausland und eine Ersatzsolistin war nicht mehr auftreibbar. Die Uhr rückte unbarmherzig vor, es war inzwischen neunzehn Uhr fünfzig und der Wagen mit der Turandot war immer noch im Stau, diesmal kurz vor dem Karlsruher Dreieck, es drohte eine Katastrophe und es wurden fieberhafte Anstrengungen angestellt über das weitere Vorgehen. Ein Mitarbeiter vom Brandschutz, der von den Problemen erfahren hatte, bot seine Hilfe an:

„Ich kenne die Typen vom Streifendienst auf der Autobahn acht, stellen Sie mir eine Verbindung zu dem Einsatzfahrzeug her!"

Die Verbindung wurde hergestellt und ein freundlicher Polizeibeamter meldete sich.

„Du, Kurt, ich rufe Dich hier aus dem Badischen Staattheater an, da läuft heute eine Premiere, das Haus ist mit über tausend Zuhörern ausverkauft. Die Vorstellung soll gleich beginnen, aber die wichtigste Sängerin steckt bei Euch im Stau, könnt Ihr da helfen?"

Die Position, das Kennzeichen und der Wagentyp wurden durchgegeben, und nach drei Minuten kam Kurts Rückruf:

„Wir haben den Wagen gefunden, wir liefern die Diva um zwanzig Uhr vierzehn ab, over."

Die verblüffte Turandot folgte in ihrem Auto dem Blaulicht der freundlichen Polizisten, die sich eine Gasse durch den Stau bahnten und begann im Duett mit dem Martinshorn mit ihrem Einsingen.

Im Vertrauen auf Kurts Zusage entschloss sich die Leitung des Staatstheaters mit der Vorstellung zu beginnen. Zunächst wartete man sechs Minuten, als das Publikum anfing unruhig zu werden, schickte man einen Sprecher auf die Bühne, der von Giacomo Puccini und der Uraufführung der Oper im Jahr 1926 an der Mailänder Scala erzählte und von den Besonderheiten dieser Inszenierung, das brachte noch einmal sechs Minuten. Dann begann die Vorstellung. Bei Turandots erstem Auftritt steht sie nur auf der Bühne, ohne zu singen, also steckte man eine Statistin in das Turandot Kostüm und ließ sie die Prinzessin spielen.

Genau um zwanzig Uhr vierzehn fuhr mit quietschenden Reifen die Sängerin am Bühneneingang vor und Kurt rief der Davoneilenden noch nach: „Die Polizei, Dein Freund und Helfer!"

Sie warf sich ihr Kostüm über und rannte auf die Bühne und als der Dirigent jetzt den Taktstock erhob, sah er beruhigt die so ungeduldig Erwartete. Sie trug nicht die vorgesehenen chinesischen Schuhe, sondern noch ihre Stöckelschuhe, aber das bemerkten wohl nur Eingeweihte. Sie sag ihre schwierigen Arien mit Brillanz, die hohen Töne kamen glockenrein und doch zart. Die schnellen Tempi kamen kraftvoll und trotzdem mühelos. Man konnte den Eindruck gewinnen, sie versuchte mit ihrer Stimme die Unannehmlichkeiten zu kompensieren, die sie verursacht hatte. Erik war begeistert und stellte sich an den Bühnenrand, nur um zuhören zu können. Die Arie der Liu: Signore ascolta, sang die andere Sopranistin rein, wie ein Gebet, den höchsten Ton sang sie sphärisch zart und ließ ihn mit einem Crescendo anschwellen. Erik musste ein Taschentuch nehmen, um sich seine feuchten Augen abzutupfen, er hatte noch nie eine so erstklassig besetzte Turandot-Aufführung erlebt.

Die Premiere ging ohne weitere Schwierigkeiten über die Bühne und wurde stürmisch gefeiert, es gab sieben Vorhänge, Bravorufe, stehenden Beifall und Turandot und Liu wurden mit Blumen überhäuft. Auch die Inszenierung von James fand, in der von Erik entschärften Form, viel Anerkennung.

Nach dem Ende der Vorstellung traf man sich bei einem Bankett im Foyer. Als das übliche Händeschütteln und Schulterklopfen überstanden waren, zogen sich Helena, Erik und James in ein stilles Eckchen zurück.

Helena musterte James, der heute einen frischen Pullover und Hosen mit Bügelfalte trug und sich besonders charmant gab. Die beiden Kulturschaffenden fühlten sich nach der Premiere unbeschwert, wie Kinder, die ohne Panne ihr Weihnachtsgedicht aufgesagt hatten. James erzählte einen Witz, dazu imitierte er das Summen einer Mücke und verfolgte mit den Augen ihre Flugbahn. Die Pointe bestand darin, dass er nicht wusste, ob ihn eine männliche oder weibliche Fliege gestochen hatte. Helena hörte ihm aufmerksam und amüsiert zu. Man hatte den Eindruck, nicht nur der Erfolg und das nachlassende Premierenfieber waren der Grund für James Charmeoffensive, sondern die Anwesenheit von Helena. Überrascht nahm Erik zur Kenntnis, dass sie sich für James interessierte und ihm aufmerksam zuhörte, denn er hatte vermutet, dass eine Frau sich eher abgestoßen fühlen würde von seiner rundlichen Figur und seinem feisten Gesicht mit Zahnlücke. Wie viele Männer, neigte auch Erik dazu, seine Konkurrenten zu unterschätzen. Es schien, dass Helena bei der Beurteilung eines Mannes mehr Gewicht auf Charme, eine humorvolle und weltmännische Art und Erfolg legte, als auf ein sympathisches Wesen und gutes Aussehen.

„Ist dir am Anfang der Vorstellung etwas Besonderes aufgefallen und hat Dir die Premiere gefallen?", erkundigte sich Erik ungeduldig.

„Die ergänzenden Informationen am Anfang fand ich sehr hilfreich und alles hat bestens geklappt. Der Chor war zunächst etwas verhalten, dann sehr gut, die Solisten herausragend und die Inszenierung gekonnt", kommentierte Helena und strahlte James dabei an.

„Im Film kann eine Szene so oft wiederholt und geschnitten werden, bis sie gefällt. Hier auf der Opernbühne ist alles live", bemerkte Erik und berichtete kurz von den dramatischen Ereignissen am Premierenanfang, die offensichtlich dem Publikum nicht aufgefallen waren.

Helena mahnte zum Aufbruch, denn sie musste vor Mitternacht ihre Rückfahrt antreten. Auf der Fahrt zum Hauptbahnhof überreichte ihr Erik einen Maiskolben, der von dem Maisfeld am Turmberg stammte, in dem Helena so magisch entschwunden war, und fragte mit einem Anflug von Eifersucht: „Hat Dich James oder seine Aufführung mehr beeindruckt?"

Es war Helena nicht unangenehm, dass Erik eifersüchtig sein könnte und sie ließ eine Pause entstehen, dann antwortete sie diplomatisch: „Die Aufführung fand ich sehr gelungen, James finde ich ungewöhnlich interessant und Dich mag ich besonders." Sie schenkte ihm einen schnellen Wangenkuss, sprang aus dem Wagen und entschwebte in der Menge der Reisenden am Bahnhof, wie sie im Maisfeld entschwunden war.

Kapitel 8
Prägende Kindheitserlebnisse
Garmisch, 1991

Am Wochenende wollte Erik sich mit Helena zu einer gemeinsamen Bergwanderung in Garmisch treffen. Durch die Donnerstagstelefonate hatte er in Erfahrung gebracht, dass sie inzwischen in Scheidung lebte. Ihr Sohn Carsten hatte die Schulausbildung abgebrochen und war aus der elterlichen Wohnung in eine WG (Wohngemeinschaft) gezogen. Er wollte Designer werden und arbeitete in dem Büro eines Kumpels, forderte jedoch für seine Anschaffungen und seinen Anteil an der Miete die Kostenübernahme durch seine Eltern ein. Die Rechnung für seinen Führerschein hatte er Helena einfach kommentarlos zugeschickt. Helena hatte sich in den vergangenen Jahren immer weiter von Heinrich entfernt. Sie hatten viele schöne Jahre zusammen verbracht und das behielt sie auch dankbar in Erinnerung, aber jetzt lösten seine Gegenwart und seine Ansichten bei ihr Befremden, ja, sogar Widerwillen aus, ihre Nackenhaare stellten sich auf. Er war kerngesund, aber bildete sich ein an allen möglichen Krankheiten zu leiden, die er dann zwar mit Selbstironie, jedoch viel zu detailliert und ausladend beschrieb und das raubte ihr die letzten Nerven. Dabei war Heinrich schon immer so, er hatte sich in den Jahren kaum verändert, nur hatte es sie nicht gestört, als sie noch frisch verliebt war. Die Veränderung wurde nicht durch ihn, sondern durch sie herbeigeführt. Sie hatte sich weiterentwickelt von einem verknallten Teenager zu einer beruflich erfolgreichen, selbstsicheren Frau. Dabei ist die Erziehung des Sohnes vernachlässigt worden und das war auch ein Teil der Krise dieser Ehe. Nach dem Auszug von Carsten gab es für sie keinen Grund mehr die eheliche Gemeinschaft aufrechtzuerhalten und sie kehrte, wie eine reumütige Sündern, in ihr Elternhaus am Starnberger See zurück.

Ihr Vater Franz, der Patriarch der Familie Falkenberg, war vor einem Jahr unerwartet gestorben und dadurch fand die Zeit der großen Feste und Gesellschaften im Elternhaus ein jähes Ende. Ihre Mutter Monika hatte im letzten Jahr sichtbar abgebaut und lebte jetzt allein mit einer Haushaltsgehilfin in dem großen Anwesen. Sie wirkte darin so verloren und überfordert, wie ein Papierschiffchen, das bei Sturm auf einem Ozean treibt. Helena hatte das Elternhaus nur selten besucht, weil die damit verbundenen Kindheitserinnerungen ihr wenig angenehm waren. Franz hatte alle Angelegenheiten des Alltags alleine geregelt und für ein gutes Einkommen gesorgt, die Mutter kümmerte sich um den Haushalt, den Garten und die Kinderbetreuung. Einen breiten Raum in ihrem Leben nahm die Bibelarbeit ein und die Betreuung kirchlicher, sozialer Projekte, für die sie einen Bieneneifer entwickelte, der fast schon an Besessenheit grenzte. Daher blieb für ihr Hobby das Aquarellmalen nur wenig Zeit. Seit dem Tod ihres Ehemanns musste Monika Heizöl selber bestellen, Handwerker beaufsichtigen, Versicherungen abschließen und das Vermögen verwalten, dabei bereitete ihr schon das Ausfüllen einer Banküberweisung Schwierigkeiten. Sie war mit diesen Aufgaben hoffnungslos überfordert. Auch deswegen wollte Helena zunächst einige Zeit am Starnberger See verbringen und sich später ein Haus am Stadtrand von München kaufen.

Franz war in jungen Jahren ein stattlicher, gutaussehender Mann, der eine Gesellschaft mit seinem Charme und seiner Rede- und Gesangskunst beeindrucken konnte. Er war eine Persönlichkeit. Wenn er einen Raum betrat, war dieser erfüllt von ihm und die anderen Gespräche verstummten. Er stammte aus bescheidenen Familienverhältnissen, während Monika eine gute Partie war. Sie sah gut aus, kam aus einem begüterten Elternhaus und hatte das Mädchenlyzeum besucht. Sie himmelte ihren Franz an und konnte es kaum erwarten, bis er ihr endlich einen Heiratsantrag machte. Franz blieb auch als Ehemann ihr Held mit kleinen Fehlern und sie tat alles, um ihm das Leben angenehm zu machen. Wenn er auf Geschäftsreisen ging, stand sie um fünf Uhr früh auf und buk, damit er um acht Uhr seinen geliebten Nusskuchen, frisch gebackenen, mitnehmen konnte. Das tat sie auch in den Fällen, bei denen seine blutjunge Geliebte das Ziel seiner Reise war. Franz konnte gut organisieren und betrieb erfolgreich mehrere Apotheken, jedoch körperliche Arbeit löste bei ihm eine tiefe Abneigung aus. Wenn er in einer Filiale einmal selbst bedienen musste und der Kunde verlangte ein Medikament, das nur über eine Leiter am Regal zu erreichen war, pflegte er zu sagen: „Ist leider ausverkauft, können wir aber bis morgen beschaffen."

Der Patriarch war auch ein eitler Mann, er hatte eine Jagd gepachtet, obgleich er ein miserabler Jäger war und frühmorgens regelmäßig auf dem Hochstand einschlief, bevor sich Rehe zum Äsen zeigten. Da er nicht ohne Beute zurückkehren wollte, kaufte sich der wackere Jägersmann zwei Enten in der nahegelegenen Farm, hängte diese an seinen Gürtel und fuhr so drapiert stolz in den Ort ein und Monika bewunderte ihn.

Die Mutter richtete alljährlich das Weihnachtsfest aus, das sie mit Inbrunst im Kreise der Familie zu zelebrieren pflegte. Alles wurde peinlich genau vorbereitet und sogar Franz musste sich ihren Ritualen unterordnen. Sie ließ nicht nach in ihren missionarischen Bemühungen, Helena wieder zur Christenlehre zurückzuführen und nannte immer neue Beispiele, bei denen Gott segenspendend in das Leben der Gläubigen eingegriffen hatte. Die Familie sang geduldig ihre Lieblingslieder: Es ist ein

Ros entsprungen, und: Macht hoch die Tür, die Franz auf dem Klavier begleitete und man hörte sich andächtig ihr neustes Weihnachtsgedicht an, das meistens das Elend auf dieser Welt anprangerte und danach diskutiert werden sollte. Trotz dieser unbeliebten Rituale kam die Familie Weihnachten gerne in das Haus am Starnberger See, weil dann alle vereint waren, auch die, die entferner wohnten.

Erik, so war es vereinbart, sollte Helena am Starnberger See abholen, sie hatte ihm jedoch eingetrichtert, dass er hinter der Garage auf sie warten sollte, damit ihre Mutter sein Auto nicht bemerkten sollte. Als er vorfuhr, wartete sie schon mit ihrem Koffer vor der Garage und stieg in Windeseile mit gesenktem Blick ein. Er war die Strecke von Berlin nach Starnberg gefahren und sie kannte sich hier besser aus, daher wechselte sie nach einigen Kilometern auf den Fahrersitz. Sie war das Automatikgetriebe seines Autos nicht gewohnt, daher flogen beide gelegentlich in die Sicherheitsgurte, immer wenn sie gewohnheitsgemäß kuppeln wollte und dabei ungewollt das breite Bremspedal betätigte. Ein Ritual begann, wie bei einem alten Ehepaar, der Beifahrer dozierte: „Jetzt muss man den Winker nehmen", oder „auf dieser Straße darf man siebzig fahren", oder „der kommt von rechts." Wegen dieser nervenden Kommentare verlor sie schon bald die Lust am Autofahren und überließ ihm das Lenkrad mit den Worten: „Wollen Herr Professor mir die Gnade erweisen und übernehmen, aber dabei mit den Anmerkungen bitte nicht nachlassen."
Erik merkte sofort, dass er wieder einmal einen für ihn typischen, aber völlig überflüssigen und lästigen Gesprächsbeitrag geliefert hatte und entschuldigte sich mit den Worten: „Der Herr Professor ist ein ausgemachter Trottel und ihm sind alle Zuhörer weggelaufen, sein Unterricht musste

glücklicherweise sofort eingestellt werden, er bitte Sie das zu entschuldigen."

Sie musste schmunzeln, drückte sich aber an die Außentür, sodass er Mühe hatte während der Fahrt ihr begehrtes Knie mit seiner Hand zu erreichen. Es dauerte eine Weile bis sie sich aus ihrem Schmollwinkel wieder in seine Richtung bewegte und sie fragte ihn nach seiner Familie.

„Das ist eine lange, komplizierte Geschichte, willst du sie wirklich hören?"

„Ja, die Kurzfassung schon, ich will wissen aus welchem Stall du kommst."

Erik richtete sich etwas auf und man konnte ein Abwägen und Kopfbewegen erkennen, wie bei einem Stoffhändler, der überlegt welche Stoffe er seinen Kunden zum Kauf anbieten sollte. Er holte tief Luft und begann zu erzählen: „Mein Vater Wilfried stammt aus Nürnberg und war Gymnasiallehrer. Meine Mutter heißt Maria, wurde in Berlin geboren und war Volksschullehrerin. Meine Eltern haben bald nach dem Kriegsende in Nürnberg geheiratet, aber die Ehe wurde nach sieben Jahren geschieden. In dieser Zeit wurde ich eingeschult und ich habe die Streitereien, bei der meine Mutter auch einige Schläge einstecken musste, noch sehr lebhaft und beängstigend in Erinnerung. Mein Bruder und ich hofften inständig, dass sich die Eltern doch wieder vertragen mögen, denn wir hatten beide lieb, aber die Angst und die Ungewissheit über unsere Zukunft ließen mich nachts schweißgebadet hochschrecken und in der Schule setzten schon bald Probleme ein."

„Du hast doch aber das Abitur und die Musikhochschule gemeistert", stellte sie verwundert fest, nahm einen Schluck Tee aus der mitgeführten Thermokanne und reichte ihm dann den Becher. Auf der Autobahn bildete sich ein Stau, dessen Ende nicht erkennbar war, daher wollte Erik die Autobahn verlassen und Helena sollte die Umgehung auf der Karte herausfinden. Bei jeder Kurve drehte sie die Karte mit und machte einen recht verwirrten Eindruck und er wollte ihr schon die Karte aus der Hand nehmen. Da fielen ihm seine unpassenden Bemerkungen wieder ein, als sie am Lenkrad saß, und er folgte ihren wenig überzeugenden Wegvorschlägen. Kurz bevor sie in das Industriegebiet einfuhren, fragte sie, an einer Ampel stehend, einen freundlichen, älteren Herrn nach dem Weg. Der war so angetan von ihr, dass er am liebsten gleich ins Auto eingestiegen wäre, und siehe da, seine Beschreibung führte wieder auf den rechten Weg zurück, auch ohne Karte und Erik konnte entspannt in seiner Erzählung fortfahren:

„Nur mit großer Mühe und mit Nachhilfeunterricht, mein intelligenterer aber sensiblerer Bruder, Michael, ist in der Schule zunächst gescheitert. Meine Mutter zog mit uns beiden Kindern nach Berlin zu ihrer Familie zurück und ich wurde in der Schule wegen meines bayrischen Akzents gehänselt. Wir bezogen dann eine Zweizimmerwohnung mit Stockbetten und meine Mutter musste mit einem kargen Budget auskommen, an Klassenfahrten konnte ich nicht teilnehmen, weil das Geld fehlte."

„Hat sich Dein Vater nicht mehr um Euch gekümmert?"

„Er hat bald wieder eine viel jüngere Frau geheiratet, die auch Ansprüche geltend machte. Mein Vater hat seine finanziellen Pflichten erfüllt, sogar noch mein Studium bezahlt, als es sich in die Länge zog, aber zum Geburtstag oder Weihnachten haben wir ihn erst wieder gesehen, nachdem die zweite Ehe nach nur fünf Jahren auch zerbrochen war. In den prägenden Jahren waren wir vaterlos, daher habe ich in Onkel Kurt einen Ersatzvater gesucht. Er war pummelig, hatte eine Glatze, hatte selten Geld, trug meist ein kartiertes Hemd mit kleinen Brandflecken, vom Pfeiferauchen, aber er war immer fröhlich und zu mir war er immer gut. Onkel Kurt hatte sich als

Barpianist durch das Leben geschlagen und verfügte über Menschenkenntnis. Er hat mir das Klavierspielen beigebracht, hat an mein Talent geglaubt und *mein Selbstvertrauen gefestigt, hat mir Ziele gesetzt* und dafür bin ich ihm sehr dankbar. Meine Mutter war mit ihrem Schuldienst, den Korrekturarbeiten, der Haushaltsführung und der Kindererziehung am Rande ihrer Leistungsfähigkeit. Kam dann eine Verwarnung wegen der verspäteten Steuererklärung noch dazu, dann gingen ihr einfach die Nerven durch. Für eine neue Liebesbeziehung gab es da kaum Chancen. Ich denke, Dir ist nun klar geworden, dass bei dieser Kindheit nur ein seelisches Wrack entstehen konnte, dass jetzt neben Dir sitzt und an Deinem Schenkel nestelt."

Sie rückte nun ganz nah an ihn heran und er spürte ihre Formen. Sie pflügte mit ihren langen Fingernägeln durch sein Haar, fühlte mit ihrer Hand, ob der Vulkan seinen Namen verdiente, knabberte an seinem Ohrläppchen und flüsterte: „Ich liebe Wracks, die sich über Wasser halten können und wieder seetüchtig gemacht werden können, da ich mich selbst als ein gestrandetes Schiff betrachte, komme ich mir nicht mehr einsam vor."

Inzwischen hatten sie ihr Ziel erreicht, das Hotel Panorama. Es war ein liebenswerter, alter Kasten auf einer Anhöhe am Stadtrand errichtet mit einem überwältigenden Blick auf Garmisch, der dem Hotelnamen alle Ehre machte. Das Paar interessierte sich zunächst nicht für den Ausblick, sie ließen das Gepäck im Auto, gingen schnellen Schritts zur Rezeption, eilten mit dem Schlüssel in der Hand die Treppe hinauf in ihr Zimmer, er gab der Tür im Zimmer noch einen Tritt mit dem Fuß, so dass sie zuflog. Beide schleuderten die Schuhe von den Füssen, sie riss sich Jacke und Rock vom Leib, er Hemd und Hose und noch ehe das angesteuerte Bett erreicht werden konnte, lagen sie schon vereint auf dem Teppich. Bei diesem Turboorgasmus ertönte ihr erlösender Lustschrei hell durch das halbgeöffnete Fenster hinaus in die schöne bayrische Berglandschaft. Von der Terrasse rief eine tiefe Männerstimme: „Kann ich Ihnen behilflich sein?"

Erik schloss diskret das Fenster, trug Helena auf das Bett, zog sich den Rest seiner Kleidungsstücke aus und legte sich zu ihr. Sie hatte sich schnell erholt und ihre Hand glitt forschend durch sein Brusthaar, sie wollte seinen noch ausstehenden Höhepunkt nachfeiern und wollte wieder ihren fingerunterstützten Höhepunkt erleben, den sie noch lebhaft in Erinnerung hatte. Sie streckte ihm ihr Hinterteil hin, stützte sich mit einer Hand auf dem Kopfkissen ab, die andere glitt über ihre Schenkel. Er konnte durch die halb gespreizten Schenkel, von hinten ihr kreisendes Fingerchen beobachten und dieser Anblick steigerte seine Lust. Erik umfasste mit beiden Händen ihre Pobacken und sie schnurrte behaglich und drängte ihren Popo ihm entgegen. Er empfand die zweite Pforte zu ihrem Körper genauso anziehend, wie ihre Muschi, aber ihre Hand führte seinen Vulkan in die vertraute Oase. Sie war schon nahe an ihrem Höhepunkt und ihr Fingerspiel folgte seinen ungestümen Bewegungen und er konnte jetzt seiner Lust freien Lauf lassen. Als sie ihr befreiendes: „Jaaa, jaaa, jeeetzt", ausstieß, schleuderte sein Vulkan in mehreren Eruptionen seine heiße Lava in ihren Schoß. Sie hatte sehnsüchtig erwartet, was sie nun in sich fühlte und beide ließen sich erschöpft zur Seite fallen.

Helena streckte sich durchrieselt von einem abklingenden, wohligen Gefühl an seine Seite und bedeckte seinen Lustspender mit ihrem Schenkel, wie einen geheimen, wiederentdeckten Schatz: „Du hast mir sehr gefehlt und der Gedanke an das, was Du mit mir machst, hinderte mich oft am Einschlafen. Du hast mich in die hohe Kunst des kreisenden

Fingers eingewiesen. Ich mache es mir jetzt manchmal selbst und in meiner Phantasie spüre ich Deine Hand und Deinen Körper und denke an unsere gemeinsamen Erlebnisse, dann kann ich es mir schön machen, aber einen so allumfassenden, erlösenden Höhepunkt, wie heute mit Dir, kann ich dabei nicht erreichen." Während sie sprach, fühlte er wie der vereinte Liebessaft aus ihrer Muschi heraus lief und seinen Schenkel überflutete. Er holte ein Handtuch und trocknete beide ab, besonders intensiv ihre Oase und führte das Handtuch an seine Nase, um den Duft des Stoffes einzuatmen, der die Quelle des Lebens bildet. Dann ging er an die Minibar und goss zwei Gläser Sekt ein. Beide stießen auf ein glückliches Wochenende an und er setzte sich auf die Bettkante und fragte:
„Ich habe vorhin von meiner nicht ganz unbelasteten Kindheit erzählt, wie bist Du aufgewachsen?"
„Meine Kindheit war auch belastet, anders als Deine, aber *ich bin auch familiengeschädigt.* Mein jüngerer Bruder Johann und ich wuchsen zusammen im elterlichen Haus am Starnberger See auf, finanzielle Probleme gab es für uns nicht. Anders als Du, wuchs ich mit wenig Liebe auf, Johann durfte alles, was mir verboten war, meine Mutter war ihm mehr zugetan als mir und ich litt darunter. Mein Vater Franz war ein Patriarch und die Familie Falkenberg hatte ihr Vermögen über den Krieg retten können. Meine Mutter Monika er nannte sie immer abwertend Monokel, weil sie schon früh eine Brille tragen musste, ist jungfräulich in die Ehe gegangen und war ihm hörig. Er beherrschte die Familie, auch meine Mutter. Um ihre finanzielle Abhängigkeit zu unterstreichen, wurde einmal im Monat ein Ritual zelebriert. Das bescheidene Wirtschaftsgeld wurde in zehn DM-Scheinen ausbezahlt, die auf dem Wohnzimmertisch ausgebreitet wurden, damit es üppiger erscheinen sollte.

Sonderausgaben, wie Schuhe für die Kinder, wollten erbeten sein."

Helena hielt in ihrer Erzählung abrupt inne, als sei sie plötzlich unsicher geworden, ob sie weitere Nestbeschmutzungen Erik anvertrauen sollte. Sie sah ihm prüfend in die Augen, stärkte sich mit einem Schluck Sekt und entschloss sich dann doch fortzufahren, ihr Bericht wurde etwas langsamer vorgetragen:

„Mein Vater hatte einen Hang zu sehr jungen Frauen, daher suchte er sich heimlich eine siebzehnjährige Freundin, natürlich wurde das im Ort bald bekannt, aber geduldet, auch von meiner Mutter. Als ich dreizehn Jahre alt war, musste ich immer mit meinem Vater Frühsport machen, nackt! Zunächst störte mich das nicht, aber bald merkte ich, wie seine Augen meine sprießenden Schamhaare angafften und mein Instinkt sagte mir, dass hier etwas nicht stimmte. Ich versuchte meine Mutter ins Vertrauen zu ziehen und teilte ihr mit, dass ich keinen Frühsport mehr mit meinem Vater machen möchte. Sie erklärte mir: Das hat dein Vater zu bestimmen, habe dich nicht so albern, Sport ist gesund, was ist denn schon dabei? Ich war verzweifelt und fühlte mich missbraucht, verraten und alleingelassen, wo immer ich konnte, drückte ich mich vor diesen schlüpfrigen Übungen und übernachtete lieber bei meiner Freundin. Später zog ich mir, mit Hinweis auf die tiefen Temperaturen, meinen Ski Anzug bei diesen Übungen an. Mit achtzehn Jahren habe ich geheiratet, wie ich damals glaubte aus Liebe zu meinem Ritter Heinrich. Heute glaube ich, dass es eine Flucht aus dem Elternhaus war."

„Hat Monika nie versucht diesen entarteten Haustyrannen an seine Grenzen zu erinnern?"

Helena krabbelte aus dem Bett und ging in Richtung Toilette: „Der Sekt will wieder raus, entschuldige mich einen Moment."

Erik hielt sie an der Hand fest: „Lass mich zusehen dabei", bat er mit einer Stimme, wie ein Kind, das um einen Lutscher bettelt.

„Ich weiß nicht, ob das dann noch funktioniert", gab sie nach einem Zögern zu bedenken. Sie setzte sich mit angehobenen, leicht gespreizten Schenkeln auf das WC-Becken, er kniete sich vor sie hin, sie konzentrierte sich und drückte ein wenig, aber es dauerte einen Augenblick bis sich der herbeigewünschte, heiße Strahl aus der Mitte ihrer angebeteten Oase in das Becken ergoss. Er streckte seinen Finger in den Strahl, der ja ein Produkt ihres göttlichen Körpers war, und naschte daran, es schmeckte tatsächlich etwas nach Sekt. Er war stolz, dass sie ihre Schamgefühle für ihn überwinden konnte und er spürte wie ihn dieses Schauspiel erregte.

Ins Bett zurückgekehrt, fuhr sie in ihrer Erzählung fort: „Meine Mutter war ihrem Ehemann hörig und sie hatte daher wenig Möglichkeiten ihm Grenzen aufzuzeigen. Es gab aber Bereiche, *da hat sie Macht ausgeübt auf ihn und uns Kinder*, das ist mir erst nach dem Tod meines Vaters richtig klar geworden. Sie hatte uns ungleich mit Liebe bedacht und sie hatte uns auch mit ihrer Fürsorge und Ängstlichkeit erstickt. Immer wollte sie informiert sein wie lange wir, wo sind, auch noch als wir erwachsen waren, nach jedem Besuch musste angerufen werden, dass wir wohlbehalten zurückgekehrt waren. Ein Fest ohne sie, egal ob Geburtstag oder Ostern, war undenkbar. Das Gehör meines Vaters wurde im Alter schlechter, er war ohnehin der Buhmann der Familie und sie ließ ihn absichtlich im Unklaren über die familiären Planungen. Noch am Tage seines Todes, setzte sie sich an seinen Schreibtisch und verteilte im herrischen Ton an uns alle Aufgaben, weil sie, Ach, so ungeübt in diesen Dingen sei und wir folgten brav ihren Anweisungen."

„Wie schön, dass Deine innere Größe all diese Belastungen unbeschadet überstehen konnte", scherzte er und gab ihr den Gutenachtkuss.

Am nächsten Morgen gingen beide Hand in Hand in den Frühstücksraum und begrüßten die anderen Gäste brav mit: „Guten Morgen", etwas lauter als üblich, dafür galt dieser Gruß allen Anwesenden. Sie wählten den kleinen Tisch am Fenster und bedienten sich am Buffet. Beide scherzten und lächelten sich an, berührten sich an den Händen und schoben sich gegenseitig kleine Leckerbissen zu. Ein unbeteiligter Beobachter konnte ahnen, dass das reife Paar zwar frisch verliebt war, aber wahrscheinlich nicht verheiratet. Erik verzichtete auf ein weichgekochtes Ei, weil das in Hotels meist hart und kalt war und wählte ein Brötchen, das hier Semmel genannt wurde. Ein allein in der Ecke sitzender, älterer Herr betrachtete Helena bewundernd und auffallend lange, wahrscheinlich war er der rufende Mann gestern auf der Terrasse und sein Blick verriet, wie gerne er Helena gestern zu Hilfe gekommen wäre.

Der Aufstieg zur Hütte nahe bei der Mittelstation der Seilbahn erfolgte bei strahlendem Sonnenschein. Da beide von der berauschenden Nacht noch etwas geschwächt waren, kehrten sie dort ein und genossen ein erfrischendes Bier. Nach der Hütte wurde der Weg immer einsamer und nach zwei Stunden Aufstieg trafen sie keinen einzigen Wanderer mehr. Der Weg wurde schmaler und steiler, Wurzeln und Felsvorsprünge erschwerten den Aufstieg. An einer Biegung des Weges, von einem Busch beschattet, stand eine Bank, die zum Verweilen einlud. Die beiden ließen sich auf ihr nieder und genossen den herrlichen Panoramablick auf die weitläufige Berglandschaft. Eine Bergdohle zog ihre Kreise über ihnen, ein leichter Wind kühlte angenehm die verschwitzte Haut und die Sonne schimmerte durch die Blätter des Buschs hindurch. In Anbetracht der Erhabenheit der Natur stellte sich ein beglückendes Gefühl ein von Abgeschiedenheit und einer Befreiung von Weltproblemen, das beide eine Weile auf sich wirken ließen. Ohne die Stille zu stören, zog Helena langsam ihren Slip aus, hockte sich auf seinen Schoß und führte ihr Höschen an seine Nase, bevor sie es auf seinem Kopf zu einer Krone drapierte. Er hob den Kopf, wie ein Reh, das Witterung aufnimmt, und zog ihren Duft von Schweiß, einem Hauch Pipi und Muschisaft tief in sich ein. Die Verführerin befreite seinen erwachenden Vulkan, den sie gerne in sich fühlen wollte, aus dem Gefängnis der Hose, leckte ihn mit flinker Zunge nass und stülpte genüsslich ihre Oase darüber. Sie hielt sich an der Lehne der Bank fest und begann ihr Becken vor und zurück zu bewegen, dabei entstanden glucksende Geräusche. Erik befreite ihre Brüste aus der Umklammerung des Büstenhalters und leckte an ihrem frischen, salzigen Schweiß, ihre Knospen stellten sich dabei auf, wie erwachende Blühten. Beide gaben sich mit geschlossenen Augen ihrer ungezügelten Geilheit hin, als ein leises Stimmengewirr vernehmbar wurde, das immer lauter wurde und ehe sie reagieren konnten, bog eine Gruppe von etwa fünfzehn fröhlich plaudernden Pfadfinderinnen mit wehenden Zöpfen um die Wegbiegung. Die erste grüßte höflich: „Grüß Gott", die Zweite schaute verlegen zur Seite, die Dritte feigste: „Lasst euch nicht stören", die Vierte kicherte ungeniert. Helena hielt erschrocken in ihren Bewegungen inne, drehte den Kopf talwärts und klammerte sich an Erik, bis die Gruppe vorbeigezogen war. Das Liebesspiel war irreparabel gestört und ihre Geilheit war genauso schnell verpufft, wie sie gekommen war. Animiert aber ungestillt begannen sie den Abstieg. Die untergehende Sonne zeigte sich zunächst in silbernen Farben, nach der nächsten Wegbiegung strahlte sie goldfarbig und einige Minuten später war sie nur noch verschleiert als Segment zwischen zwei Bergzacken zu erkennen und schließlich ganz versunken.

Ins Hotel zurückgekehrt, fielen sie noch in der Dusche übereinander her, die sich als zu eng für ihr Vorhaben erwies. Erik trug seine vom Duschen triefende Gespielin auf das Bett, und sie holten nach, was das unerwartete Auftauchen der Pfadfinderinnen verhindert hatte.

Auf der Rückfahrt erzählte Erik von seiner Ehefrau Helga, die ihr Medizinstudium damals abgebrochen hatte, um mit ihm in Berlin eine Familie zu gründen. Sie konnte keine Berufserfahrungen nachweisen, hatte sich in den zurückliegenden fünfzehn Jahren um die Kindererziehung gekümmert und suchte nun eine Halbtagsbeschäftigung, irgendwie im medizinischen Bereich. Ihre Bewerbungen wurden alle abgeschmettert und das nagte an ihrem Selbstvertrauen.

„Ich habe da einen Klienten, der mir noch einen Gefallen schuldet", tröstete ihn Helena, „die Augenklinik Augu hat auch eine Filiale in Berlin, vielleicht kann ich da etwas anschieben."

Helena wollte noch kurz am Friedhof vorbeifahren, es war der Todestag ihres Vaters und Monika hatte sie gebeten frische Blumen auf das Grab zu legen. Als Erik so ungeplant vor dem Grab dieses arbeitsscheuen Patriarchen stand, fiel ihm die Inschrift auf dem Grabstein auf, die so gar nicht zu dem passte, was er über den Lebenslauf von Franz erfahren hatte: Arbeit war sein Leben, Gott hat nun Ruhe ihm gegeben. Er musste schmunzeln und dachte: „Wie verlogen kann diese Welt sein."

Einige Wochen nach seiner Rückkehr in Berlin lief Helga aufgeregt zu ihm und jubelte: „Stell Dir vor, ich habe eine

Anstellung als Helferin in einer Klinik gefunden, die Bezahlung ist gut und ich kann schon nächste Woche anfangen!"

In ihrer Aufregung hatte sie nicht nachgeforscht, woher die Klinik ihre Telefonnummer hatte und warum gerade sie ausgewählt wurde.

„Wie heißt die Klinik?", erkundigte sich Erik, der schon eine Ahnung hatte.

„Es ist die Augu Klinik, die haben einen guten Ruf und ich kann mit dem Fahrrad dort hinfahren." Mit erstarktem Selbstbewusstsein fügte sie noch hinzu: „Wer sich fleißig bemüht und etwas Glück hat, der findet eine Anstellung im fortgeschrittenen Alter selbst ohne Berufserfahrungen."

„Das freut mich sehr, dass es geklappt hat und Du bei der Bewerbung überzeugen konntest", sagte Erik anerkennend und er dachte still: „Sieh da, meine erotischen Abenteuer sind nicht nur für die Sexualität in unserer Ehe förderlich, sondern sie erweisen sich sogar für dich bei der Stellensuche als hilfreich."

Kapitel 9
Ein abenteuerlicher Segeltörn
Neuseeland, 1996

Helena war inzwischen geschieden und daher konnten Telefonate zwischen ihr und Erik jederzeit geführt werden. Sie hatten sich einige Jahre nicht mehr gesehen, aber sie waren durch ihre ausführlichen Telefongespräche bestens übereinander informiert. Beide empfanden es als ein schönes Gefühl zu wissen, dort irgendwo in diesem weiten Universum gibt es einen Menschen, der dich mag, der dich gut kennt und der deine Probleme mitträgt und zu dir steht, auch wenn du ihn schon eine Weile nicht mehr berühren konntest. Erik hatte mehrere Vorschläge für ein erneutes Treffen gemacht, aber sie schob den Termin immer wieder hinaus, weil sie verunsichert über ihre eigenen Absichten war. Helena hatte nach ihrer Scheidung den Wunsch nach einer Zweisamkeit, die ihr Erik nicht bieten konnte, denn für ihn hatte eine intakte Familie die höchste Priorität in seinem Leben bei aller Faszination, die ihn zu Helena zog. Auch empfand er eine tiefe Vertrautheit zu Helga, die auch die Mutter der gemeinsamen Kinder war und er wollte Berlin nicht verlassen. Das alles wusste Helena nur zu gut, daher hatte sie nie den Vorschlag für eine gemeinsame Zukunft gemacht oder dies als einen Wunsch gehegt.

Sie hatte einen Tennislehrer kennen gelernt, in den sie sich zwar nicht unsterblich verliebt hatte, aber ihm doch sehr zugetan war und nach einiger Zeit ist er in das Haus gezogen, das sie vor vier Jahren am Münchner Stadtrand gekauft hatte. Wolfgang spielte nicht nur gut Tennis, er sah auch blendend aus, war immer guter Laune, konnte zu jedem Thema einen interessanten Beitrag liefern und im Bett hatte er sich mit Helena prächtig verstanden. Das Zusammenleben mit einem Partner ist etwas anderes als sich für ihn zu begeistern, diese Erkenntnis reifte nach einiger Zeit auch in Helena. Es störte sie, dass er mit seinen Tennisschülerinnen ins Bett stieg, wenn sich eine Gelegenheit dafür bot. Sie war nicht eifersüchtig auf diese Frauen, die nur eine kurze Begegnung mit ihm hatten, aber sie fühlte sich wie eine Geliebte, die nur beglückt wurde, wenn sich gerade nichts Frischeres bot und das nagte an ihrem Selbstwertgefühl. Sein Sammeltrieb wuchs in eine Manie aus, er sammelte alte Motorräder oder Reste davon, daher war ihre Doppelgarage schon nach einem halben Jahr überfüllt mit Gegenständen und ihr Auto stand im Winter auf der Straße. Die gesammelten Ausgaben von Zeitschriften, wie: Stern und Auto Motor Sport der letzten fünfundzwanzig Jahre nahmen den halben Keller in Anspruch. Wie sich langsam zeigte, war er auch nicht sonderlich intelligent, seine Diskussionsbeiträge entpuppten sich als auswendig gelernte Nacherzählungen von Meinungen anderer Leute, die er immer wieder herunterratterte. Die Zahlungen seines Anteils an den Nebenkosten des Hauses erfolgten drei Mal und wurden dann eingestellt. All diese Beobachtungen störten sie immer mehr und ließen ihre Zuneigung schmelzen, bis er eigentlich nur noch als störend und lästig empfunden wurde und sie den Entschluss fasste, sich von ihm zu trennen. Wolfgangs Auszug entpuppte sich als ein schwieriges Unterfangen. Es dauerte ein halbes Jahr, bis er eine andere Bleibe gefunden hatte und seine Sammlerstücke blockierten noch weitere zwei Jahre ihre Garage.

Diese Phase der Trennung war für sie deshalb besonders schmerzlich, weil sie sich fragen musste, war ich in meiner Begeisterung für diesen Star blind gegen seine offensichtlichen Defizite, warum zerbrachen zwei Beziehungen, die ich einging? Die Beziehung, die ich mir vorstellen könnte, will ich nicht anstreben. Bin ich untauglich für eine Partnerschaft? Erst nach der Trennung fühlte sich Helena frei für eine erneute Begegnung mit Erik und sie wollte sich etwas Besonderes gönnen. Sie griff ihren alten Wunsch auf, eine Reise nach Neuseeland zu unternehmen und buchte eine dreiwöchige Urlaubsreise. Dort, am anderen Ende der Welt, wollte sie Erik treffen. Er hatte noch seine Kontakte nach Neuseeland und er nannte ihr die Konzerttermine, die seine Agentur dort vereinbart hatte. Sie trafen sich auf der Nordinsel in Auckland und sie holte ihn am Flughafen ab. Sie setzte ihr strahlendes Lächeln auf, umarmte ihn scheu, trippelte mit wiegender Hüfte neben ihm her und musterte ihn verstohlen von der Seite. In der Taxe zu ihrem Hotel redete sie über Neuseeland und das Wetter. Ihre Distanziertheit kränkte Erik ein wenig, der viel Mühe auf sich geladen hatte, um sie hier zu treffen.

Im Hotel angekommen, gingen sie nicht gleich in ihr Zimmer, sondern steuerten zunächst die Hotelbar an, denn sie hatten sich über fünf Jahre nicht mehr gesehen und die alte Vertrautheit wollte sich nicht gleich einstellen. Beide hatten sich wenig verändert, nur musste Erik zum Lesen der Getränkekarte eine Brille benutzen, die er diskret aus der Reverstasche zog und nach Benutzung sofort wieder verschwinden ließ und seine Schläfen waren ergraut.

Bei ihr konnte man an den Augen und am Mund kleine Fältchen erkennen und ihre Haare hatten ein wenig an Glanz und Farbkraft verloren. Sie trug auch heute wieder auffallende Schuhe, helle Seidenschuhe, die nicht nur lange Stöckel hatten, sondern auch ein Plateau aufwiesen, das die Beine noch länger erscheinen ließ und ihren Gang schwankend machte, wie ein Segelschiff im Wind. Die champagnerfarbigen Schuhe passten gut zu der Farbe ihrer Bluse und Handtasche. Erik orderte einen neuseeländischen Rotwein, der etwas teurer war als Weine in Deutschland, aber von hervorragender Qualität, sie bestellte

Sekt. Die Neuankömmlinge sprachen über ihre Kinder, die Hotelunterbringung und ihre Pläne zur Besichtigung Neuseelands. Er hatte eine Woche Zeit, davon waren jedoch zwei Abende und der Sonntagmorgen für Konzerte fest eingeplant. Sie wollte gerne einen Segeltörn machen, er wollte Kelley Tarlton´s Sealife Aquarium sehen und in das Maori-Gebiet, Rotorura, fahren, daher musste der Segeltörn etwas gekürzt werden. Erik wollte nun in ihr Zimmer gehen, aber sie bestellte sich noch ein zweites Glas Sekt, als müsse sie sich Mut antrinken und den Aufbruch verzögern. Durch ihre Telefonate waren sie sich vertraut geblieben über all die Jahre, aber nach einer so langen Pause ist der persönliche Kontakt wieder gewöhnungsbedürftig und Helena fremdelte ein wenig. Wie beim ersten Mal ging sie ins Bad, zog sich dort aus, kam im Hotelbademantel zurück und setzte sich auf den Bettrand.
Erik blieb angekleidet am Zimmertisch sitzen und erzählte von Neuseelands Naturschönheiten, den baulichen Veränderungen in Berlin und seinen Konzerten, nur nichts von Zärtlichkeiten. Erst nach einer Weile setzte sie sich auf seinen Schoß und streifte mit ihrer Nase seine Stirn. Dadurch war der Bann gebrochen, sie küssten sich lange und leidenschaftlich, er riss sich die Kleider vom Leib, schälte sie aus dem Bademantel und drückte ihren nackten Körper fest an sich. Er spürte ihre kleinen, festen Brüste und ihre Schamhaare, die wie eine sanfte Bürste seinen Körper streichelten, dann legte er sie auf das Bett und als sie sich erneut küssten, flossen ihre Körper zusammen, wie ein Fluss, der sich mit dem Meer vereint. All die Köstlichkeiten, welche die Liebe bereithält, erzitterten wie eine Symphonie und sie waren sich plötzlich wieder so vertraut, als hätten sie sich gestern zuletzt gesehen. Er blieb in ihrem schönen Zimmer und ließ sein von der Agentur bezahltes Hotelzimmer ungenutzt. Vielleicht

erschien ihm dieses Zimmer deswegen so anziehend, weil es von ihr angefüllt war.

Am nächsten Tag besuchten sie zunächst das Kelley Tarlton´s Sealife Aquarium, machten einen Rundgang um den malerisch gelegenen, von einem Vulkankegel beherrschten Waitemata-Hafen und dort übernahmen sie das Segelboot, das er schon von Deutschland aus gebucht hatte. Auckland ist mit knapp einer Million Einwohnern die größte Stadt in Neuseeland und ist wunderschön gelegen. Die Altstadt erstreckt sich bis zum Hafen, der in einer Bucht liegt und von zahlreichen Inseln eingerahmt wird. Unzählige Segelboote tummeln sich vor der Stadt, die Sonne schien kräftig im Dezember, der hier ein Sommermonat ist, und es wehte ein warmer, angenehmer Wind. Die Menschen waren freundlich und freuten sich über ausländische Besucher. Wenn die Neuankömmlinge nach einer Sehenswürdigkeit fragten, wurde ihnen ausführlich bescheidgegeben und es wurden interessierte Fragen nach dem Herkunftsland gestellt. Man hatte den Eindruck, diese Menschen ließen sich durch ihre Geschäfte nicht jagen. Hier konnte man sich einfach wohlfühlen.

Das Sealife Aquarium wurde in den riesigen Zisternen errichtet, die die englische Kolonialmacht einst gebaut hatte. Ein durchsichtiger Tunnel durchquerte das Becken und man konnte gemütlich auf einem langsam laufenden Band stehen und sich die um den Tunnel herumschwimmenden Fische anschauen. Die Werbung stellte die Haifische, als Herrn über Tod und Leben, in den Vordergrund. Die Haifische, die Helena und Erik dort erleben konnten, machten eher einen verschlafenen Eindruck. Dankbar und ohne Eile und schwammen sie auf die toten Fische zu, die der Wärter in das Becken geworfen hatte. Beide empfanden Kraken, Schwertfische, Rochen und Riesenschildkröten in Bewegung viel beeindruckender.

Das Segelboot Calypso, das sie gechartert hatten, war ein Kielboot mit einer kleinen Schlafkajüte. Beide machten sich mit dem Boot vertraut und verstauten Ausrüstung und Proviant an Bord, dann legten sie zu einer ersten Erkundungsfahrt ab. Der segelerfahrene Erik bediente die Pinne und das Großsegel und Helena saß auf der Außenbordwand und hielt die Leine für das Focksegel in der Hand. Der Wind wehte mäßig, aber konstant, das Boot machte gute Fahrt und sie kamen mühelos mit ihm zurecht. Vom Meer aus wirkte Auckland und sein Hinterland wie eine Spielzeuglandschaft und die tiefstehende Sonne ließ die Schatten länger werden und tauchte die Stadt in leuchtende, goldene Farben. Nach dieser Testfahrt wurde wieder der Hafen angesteuert, denn am nächsten Tag war der Törn zu einer entfernten Insel vorgesehen.

Schon früh am Vormittag wurde abgelegt. Der Wind hatte etwas aufgefrischt und sie machten eine flotte Fahrt und je weiter sie in den Pazifik hinauskamen, je kräftiger wurde der Wind. Die Calypso kränkte stark und wenn sie nicht vom Wind abfallen wollten, dann musste Helena jetzt ins Trapez steigen, obwohl sie das noch nie vorher gemacht hatte. Sie stützte sich mit den Füssen an der Bordwand ab und drückte ihren Körper über Bord, das Segelschiff richtete sich etwas auf. Nun glitt es wie ein Pfeil über die sanften Wellen und machte volle Fahrt, die Wanten jodelten im Wind, einige Wellen spritzten über den Bug, die Segel waren mit Wind gefüllt, wie ein Airbag, und Erik schmetterte begeistert das Wanderlied: Wilde Gesellen vom Sturmwind umweht. Helena musste zunächst auf dem exponierten Sitz im Trapez ihren ganzen Mut aufbringen, aber als alles gemeistert werden konnte, entspannte sie sich. Sie genoss den Fahrtenwind in ihren Haaren und auf der Haut, sie spürte, wie die Gischt der Bugwelle auf die Schwimmweste klatschte, und als der Druck in der Fockleine in ihrer Hand stärker wurde, hatte sie das triumphale Gefühl die Kräfte der Natur bändigen zu können. Ihr Blick strahlte, ihr lang gehegter Traum war in Erfüllung gegangen.

Früher als geplant, erreichten sie die angepeilte Insel und warfen Anker in einer schützenden Bucht. Das Wasser war warm und sie schwammen an Land, um die Insel zu erkunden. Der helle Sandstrand sah aus wie auf einem Urlaubsprospekt, der Wind und die Wellen hatten auf ihm ein Waschbrettmuster gezeichnet und die Sonne hatte ihn so stark erhitzt, dass es an den nackten Füßen unangenehm war. Die Calypso dümpelte in den Wellen und wirkte wie eine Kogge für Auswanderer, die auch über das Monopol für die Rückfahrt verfügte. Die Insel schien unbewohnt, aber sie war so groß, dass man ein Ende nicht ausmachen konnte. Die Segler fühlten sich wie Forscher und gingen Hand in Hand auf die dunklen Bäume zu, als wollten sie sich gegenseitig Mut machen. Dann versuchten sie sich einen Weg durch den Wald zu bahnen. Sie kamen nur mühsam voran, Lianen, Buschwerk und Bäume versperrten den Weg. Manche Bäume hatten einen gewaltigen Umfang und die Jahrhunderte haben ihre Stämme faltig gemacht, wie die Falten im Gesicht eines alten Philosophen. Die Blätter der Bäume schluckten das Licht, da wo eben noch gleißende Sonne war, herrschte jetzt nur noch Dämmerlicht. Das Kreischen der Vögel und Affen, das Knarren der Bäume im Wind, das Halbdunkel und das Gefühl von totaler Einsamkeit erzeugten eine schauerliche Atmosphäre und sie beschlossen wieder umzukehren.

Das Segelboot schaukelte verträumt auf den Wellen, aber sonst erinnerte hier, soweit das Auge reichte, nichts an die Werke von Menschenhand. Beide kletterten erleichtert auf die Calypso zurück und fühlten, wie die gemeinsam bestandene Gefahr sie noch enger aneinander schmiedete. Helena holte die Kühltasche hervor und packte Getränke und Speisen aus, die hier in der

Einsamkeit besonders wertvoll erschienen und Erik spannte das schattenspendende Sonnensegel auf. Sie legten auf dem Deck eine Tischdecke aus und setzten sich jeweils an die Bug Wand gelehnt gegenüber hin. Helena breitete all die Köstlichkeiten zwischen ihren leicht gespreizten, nackten Schenkeln aus: Oliven, Tomaten, Gurken, Schafskäse, frisches Brot, hart gekochte Eier, Bananen und Kiwis. Erik hatte den Eindruck, sie hätte alle diese Delikatessen gerade eben durch eine schmerzfreie Geburt hervorgebracht. Beide hatten Hunger und griffen nach den Speisen, aber schon bald wurde Eriks Blick abgelenkt durch ihre langen Schenkel, das üppige Schamhaar, die darin versteckte, leicht geöffnete Oase und er konnte nicht widerstehen eine Olive dort zu verstecken, nur um die frisch Getaufte mit seiner Zunge wieder hervorzuholen und zu verspeisen. Der betörende Duft und Geschmack ihres Paradieses stimulierten ihn, wie einen Süchtigen. Er küsste sie und zog sie fest an sich. Er fühlte ihren Schoß intensiv und als er seinen Höhepunkt kommen spürte, hörte er ihr: „Jaaa, jaaa, jeeetzt", das wie ein Jubelchor über den Pazifik erschallte und von der nahen Insel widerhallte.

Am Abend hatte Erik ein Konzert zusammen mit einer Sopranistin von der Oper aus Sydney bei einem Verband von neuseeländischen Weinbauern. Ein Ereignis, das von der Presse mit großer Aufmerksamkeit verfolgt wurde, wie fast alle Veranstaltungen mit bekannten Künstlern, die vom Ausland hierhergekommen waren. Helena begleitete ihn bei diesem Konzert. In der Pause machten sie Bekanntschaft mit einem Weinbauern, der mit seiner Familie aus Rheinland-Pfalz übersiedelt war und deutsche Rebsorten, wie Riesling und Spätburgunder, hier sehr erfolgreich anbaute. Er freute sich riesig über die Boten aus seiner alten Heimat und lud beide zu einer Weinprobe auf sein nahegelegenes Weingut ein, eine Einladung, die sie gerne annahmen. Pünktlich um zehn Uhr am nächsten Tag fuhr der Jeep vom Weingut am Hotel vor, um Erik und Helena abzuholen. Der Wagen fuhr zunächst am Pazifik entlang und bog dann links ab in eine sanfte Hügellandschaft. Das Weingut war auf einem der Hügel gelegen, wirkte größer als deutsche Weingüter und bestand aus einem großen, hübschen Haus mit zahlreichen Nebengebäuden und den Weinbergen.

Anders als in Deutschland, wo zum Beispiel ein Vollernter nach Einsatzminuten abgerechnet wird, saßen die Winzerinnen hier, wo man die Ernte von Hand einbringt, munter plappernd um einen runden Tisch und genossen ein zweites Frühstück und betrachteten neugierig die Neuankömmlinge, wie friedliche Außerirdische. Erst als ihr Wissensdurst gestillt war, brachen sie zum Rebenschneiden und Unkrauthacken in den Weinberg auf. Der verkostete Wein war von hervorragender Qualität und der ausgewanderte Pfälzer erklärte seinen Gästen, dass das dem warmen Klima, dem Boden mit vulkanischen Gesteinsanteilen und nicht zuletzt seinen sorgfältigen Keltermethoden zu verdanken sei. Der Wein wurde hier nicht in einem Keller gelagert, sondern in einer klimatisierten Halle mit präzise regelbarer Temperatur. Im Wohnzimmer des Winzers befand sich ein Flügel und Erik konnte nach der Rückkehr der Winzerinnen ein Wunschkonzert veranstalten, das mit großer Begeisterung aufgenommen wurde. Helena wünschte sich den Titel: Moon River, und er spielte ihn majestätischer als damals in München. Sie hörte darin das Rauschen des Pazifiks und war glücklich.

Erfüllt von der aufrichtigen Freude ihrer Gastgeber und reichlich beschenkt mit Wein, kehrten sie in ihr Hotel zurück. Im Hotelzimmer öffnete Erik eine dieser Weinflaschen und beide stießen auf ihr neuseeländisches Treffen an und machten Anmerkungen zu den herausragenden Ereignissen des schönen Tages. Helena trank ihren Wein ein wenig zu hastig, als müsse sie ihre Zweifel ertränken, erst im zweiten Anlauf rang sie sich zu der Frage durch:

„Wir erleben immer wieder so beglückende Zeiten, wenn wir zusammen sind und das schon seit über zehn Jahren, wir stehen uns nah und haben Sehnsucht nach einem Wiedersehen. Warum hast Du zu mir nie die drei Worte gesagt, die eine Frau so gerne hört?"

Erik zog die Stirn in Falten, dachte einen Moment nach, denn der Alkohol zeigte Wirkung bei ihm und ließ sein Gehirn langsamer arbeiten. Er wollte jetzt nichts Unpassendes sagen, dann erhellte sich sein Blick, als hätte er das Rätsel der Sphinx gelöst: *„Der Satz: Ich liebe dich*, ist wohl einer der am meisten missverstanden, weil er so unpräzise ist. Liebe umfasst ein breites Spektrum, das mit einem so kurzen Satz nur unzureichend angesprochen werden kann. Die Liebe der Mutter zu ihrem Kind ist durch Anteilnahme und Fürsorge gekennzeichnet, die Liebe zu einem Kunstwerk durch Bewunderung und Verehrung, die Liebe zu den Eltern durch Dankbarkeit und Vertrautheit, die Liebe für Speisen durch Geruch und Geschmack, die Liebe eines Paares durch Begehren und Nahseinwollen, die Liebe zu Gott durch Ehrfurcht und Anbetung. Das ist nur eine kleine Auswahl, die der Begriff: Liebe, umfasst."

„Du machst aus einer einfachen Frage eine philosophische Betrachtung, weil Du nicht antworten willst", warf sie ihm bockig vor und drehte sich weg.

„Wenn ein Mann zu einer Frau sagt: Ich liebe dich, dann meint er damit meistens: Du interessierst mich, ich will dir nahe sein, ich begehre dich und würde gerne mit dir ins Bett gehen."

Hier unterbrach ihn Helena empört: „Willst Du damit sagen, dass auch unsere Liebe durch animalische Triebe geprägt ist? Ist da kein Hauch von Einmaligkeit, Ewigkeit, allumfassendem Einswerdenwollen, Ausschließlichkeit, Romantik und erhabenem Hochgefühl zu spüren?"

„Du weißt, dass ich Missverständnisse allgemein zwischen Mann und Frau gemeint habe und nicht unsere Liebe. Ich finde einige der von Dir gewählten Worte sehr kennzeichnend für unsere Liebe, aber nicht alle. Ausschließlichkeit und Ewigkeit empfinde ich als weniger passend."

„Hattest Du nie den Wunsch, ich will nur mit diesem Menschen zusammen sein und dieser Zustand sollte ewig andauern?"

Erik erinnerte sich daran, dass ihn seine Ehefrau eine ähnliche Frage gestellt hatte und er wollte keinen Grund für eine Enttäuschung liefern, aber er wollte auch nichts schönreden:

„Diesen Wunsch verspürte ich zum Beispiel, als wir in München zum ersten Mal miteinander vereint waren, aber es war klar, dass so ein Höhepunkt nicht ewig andauern kann. Mein Verstand und meine Erfahrungen behindern ein Aufblühen dieses Wunsches. Viel treffender, aus meiner Sicht, wird unsere Liebe gekennzeichnet durch Begriffe wie: *Nähe, Vertrautheit, Anteilnahme, Fürsorge, Sehnsucht, Freude, Begehren und Erfüllt sein.*"

„Das ist ja schon einmal ein Anfang", stellte sie erleichtert fest.

„Mit dem Gefühl: Dieses und nichts anderes, heute bis in alle Ewigkeit, die ganze Welt mag um uns herum einstürzen, wenn wir nur uns haben, damit habe ich Schwierigkeiten. Goethes Beschreibungen von Liebesgefühlen in seinen Gedichten sind für mich schwer nachvollziehbar und erscheinen mir oft übertrieben und schwülstig."

Helena hob enthusiastisch beide Arme und blickte zu Decke: „Und mir erscheinen sie so treffend und schön. Wenn ich liebe, *breitet meine Seele ihre Flügel aus* und fliegt himmelwärts, mein Körper wird von einem Glücksgefühl durchrieselt und ich könnte die ganze Welt umarmen."

„Ich kann dieses schäumende Glücksgefühl nur abgeschwächt erleben. Es kommt mir wie eine Illusion vor, die durch chemische Reaktionen im Körper von ausgeschütteten Hormonen und Botenstoffen ausgelöst wird und die bald wieder von der Realität abgelöst wird."

„Dann bist Du eigentlich ein gefühlsarmer Tropf, kannst nicht hoch fliegen, aber dafür auch nicht tief fallen." Sie küsste ihn auf die Stirn und zog sich ins Bett zurück.

Er lief ihr nach, kuschelte sich an sie und flüsterte: „Ich liebe dich mit all den begrenzten Gefühlen, zu denen ich fähig bin."

Helena wandte ihm den Rücken zu und sein Liebeswerben blieb in dieser Nacht ungehört.

In den verbleibenden Tagen fuhr das Paar mit einem Mietauto nach Rotorua, wo sie die Lebensweise der Ureinwohner Neuseelands der Maori beobachten konnten, ihre Tänze im Langhaus, die Kriegsbemalung der Männer und die pulsierenden Geysire. Ihre Tage waren von Harmonie durchwoben und ein weiterer Segeltörn erfolgte, diesmal bei flauem Wind. Aber der Tag des Abschiedes rückte unbarmherzig näher.

Helena begleitete Erik zum Flughafen, im Taxi hielt er ihre Hand, sie sprachen kaum. Im Flughafen sah ihn noch durch die große Scheibe nach dem Einchecken winken, dann war er verschwunden. Ins Hotelzimmer zurückgekehrt, erinnerte sie dort alles an Erik, aber er war nicht mehr da. Eine Träne rollte über ihre Wange. Sie kauerte sich auf das Bett, das noch Eriks Geruch verströmte und ließ ihren Tränen freien Lauf. Nach einer Weile des Alleinseins tröstete sich Helena mit der Erkenntnis, dass vielleicht das Geheimnis ihrer langjährigen und leidenschaftlichen Beziehung darin bestand, dass sie sich immer, *wenn es am schönsten war, getrennt hatten und einen gemeinsamen Alltag nicht meistern mussten.*

Kapitel 10
Familienleben im Busch
Südafrika, 2001

Beruflich war Helena erfolgreich, ihr Steuerberaterbüro arbeitete zufriedenstellend und sie erfreute sich eines guten Einkommens. Ihre Kompetenz und ihre freundliche, auf Kundenwünsche eingehende, Art, brachten ihr mehr Klienten, als sie bearbeiten konnte. Eine weitere Hilfskraft wollte sie nicht einstellen, sie wollte nur so viel arbeiten, dass sie über hinreichend Freizeit verfügen konnte für: Reisen, Tennisspielen, Skifahren und Theaterbesuche, denn das war ihr wichtig. Sie war in der glücklichen Lage, dass sie es sich so einrichten konnte. Ihren Sohn Carsten sah sie selten und wenn er kam, forderte er finanzielle Unterstützung ein. Helena fühlte sich in ihrem Münchner Haus recht wohl und hatte ein herzliches Verhältnis zur Nachbarschaft aufgebaut.

Bei einem Theaterbesuch lernte sie vor einiger Zeit einen älteren, sehr gebildeten und charmanten Herrn kennen, der Schauspieler und Regisseure persönlich kannte und ihr die Welt des Theaters sehr kompetent neu eröffnete. Wenn Helena in Stimmung war, gab sie dem Drängen von Paulo nach und teilte mit ihm das Kopfkissen. Er verehrte sie und würde sie auch gerne heiraten, aber eine feste Bindung wollte sie nicht mehr eingehen. Paulo war ein guter Tennisspieler und leider nur ein mäßiger Skiläufer, auf diese Weise waren sie auch über das Theater hinaus durch gemeinsame Interessen verbunden.

Ihre Mutter, Monika, baute seit dem Tod ihres Ehemanns rapide ab und Helena konnte die häufigen Fahrten an den Starnberger See nicht mehr mit ihrer beruflichen Tätigkeit in Einklang bringen. Monika war der Überzeugung, dass sie noch in der Lage sei, sich selbst zu versorgen, aber sie vergas oft den Herd nach Gebrauch wieder abzustellen. Einmal entzündete sich Fett in einer Pfanne und Teile der Küche wurden ein Opfer der Flammen. Nur durch das beherzte Eingreifen einer zufällig vorbeifahrenden Nachbarin konnte Schlimmeres vermieden werden. Monika war mit ihrer Selbstversorgung überfordert, schon bei den kleinsten Handgriffen im Haus, wie die Heizung in Betrieb nehmen, musste sie fremde Hilfe in Anspruch nehmen. Aber sie weigerte sich ein Pflegeheim auch nur in Augenschein zu nehmen, geschweige denn eines zu bewohnen. Mit Eselsgeduld und in ermüdenden Gesprächen brachte Helena ihrer Mutter langsam den Gedanken näher in ein Heim zu ziehen. Monikas Schulfreund Helmuth, den sie sehr schätzte, war inzwischen in ein Pflegeheim gezogen und gab, angefeuert von Helena, einen sehr positiven Bericht zum Heimleben. Das Haus am Starnberger See musste dringend renoviert werden, insbesondere war eine Erneuerung des Daches zwingend erforderlich. Als der Staub und der Lärm der Handwerker dort einsetzten, gab die Mutter endlich ihren Widerstand gegen ein Pflegeheim auf.

Ihren achtzigsten Geburtstag feierte Monika im Pflegeheim, Ihr Schulfreund Helmuth hatte ihr ein Fotoalbum geschenkt, das er mit viel Aufwand, liebevollen Texten und Bildern aus der Schulzeit zusammengestellt hatte. Einige der Heimbewohner hatten ein Lied eingeübt und brachten der Jubilarin ein Ständchen. Ganz überraschend tauchte auch Helenas Bruder Johann auf. Er war, wie immer, in großer Eile, fuhr mit seinem weißen Porsche Cabrio direkt vor den Hauseingang, so dass die Pflegekräfte Mühe hatten einen Rollstuhl durch die Türe zu schieben und brachte als Geburtstagsgeschenk für seine Mutter einen weißen Pudel mit. Johann schneite mit wehendem Mantel in Monikas Zimmer, übergab den Pudel, dem er noch eine rote Schleife umgebunden hatte, las mit viel Charme ein selbst verfasstes, gut formuliertes Gedicht über die mütterliche Liebe vor, umarmte seine Mutter, wie ein Filmstar vor surrenden Kameras und entschwand nach fünfzehn Minuten. Helena bat ihn auf dem Weg zu seinem Porsche den Pudel wieder mitzunehmen, da Tierhaltung im Heim unzulässig war und sie sprach die Notwendigkeit von Renovierungsarbeiten am elterlichen Haus an.

„Der Pudel ist doch ein ganz kleiner Hund, dafür wird sich schon ein Weg finden lassen", gab er lächelnd zurück: „Das Elternhaus ist in einem desolaten Zustand, ich weiß, aber ich kann mich jetzt nicht darum kümmern, in meiner Firma gibt es massive Probleme und deshalb muss ich auch sofort wieder zurück. Nimm Du das in die Hand, Du hast dazu meinen vollen Segen und lass mich da unbedingt heraus, Du hast doch bisher alles super geregelt."

Er drückte seiner Schwester einen flüchtigen Kuss auf die Wange, stieg in seinen Porsche, winkte durch das offene Dach und fuhr mit röhrendem Auspuff und wehendem Schal davon.

Als Helena in das Zimmer ihrer Mutter zurückgekehrt war, hatte die Seniorin den Pudel auf ihrem Schoß und liebkoste ihn pathetisch, dann sagte sie zu Tränen gerührt: „Ach mein Johann ist so ein guter Junge, ich wünschte, Du hättest mir einmal so viel Freude geschenkt, wie er mir heute."

Die Tochter war sich bewusst, dass ihre Mutter an Demenz litt und ihre Äußerungen nicht so genau genommen werden durften, aber auch in ihrem beklagenswerten Zustand blieb sie die zu respektierende Mutter. Die bedrückenden Kindheitserinnerungen stiegen, wie gewaltige, dunkle Wolken eines Unwetters in Helena auf: Der zudringliche Vater, eine Mutter, die eine Schutzbedürftigkeit der Tochter nicht erkennen wollte und ihre Liebe mehr dem jüngeren Bruder schenkte, ihn verwöhnte und die ihre Kinder ungerecht behandelte. Helena musste sich abwenden, als ihr dicke Tränen über die Wangen rollten und sie vor Enttäuschung zerspringen wollte.

Um das Elternhaus verkaufen oder vermieten zu können, mussten zusätzlich zum Dach auch die Fenster und die Fassade erneuert werden, der Kostenvoranschlag belief sich auf 120.000DM. Keines der beiden Kinder verfügte über eine Bankvollmacht der Mutter, diese war jedoch nicht mehr in der Lage mit den Banken Verhandlungen zur Finanzierung der Renovierungsarbeiten zu führen und eine Hypothek aufzunehmen, dafür hätte ein Vormund bestellt werden müssen. Helena wollte ihre Mutter nicht entmündigen lassen und schlug Johann vor, dass beide jeweils zur Hälfte diese Kosten auslegen sollten.

„Bist Du verrückt", donnerte die Antwort zurück, „ich benötige jetzt jeden Pfennig für meine Firma. Unser neues Finanzprodukt wird ein Knaller werden und Geld in die Kassen spülen, frühestens dann können wir über die banalen Renovierungskosten reden. Entmündige Mutter oder leih Dir Geld, aber lasse mich jetzt da gefälligst heraus."

Er wollte eigentlich nicht so abweisend sein und es tat ihm leid, denn er erkannte durchaus die Sinnfälligkeit des schwesterlichen Vorschlages, aber finanziell stand ihm das Wasser bis zum Hals, niemand sollte es bemerken, seine Show musste weitergehen und eigentlich wollte er auch keine Entmündigung der eigenen Mutter.

Helena verfügte über hinreichende finanzielle Mittel, um die Renovierungskosten vorstrecken zu können, denn sie und auch Johann wollten nach dem Tod der Mutter das Elternhaus verkaufen, das für Helena mit bedrückenden Erinnerungen belastet war. Monika verstarb noch im selben Jahr, sie hatte gemeinsam mit ihrem Ehemann ein „Berliner Testament" aufgesetzt, danach beerben sich die Ehepartner zunächst gegenseitig, dann sollten beide Kinder zu gleichen Teilen erben. Man könnte annehmen, dass ein solches Testament gerecht und unproblematisch sei, aber bei Erbangelegenheiten wird alles kompliziert und hässlich und oft entfremden sich die Erben. Für das geerbte Haus wurde ein Verkaufspreis von 1,5 Mio. DM erzielt, davon wollte Helena die verauslagten 120.000 DM für die Renovierung abziehen, ohne die ein Verkauf zu diesem Preis nicht möglich gewesen wäre. Johann bestand jedoch auf seinem im Testament festgelegten Anteil und das war die Hälfte des Verkaufserlöses:

„Meine Firma ist in Konkurs gegangen, wie Du ja weißt, ich benötige genau die 750.000 DM, um die wichtigsten Gläubiger abfinden zu können, oder willst Du, dass ich ins Gefängnis gehe? Ich habe da einen Handwerker an der Hand, der hätte die Renovierung zum halben Preis durchgeführt, aber Du hast die teuren Firmen beauftragt, die auch Deine Steuerberatungskunden sind, wer weiß, was die Dir unter der Hand zugeschoben haben, ich will das nicht bezahlen!"

Johann wollte gar nicht so schroff reagieren, aber seine Ehe war durch den Konkurs auf eine harte Belastungsprobe gestellt und zusätzliche, finanzielle Probleme hätten den Niedergang bedeutet, daher hielt er es für gerechtfertigt seinen Standpunkt zu vertreten. Helena hatte zwar 750.000 DM geerbt, aber sie fühlte sich nicht bereichert, sondern um 120.000 DM betrogen und Johanns egoistisches Verhalten und seine bösen Unterstellungen hatten sie tief verletzt. Sie hatte keine Lust mehr mit ihrem Bruder das Weihnachtsfest zusammen zu feiern.

Helena hatte zwar eine Kindheit in einer Familie mit Vater und Mutter, aber die Eltern haben, ohne es zu beabsichtigen, in ihrer jungen Seele tiefe Wunden hinterlassen und die Erbschaftsstreitigkeiten mit ihrem Bruder führten zu einer Entfremdung der Geschwister.

Obwohl ihre Mutter schon vor über einem Jahr gestorben war, gingen ihr diese trüben Gedanken durch den Kopf, bis ihr Flugzeug zur Landung ansetzte in Kapstadt, Südafrika. Sie stellte ihre Sitzlehne senkrecht und sah durch das Kabinenfenster die traumhaft schöne Lage von Kapstadt, die weite, von einer goldenen Abendsonne beleuchtete Bucht, den erhabenen Tafelberg und den Berg, der einem Löwenkopf ähnelte. Sie hatte ein turbulentes Jahr hinter sich und freute sich umso mehr ihren altvertrauten Freund Erik, nach einer Pause von fünf Jahren, wiederzusehen. Er hatte dort ein großes Konzert, das auch im Fernsehen übertagen wurde und er hatte sie nach Südafrika eingeladen, um sein Lampenfieber auf zwei Schultern zu verteilen, wie er scherzhaft behauptete. Paulo hatte ihr einen Besuch im berühmten Nico Malan Theater ans Herz gelegt. Aber eigentlich war sie neugierig auf Erik und außerdem wollte sie das Land Nelson Mandelas kennen lernen, indem Weiße und Schwarze überwiegend harmonisch zusammenlebten. Die Passabfertigung nahm einige Zeit in Anspruch und als sie endlich an der Reihe war, fragte ein dunkelhäutiger Hüne von einem Beamten, wo sie dann jetzt herkomme, wie lange sie bleiben möchte und was der Grund ihres Besuches sei.

Als sie antwortete: „Ich besuche einen Freund", ließ sich der Beamte zu einem Scherz hinreißen und bemerkte: „Der muss ja sehr glücklich sein, wenn sie von so weit her anreisen, um ihn zu sehen", dazu lachte er mit tiefer, donnernder Stimme, die von den Wänden widerhallte und die Wartenden neugierig auffahren ließ. Dann durchblätterte er genüsslich ihren Pass und verglich noch einmal ihr Foto mit dem Gesicht, gemächlich und mit gewichtiger Geste drückte er dann seinen Stempel in den Pass und sie durfte zur Gepäckausgabe weitermarschieren.

Als das Gepäckband zu rattern begann, stellte sie fest, dass die Koffer meist sehr ähnlich aussahen, graue Hartschalenkoffer. Es bereitete Schwierigkeiten ihren Koffer ausfindig zu machen und ihn herauszufischen, vorbei an der nach Koffern suchenden Menschenmasse. Das gelang ihr erst, als der Koffer die zweite Runde auf dem Band drehte. Der Zollbeamte winkte sie durch und endlich öffnete sich die große Glastür und Helena erkannte Erik sofort unter den Wartenden. Unbeabsichtigt beschleunigte sie ihren Schritt, als sie erwartungsfroh auf ihn zu ging, er nahm sie in die Arme, hob sie hoch und drehte sie im Kreis. Sein Haar war inzwischen grau meliert, das Gesicht markanter geworden, aber seine Bewegungen, sein Lächeln und seine Stimme waren ihr unverändert vertraut. Er nahm ihr den Koffer ab, hakte sich unter und fühlte ihren so vertrauten, schwingenden Gang an seiner Hüfte, sah die mit Schmetterlingen verzierten Schuhe und führte sie zu dem wartenden Auto der Agentur. Es roch nach dem Diesel der aufgereihten Taxen und Busse, die hohen Palmen warfen lange Schatten in der Abendsonne und die Luft war mild, denn hier begann jetzt der Sommer. Vor der ersten Überquerung einer Straße nahm er sie besorgt beiseite und sagte:

„Hier herrscht Linksverkehr, weil sich die Engländer gegen die Holländer durchgesetzt haben, die Autos kommen immer von der falschen Seite."

Im Auto berichtete Erik von den Veränderungen in Südafrika, seit der Abschaffung der Apartheid, ein Land, das er von früheren Reisen her gut kannte. Er unterbreitete ihr Vorschläge für ein Besichtigungsprogramm. Helena berichtete vom Tod ihrer Mutter und den Erbstreitigkeiten. Der Agenturwagen quälte sich durch die Innenstadt, bis er auf eine Anhöhe an der Table Bay fuhr, wo sich das Hotel befand. Der Baustil erinnerte an die Kolonialzeit und von dem Zimmerbalkon konnte man die

Tafelbergbucht sehen, dahinter rechts den Atlantischen, links den Indischen Ozean. Während beide den Willkommens-Cocktail des Hotels genossen, brachte der Hotelpage ihre Koffer ins Zimmer. Sie berichtete von ihrem Theaterfreund Paolo und seiner Empfehlung das Nico Malan Theater zu besuchen, dabei betrachtete Erik sie ausgiebig von der Seite. Einige graue Haare konnte er ausfindig machen, die Falten am Mund und Kinn waren tiefer geworden und am Hals war ihre Haut nicht mehr glatt, aber sie war immer noch eine schöne Frau und er begehrte sie. Er fühlte den Wunsch sie in die Arme zu nehmen, aber das Spontane früherer Jahre fehlte, dieser quälende, allumfassende Drang es sofort tun zu müssen, beherrschte nicht mehr seine Handlungsweise. Er konnte sich gelassen zurücklehnen und sie einfach betrachten und ihr zuhören, ohne sie anspringen zu müssen. Das war eine neue und erleichternde Erfahrung für den alternden Mann. Er fühlte sich reifer und souveräner und nicht mehr so gefangen und geknechtet von der weiblichen Anziehungskraft. Die Natur hat es so eingerichtet, dass die Frau vielleicht intensiver beim Liebesspiel empfinden kann, als der Mann, aber sie ist nicht diesem Drang ausgesetzt es jetzt und immer wieder tun zu müssen. Sie kommt auch ohne Sex eine Weile gut zurecht, während es Männer gibt, die leiden und aggressiv werden. Daher kann die Frau auch Macht über den Mann haben, obwohl sie ihm körperlich unterlegen ist. Helena hat von dieser Macht Gebrauch gemacht, als sie ihn am Anfang im Unklaren ließ, ob sie ihn überhaupt wiedersehen wollte und später hat sie seinen Wunsch nach einem Wiedersehen hinausgezögert, das hatte er noch lebhaft in Erinnerung.
„Du hast doch am Telefon von einer Überraschung gesprochen. Stille meine Neugier, bist Du Oma geworden?", fragte er mit einem unterdrückten Grinsen.

Sie ignorierte seine Frage und wollte wissen: „Hältst Du mich für eine Spießerin?"

„Wir haben so viele außergewöhnliche und prickelnde Erlebnisse teilen können, die wohl keiner Spießerin je zugänglich sein werden."

„Mein Sohn hält mich immer noch für spießig und ich möchte diesen Makel abschütteln, nicht, um ihn etwas zu beweisen, sondern um mich selbst davon zu befreien. Er hat mir einige spezielle Kekse gegeben, in denen Haschisch eingebacken ist, mit dem Hinweis, wer davon nicht genascht hat, der ist zu feige die bürgerlichen Gesetze der Bevormundung zu überwinden und die eigene Erlebnisfähigkeit auszuloten, der bleibt immer ein Spießer. Ich habe nachgelesen, dass das eigene Empfinden in positiver aber auch in negativer Weise beflügelt werden kann, daher sollte man eine solche Haschreise nicht alleine antreten, sondern mit einem Babysitter. Hast du Hascherfahrungen?"

„Ich habe als Student ein paar Züge von einem Joint genommen, wie das damals in Mode war, ohne dabei eine umwerfende Wirkung feststellen zu können. Ich weiß aber, dass einige Musikerkollegen regelmäßig Drogen zu sich nehmen und sich erst dann inspiriert fühlen. Ich habe erleben müssen, dass manche dadurch schwere körperliche Schäden erlitten haben. Beim seltenen Haschischgenuss sehe ich jedoch nicht die Gefahr einer Abhängigkeit. Ich bin neugierig und kann mir vorstellen mit Dir zusammen eine solche Reise in das Reich der Sinne anzutreten, obwohl das hier verboten ist."

Dann fügte er schmunzelnd hinzu: „Du könntest mich ja sonst für einen Spießer halten und das scheint für manche Mütter die schlimmste denkbare Beleidigung zu sein."

Sie ließen die Cocktails halb ausgetrunken stehen und begaben sich in sein Hotelzimmer, das in den nächsten Tagen auch ihr Zimmer werden sollte, um ihre gemeinsame Reise in das Reich der Sinne antreten zu können. Sie holte aus ihrem Koffer ein sorgfältig verpacktes Päckchen hervor, wickelte es aus und brach einen der Kekse auseinander. Man konnte im Inneren eine dunkle Masse erkennen, die an gemähtes und gepresstes Gras erinnerte und sie warnte:

„Für den Anfang ist wohl ein halber Keks ausreichend. Ich habe gelesen, die Wirkung soll nach etwa einer halben Stunde einsetzen."

Der Keks schmeckte unangenehm. Erik holte sich Sekt aus der Minibar und nahm einen Schluck. Helena streckte mit verzogenem Gesicht ihre Hand aus und er übergab ihr das Glas. Sie setzten sich leicht bekleidet auf den Balkon, hörten das Rauschen des Meeres, sahen die Lichter von Kapstadt und warteten geduldig auf das Einsetzen einer Wirkung.

Helena erfuhr, dass Helga mit der Arbeit in der Augu Klinik zufrieden war und dass sein Sohn Pascal mit Begeisterung ein Bauingenieurstudium absolvierte. Sie erzählte von Paolo, einigen abenteuerlichen Einfällen von Steuerflüchtlingen und von dem Garten ihres Münchner Hauses. Als nach einer halben Stunde bei ihr nur eine leichte Wirkung spürbar wurde und bei ihm gar keine, nahm er einen ganzen und sie einen halben zusätzlichen Keks und siehe da, jetzt merkte er eine Veränderung in seinen Sinnen. Seine Hände und Füße schienen plötzlich riesengroß, das Bild an der Wand knallig bunt, Helenas Busen gewaltig, wie ein Gebirge und er wollte unbedingt auf dem Hoteltreppengeländer herunterrutschen. Beide kicherten über jede Kleinigkeit und führten tänzerische Bewegungen aus. Bei ihr war die Wirkung des Kekses nicht so ausgeprägt, wie bei ihm, und sie versuchte ihn von seinem Rutschwunsch mit Worten abzulenken. Sie war verzweifelt, denn er war mit Worten nicht von seinem Vorhaben abzubringen und wollte immer noch auf dem Geländer rutschen. In ihrer Verzweiflung spielte sie ihre höchste Trumpfkarte aus, sie lockte ihn ins Bett. Er sog ihren Blick auf, der das Paradies versprach, wie ein Verdurstender, krabbelte unter die Bettdecke, griff unsicher nach ihrem Busen, schätzte die Entfernung ihres Mundes beim Küssen falsch ein und es gelang ihm erst beim zweiten Versuch sich mit ihr zu vereinen. Der Drogenrausch war bald verpufft und er hatte nicht mehr den Wunsch das Geländer herunterzurutschen.

Das Abendessen nahmen sie im Hotelrestaurant ein, er bestellte sich einen Hummer, sie einen Red Snapper Fisch, dazu einen Sauvignon Blanc aus der Kap-Provinz. Der Kellner entgrätete ihren Fisch am Tisch, sie schenkte ihm ein anerkennendes, freundliches Lächeln. Als sich der Kellner wieder entfernt hatte, fragte Erik leise: „Hast Du mich vorhin anders erlebt als sonst, hast Du durch die Kekse eine nicht gekannte, neue Dimension der Gefühlswelt erfahren?"
„Ich hatte es vorhin schön mit Dir, wie ich es mit dir in der Vergangenheit hatte, eine neue Dimension habe ich nicht erlebt und kann es mir auch nicht vorstellen."
„Mir ging es genauso, ich glaube ich war ein wenig kindisch und wollte Unfug anstellen, gut, dass Du mich behütet hastest. Die Perspektiven waren verschoben, die Farben intensiver, aber eine neue Dimension des Fühlens habe ich auch nicht erlebt, stattdessen habe ich ein wenig Kopfweh danach gehabt."
Sie aß nur ein Drittel ihres Fisches, er nahm gerne den Rest, da das Hummerknacken anstrengend ist und die Ausbeute recht mager. Der Kellner servierte das Dessert, er war groß, dunkelhäutig, trug weiße Handschuhe und verbeugte sich ungeschickt. Lachend und mit kräftiger, tiefer Stimme fragte er: „How do you like our Cape-province wine?"

In der Formulierung: „Unser Wein", lag auch ein wenig Stolz auf das eigene Land, ein weißer Kellner hätte allenfalls gefragt: „Ist der Wein in Ordnung?"

"Wonderful", gaben beide gleichzeitig zurück, als hätten sie sich verabredet.

„Du warst doch schon in Südafrika, als es noch die Apartheid gab, war das wirklich so schlimm?", wollte Helena wissen.

„Die Apartheid war grausam und ungerecht, aber es gibt auch einige Argumente, die eine gewisse Trennung sinnvoll erscheinen lassen. Schwarze riechen und leben anders als Weiße und es gibt mentale Unterschiede. Hat zum Beispiel ein schwarzer Automobilverkäufer ein Auto verkauft, lädt er seine Freunde ein und feiert eine Woche lang ein Fest, wenn seine Provision verbraucht ist, geht er zurück in die Firma und sagt: Jetzt möchte ich das nächste Auto verkaufen. Menschlich betrachtet ist das großartig, nur lässt sich mit diesem Mitarbeiter nur schwer ein kontinuierlicher Umsatz erwirtschaften."

„Du sprichst von einem: Schwarzen, das klingt wie ein Schimpfwort, ist das Wort: Farbiger, nicht besser?", gab sie zu bedenken.

„Eine geeignete Bezeichnung für die Schwarzen zu finden, gestaltet sich schwierig, denn alle Begriffe werden als Schimpfwort empfunden, das hängt mit dem Selbstwertgefühl der Schwarzen zusammen. Diese Menschen wurden in Jahrhunderten systematisch gedemütigt und ausgebeutet."

An dem großen, reservierten Tisch gegenüber nahm eine Gruppe von Geschäftsleuten Platz, die aus Indern, Chinesen, Schwarzen und Japanern bestand. Alle trugen dunkelblaue Anzüge mit weißem Hemd und Krawatte und waren in eine Diskussion über Autoersatzteile vertieft. Die Japaner verneigten sich tief vor dem Schwarzen, bevor sie sich setzten. Der klatschte in die Hand und drei Kellner eilten herbei und servierten Aperitifs.

„Früher bildeten Inder und Chinesen, wie sie drüben sitzen, hier die Klasse der Farbigen, die über den Schwarzen stand, aber zu diesem Restaurant keinen Zutritt gefunden hätte. Nur die Japaner wurden als Weiße behandelt, da sie hier sehr erfolgreich waren, obwohl sie von der Rasse her Asiaten sind. Sucht man eine Bezeichnung für die schwarzen Einwohner hier und orientiert sich an der Hautfarbe, dann müsste man sagen: Neger oder Schwarzer, nach Stammeszugehörigkeit müsste man sagen: Kaffer, Hottentotte oder Zulu, nach Kontinent müsste man sie: Afrikaner, nennen. All das sind jedoch Bezeichnungen, die unerwünscht sind. Selbst die umständliche Formulierung: Ein Mensch, der in Afrika geboren wurde, kann falsch sein, wenn ein Weißer in Afrika geboren wurde. Die Chinesen nennen die Europäer: Langnasen, rote Teufel oder Bleichgesichter, das ist nicht charmant, wird jedoch von uns nicht als tiefe Beleidigung empfunden. Vielleicht ist für einen Schwarzen die ungenaue Bezeichnung: Dunkelhäutig, am unverfänglichsten, auch wenn sie für einen Araber zutreffend sein kann, der diese Zuordnung weit von sich weisen würde."

Inzwischen war die Weißweinflasche geleert, der schwarze Kellner mit seinen weißen Handschuhen brachte unaufgefordert zwei Gläser Weißwein auf einem Silbertablett mit der Bemerkung: „Try this wine, it is our number one", dabei strahlte er Helena an und seine schneeweißen Zähne funkelten. Tatsächlich schmeckte dieser Wein ausgezeichnet, aber die Rebsorte des Nummer eins Weins und sein Preis blieben das Geheimnis des Kellners.

„Der Lebensstandard in Südafrika ist der höchste der afrikanischen Länder und viele Menschen aus anderen afrikanischen Ländern haben hier Arbeit gesucht, trotz der Apartheid. Ist Hunger am Ende schlimmer als Apartheid?", fragte Helena.

„Südafrika ist reich an Bodenschätzen aber die Verfahrenstechniken, sie nutzbar zu machen und die Marktkontakte, liegen in den Händen der Weißen. Dass wissen die Dunkelhäutigen hier, daher wollen sie die Weißen auch nicht aus dem Land jagen, wie das, mit katastrophalen Folgen, in Zimbabwe geschehen ist."

Sie nippte nachdenklich an ihrem Weinglas und stellte sich vor, wie begeistert damals in Zimbabwe die Dunkelhäutigen waren nach Beendigung der Bevormundung durch die Weißen und in welchem Elend und in welcher Unfreiheit sie unter dem heutigen dunkelhäutigen Diktator leben müssen. Es scheint, als sei das folgende Chaos schon innewohnend in jeder Revolution, die nur das Untere nach oben kehrt. Die Früchte einer Revolution können vielleicht einmal spätere Generationen ernten:

„Wie hatte sich denn im Alltag die Apartheid ausgewirkt?"

„Kam dem Weißen ein Schwarzer auf dem Bürgersteig entgegen, dann hat der Schwarze die Straßenseite gewechselt und zum Boden gesehen, wenn er nicht gespurt hat, wurde er verprügelt oder eingesperrt. Ein Schwarzer oder Inder hätte sich nie in ein gutes Restaurant gewagt, er durfte die meisten Parkbänke nicht benutzen oder mit einer Weißen Sex haben. Bei einem Gerichtsverfahren: Schwarz gegen Weiß, hatte Schwarz sehr schlechte Chancen, schon weil er das Juristenkauderwelsch nicht verstand und vor Gericht als weniger glaubwürdig galt. Wurde für höhere Löhne gestreikt und demonstriert, wurden die Schwarzen eingesperrt oder erschossen, sie waren weitgehend entrechtet und wurden nur für schlecht bezahlte Arbeiten eingesetzt."

Erik bemerkte, dass seine sommerlich bekleidete Begleiterin fror und er legte ihr seine Jacke über die Schulter. In klimatisierten Räumen werden oft unangenehm tiefe

Temperaturen eingestellt, als wolle der Restaurantbesitzer seinen Gästen beweisen, dass er eine Klimaanlage besitzt. Sie schmiegte sich dankbar in seine Jacke und fragte weiter: „Nelson Mandela hat den Friedensnobelpreis erhalten für seine gewaltfreie Überwindung der Apartheid, war es denn möglich in diesem Kampf gewaltfrei zu bleiben?"

„Nelson Mandela saß bis 1990 im Gefängnis und war Chef des ANC, der Opposition der Nichtweißen, die sich zunächst Gewaltfreiheit auf die Fahne geschrieben hatte. Die PAC, die radikal schwarze, militante Opposition, führte den bewaffneten Kampf. Nach vielen erfolglosen Aktionen bekam auch der ANC mit Nelson Mandela einen bewaffneten Flügel und führte Sabotageakte und Gewaltbeglückungen aus."

„Wie hat man sich denn eine Gewaltbeglückung vorzustellen?", fragte Helena verwundert, da sie in den Worten: Gewalt und Beglückung einen Widerspruch sah.

„Der Schwarze, der nicht mit der Opposition zusammenarbeitete, zum Beispiel, weil er erst die Ernte einfahren wollte und dann erst streiken wollte, dem wurde ein brennender Autoreifen über den Kopf gestülpt, sein Haus wurde angezündet und die Tochter vergewaltigt."

Sie lehnte sich zurück und atmete tief durch, denn sie stellte sich vor, wie eine solche Aktion ablaufen würde, die für den Täter oft nur ein willkommener Vorwand ist, um seine eigenen, finsteren Triebe ausleben zu können. Eigentlich wollte sie sich den Abend nicht mit so schauerlichen Bildern verderben lassen und wechselte schnell das Thema: „Wann geht denn morgen unser Flugzeug nach Johannesburg?"

„Um acht Uhr vierzig, darum sollten wir heute nicht zu spät ins Bett kommen", mahnte Erik und winkte den freundlichen Kellner herbei, um die Rechnung abzuzeichnen.

Am Flughafen von Johannesburg mieteten sie einen Toyota und brachen in Richtung Krüger Nationalpark auf. Die Fahrt ging zunächst über die Autobahn und später über Nationalstraßen. Sie durchquerten gewaltige Tabak-, Zitronen- und Erdnussplantagen, deren Ausmaße als Monokulturen in Europa unbekannt sind. Die Landschaft wölbte sich in sanften Hügeln und die Sonne schien kräftig, es war kaum ein Wölkchen am Himmel zu entdecken. Die Straße war wenig befahren und folgte den Windungen des Nyl-Flusses. In der Gegend von Potgietersrus bog Erik von der Nationalstraße auf eine geschotterte Straße ab, um zu einer Höhle zu fahren, an deren Felswänden Zeichnungen aus vorgeschichtlicher Zeit zu bewundern sein sollten. Südafrika war also schon vor der Zeit der Ägypter besiedelt.

Plötzlich wurde ein Felsbrocken, auf der Straße liegend, sichtbar. Erik wollte noch ausweichen, aber das linke Vorderrad rutschte auf das Hindernis und der Reifen und die Felge wurden beschädigt. Dann stellte sich heraus, dass auch das Reserverad des Mietfahrzeugs defekt war.

Man hörte das leise Rauschen des Windes, farnartige Gewächse waren zu sehen und Eidechsen am Wegesrand leckten den Tau von den Steinen, aber es erinnerte, soweit das Auge reichte, nichts an eine menschliche Besiedelung und seit zwanzig Kilometern war ihnen auch kein Fahrzeug mehr begegnet. Beide setzten sich in den Schatten des Wagens und nahmen einen kräftigen Schluck Wasser aus der mitgeführten Plastikflasche. Es war Samstagnachmittag und auch in Deutschland wäre es schwierig gewesen, das Auto schnell wieder fahrtüchtig zu machen, aber hier schien es hoffnungslos und ein Gefühl der Ohnmacht und Verzweiflung machte sich breit, wie bei Wanderern, die in der Wüste gestrandet sind. Mücken kreisten herum und landeten auf der Haut und Erik nestelte an Helenas

Haar und drückte sie an seine Schulter, als wolle er sagen: „Sei guten Muts, ich bin ja bei dir", aber diese tröstende Geste führte keine Lösung herbei. Er schlug vor, den Weg zurück zu Fuß zu gehen, das hätte man in fünf Stunden schaffen können, bevor es vollständig dunkel war. Nach einiger Zeit sah man eine Staubwolke am Horizont und beide glaubten zunächst an eine Fata Morgana. Dann hörte man ein Brummen und tatsächlich, es näherte sich ein Auto und hielt unaufgefordert an. Ein freundlicher weißer Farmer stellte sich vor als: Steve, sah sich den Schaden an, griff sich das Reserverad, verstaute es auf der Ladefläche seines Kleinbusses und bot den Verunglückten den Beifahrerplatz an. Während der Fahrt plauderte man in einer Mischung aus Englisch und Holländisch über Deutschland, die Welt und die Probleme in Südafrika. Schließlich informierte er beide, dass eine Reifenreparatur am Wochenende schwierig sei, aber er kenne einen Werkstattbesitzer und er wisse auch, wo er sich um diese Zeit aufhalten könnte. Nach einiger Zeit wurde eine Siedlung erkennbar. Steve hielt am Tennisplatz und rief nach Tom, der unterbrach sein Spiel und alle folgten ihm in seine Werkstatt. Mit geübten Handgriffen hatte Tom das Rad bald repariert, lehnte jede Bezahlung ab und setzte sein Tennisspiel fort. Steve fuhr beide die zwanzig Kilometer zum Mietauto zurück, wartete bis der Radwechsel geglückt war und wünschte eine gute Zeit in Südafrika. Erik wollte unbedingt sich erkenntlich zeigen und bot ihm ein Fell an, dass er als Souvenir gekauft hatte, Steve lehnte alles ab und sagte:
„Wenn ich in Deutschland in Not bin, erwarte ich auch Hilfe."
Erik und Helena sahen sich beschämt an und dachten: „Hoffentlich wirst du da nicht enttäuscht", und er sagte: „Besuchen Sie uns einmal in Deutschland!" Erst als er es ausgesprochen hatte, wurde ihm klar, wie unpassend aufgrund der gewaltigen Entfernung diese hole Einladung war.

Dieser Pioniergeist hier, der auch typisch für das Landleben in den USA ist, das Gefühl dem Nachbarn Hilfe leisten zu müssen, wenn er sie benötigt, hat etwas beruhigendes und sympathisches, man kann sich sogar in der Wildnis sicher fühlen, obwohl vielleicht der gleiche Steve vor einigen Jahren noch seine schwarzen Arbeiter verprügelt hatte.

Der Besuch der Felsmalereien wurde gestrichen, da die Zeit fortgeschritten war und auf der Weiterfahrt zum Krügerpark sangen beide erleichtert das Lied von Hänsel und Gretel und hüpften dabei auf ihren Sitzen herum wie Kinder, die der bösen Hexe entkommen waren. Kurz vor dem Tierpark bezogen sie ein Quartier. Es wäre auch möglich gewesen im Krügerpark in einer strohgedeckten Rundhütte zu übernachten, aber das hätte eine rechtzeitige Reservierung erforderlich gemacht. Die gemeinsam überstandene Gefahr stimmte sie dankbar und beflügelte das Gefühl von Zufriedenheit. Entspannt ließen sie sich auf der Terrasse ihres Gasthauses nieder und bestellten ein üppiges Abendessen.

Auf dem Grundstück neben dem Gasthaus sah man eine kunstvoll zusammengefügte Konstruktion aus Bambusstangen und Holzlatten, hier sollte wohl ein Haus entstehen. Nachbarn brachten Schilf für das Dach, eine andere Gruppe schaffte Bastmatten für den Boden herbei, aus Geflecht wurde ein Zaun hergestellt und während der Verarbeitung der Materialien sangen diese afrikanischen Bauarbeiter mehrstimmig. Die Melodie wurde von einem Vorsänger angestimmt und war einfach und schön. Die Stimmenbesetzung und die Einsätze dieses Chores waren so professionell, ohne Noten oder einen Dirigenten, dass die Gäste ihre Gespräche unterbrachen, nur um lauschen zu können. Als das Dessert gereicht wurde, war das Haus fertig mit Vorgarten und Terrasse und sah gut aus. Zwar fehlten Strom- und Abwasseranschluss, aber es bot Schutz gegen Regen, Wind und nächtliche Kälte.

Nach vollendeter Arbeit saßen die Bauarbeiter aus der Nachbarschaft fröhlich plaudernd im Kreis auf dem Boden und genossen das Mal, das der Bauherr vorbereitet hatte. In Deutschland zahlt man für sein Häuschen zwanzig Jahre lang ab, weil hohe Grundstückspreise, hochwertige Materialien, luxuriöse Ausstattung und komplizierte Bauvorschriften den Preis künstlich in die Höhe treiben. Hier reicht die Einladung zu einem Festmahl als Bezahlung. Dabei saßen Männlein und Weiblein gemischt durcheinander und schäkerten ungezwungen miteinander, umarmten sich und man hatte den Eindruck, mit der Ehe und der Treue nimmt man es hier nicht so genau, man genießt das Heute und Jetzt. Diese fröhliche, ungezwungene Kommunikation ist den Europäern durch ihre Moral und Eheverträge abhandengekommen, die unzureichend auf ihre Bedürfnisse zugeschnitten sind. Verheiratete Menschen gibt es dort nur noch im Doppelpack.

Helena hatte mehr als üblich gegessen und nach dem Abendessen einen Cognac getrunken und wirkte entspannt und guter Dinge. Sie machte beschwipst ihre soziologischen Beobachtungen: „Ein Speed-date über das Internet benötigt man hier nicht, um sich kennen zu lernen, das macht hier alles einen sehr lockeren Eindruck und die Partnerwahl wird nicht durch Klassenunterschiede eingeschränkt. Leider erhöht der schnelle, ungeschützte Kontakt die Gefahr einer Schwangerschaft oder einer Ansteckung mit AIDS. Warum ist unser gesellschaftliches Zusammenleben so viel komplizierter?"

Der schwarze Kellner mit seinen weißen Handschuhen, den schwarzen Hosen und dem weißen Hemd mit roter Fliege wirkte wie ein Relikt aus der Kolonialzeit. Er stand am Rand der Terrasse und beobachtete neugierig die fröhliche Schar auf dem

Nachbargrundstück, er würde sich sicher dazugesellen, wenn ihn nicht seine Dienstpflichten daran hindern würden.

„Mir gefällt es sehr, wie die Menschen miteinander hier umgehen, ich sehe keine Bevormundung durch Männer, keine falsche Scheu bei den Frauen, keine Hektik, nur Freude an der Arbeit und am Leben. Schwangerschaftsverhütung und Geschlechtskrankheiten könnte man mit geringem finanziellen Aufwand und etwas Disziplin in den Griff bekommen."

„Ich denke bei der Disziplin spielt auch die Mentalität eine wichtige Rolle. Hier lebt man mehr in den Tag hinein, das Verantwortungsgefühl ist weniger ausgeprägt und die planende Vorsorge wird hintan gestellt, aber sicherlich haben wir zu viel davon."

Erik war beeindruckt, wie schnell und geordnet das Bauwerk für eine ganze Familie hergestellt wurde, wie harmonisch und fröhlich die Menschen dabei waren und sinnierte: „Nun stell Dir einmal vor, Du steckst diese Menschen in eine Großstadt, erklärst ihnen, dass Arbeitsbeginn um sechs Uhr fünfzehn ist, die Mittagspause um zwölf Uhr beginnt, ein Sicherheitshelm für jeden Pflicht ist und der Vorarbeiter anordnet, was jeder zu tun hat. Ich denke diese fröhlichen Gesichter würden sich verfinstern und nach einigen Tagen würde kein Bauarbeiter mehr auf der Baustelle erscheinen."

Er beugte sich vor und schlug mit der flachen Hand auf den Tisch, „bei uns hat der Arbeiter diese Möglichkeit nicht, er muss Geld heranschaffen, Miete, Autoraten, Versicherungen und der Kindergarten müssen pünktlich bezahlt werden. Wenn sein Arbeits- und Finanzdruck zu hoch ist, wird der Mensch krank. Wir konsumieren zu viel, das nicht zum Lebensglück beiträgt und werden dadurch abhängig und geknechtet. Wir arbeiten zu lange und zu monoton, um diesen Plunder erwerben zu können und begeben uns anscheinend freiwillig in diese krankmachende Tretmühle."

„Mit der Bezeichnung: Plunder, meinst Du auch meine zahlreichen Schuhe, die zwar entbehrlich sind, die aber mein Lebensglück steigern und mir das Gefühl von Individualität geben, ich empfinde sie nicht als Plunder. Unser Finanzdruck entsteht auch durch die Sozialabgaben. Ich finde es zählt zu den großen Errungenschaften unserer Gesellschaft, eine Absicherung zu haben im Alter, bei Krankheiten und bei Arbeitslosigkeit. Existenznöte entfallen und ein Wohlbefinden wird erzeugt. Die Menschen hier kennen eine solche Absicherung nicht, die sie sicherlich gerne hätten."

Bei Erik begann nun der Kognak auch zu wirken, er zerriss seine Papierserviette in kleine Schnipsel und warf sie in die Luft. Was bei der nächtlichen Beleuchtung herunterrieselte, wirkte wie ein Regen von Sterntalern. Er schüttelte den Kopf und machte eine abwertende Handbewegung: „Unsere soziale Absicherung ist eine große Errungenschaft, die auch ich nicht missen möchte. Aber sie läuft aus dem Ruder und ist viel zu aufgeblasen und zu teuer geworden. Bei Abgeordneten, die sich ihre Diätenerhöhung selbst genehmigen können, und bei vielen Beamten herrscht eine Überversorgung im Alter. Bei kleinen und mittleren Einkommen wird oft das Existenzminimum unterschritten. Deutschland ist Weltmeister bei überflüssigen chirurgischen Eingriffen und die Großindustrie schickt ihre altgedienten Mitarbeiter zu Lasten der Arbeitslosenversicherung in den Vorruhestand. Wie soll ein Sozialsystem bei so viel Missbrauch noch funktionieren und bezahlbar bleiben?"

Helena versuchte einige von seinen Schnipseln aufzufangen: „Sei nicht genauso verschwenderisch mit diesen Sterntalern, wie die Rentenkassen! Ich trage, als Selbständige, eigene Vorsorge, die nicht schlechter ist als die gesetzlich vorgeschriebene und die ich auch noch bezahlen kann, selbst ohne einen Arbeitgeberanteil zu erhalten. Das müsste doch bei einer Beschränkung der Leistung auf eine angemessene Grundversorgung auch für die sozialen Systeme möglich sein, wenn es gelänge den Missbrauch abzubauen."

Die Nacht war schnell hereingebrochen, das Gasthaus wurde mit Halogenscheinwerfern angestrahlt und wirkte wie eine Bühne mit Komödianten vor dem dunklen, afrikanischen Hintergrund. Auf dem Nachbargrundstück wurden, mangels Stromanschlusses, Fackeln entzündet und die Schwarzen begannen erneut zu singen und später tanzten sie dazu. Erik und Helena wollten am nächsten Tag früh aufbrechen, um in den Krügerpark zu fahren, daher zogen sie sich zeitig in ihr Zimmer zurück. Erik nestelte noch müde an ihren Haaren, als sie nebeneinander lagen, aber beide schliefen schnell ein. Sie waren einfach zu erschöpft und zu beschwipst für ein Liebesspiel, das in ihrem Alter seine beherrschende Rolle verloren hatte.

Der Krügerpark entstand schon Ende des neunzehnten Jahrhunderts und hat mit über dreihundert Kilometern Länge die Ausmaße eines deutschen Bundeslandes. Das Reservat ist teilweise eingezäunt, um die Tiere während der Trockenzeit an ihren Wanderbewegungen zu hindern und um Wilderer abzuhalten. Man kann mit einem Auto uneingeschränkt die geteerten oder geschotterten Wege befahren, es erfolgt jedoch bei der Ein- und Ausfahrt eine strenge Kontrolle, die Zeit wird genau erfasst und der Park muss vor Einbruch der Dunkelheit wieder verlassen werden. Das Aussteigen oder Öffnen der Fenster ist streng verboten. Die beiden hatten sich einen Trink- und Essensvorrat besorgt, das Mietauto aufgetankt und fuhren frühzeitig in den Park. Schon einige Kilometer nach der Einfahrt sprang ein mittelgroßer Affe während der Fahrt auf die Motorhaube, hielt sich an der Antenne fest und machte mit Gesten klar, dass gerne etwas zu essen hätte. Das Fenster darf nicht geöffnet werden, so hatten es beide bei der Einfahrt unterschrieben.

„Wenn der Affe so erwartungsvoll mitfährt, wird er wohl gelegentlich Nahrung von Touristen erhalten haben", bemerkte Erik und fügte hinzu: „Der Rückmarsch zu Deiner Sippe wird mit jedem gefahrenen Kilometer länger."

Kaum ausgesprochen, sprang der Affe auf die Haube eines entgegen kommenden Autos und fuhr wieder zurück, dabei wiederholte er seine auffordernden Gesten.

Einige Meter neben dem Weg stand unübersehbar ein Elefantenbulle, ließ sich durch das angekommene Fahrzeug nicht stören, angelte mit dem Rüssel ganze Teile des Baums und verschlang genüsslich die Blätter.

Helena wirkte etwas bedrückt: „Den Baum wird er heute wohl verputzten und viele Bäume gibt es hier nicht. Wenn der Elefant schlechte Laune bekommt und auf unser Auto steigt, dann ist es platt."

„Wir würden vorher wegfahren", beruhigte sie Erik.

Die Fahrt ging weiter und während einer Stunde konnten sie nichts Interessantes erkennen, als hätten sich alle Tiere verabredet und vor ihnen versteckt. Dann entdeckte Helena mit dem Fernglas eine Löwengruppe. Sie fuhren so dicht es ging heran und stellten den Motor ab. Das Männchen lag im Schatten und schlief oder döste, nach einer halben Stunde ließ er sich zu einem Gähnen hinreißen und schlief dann weiter, mehr Aktivitäten kamen von seiner Seite nicht. Erik hatte auf eine Jagd und einen Kampf auf Leben und Tod gehofft, aber dazu schienen diese Löwen hier keine Lust zu haben.

„Die Jagd und die Aufzucht der Jungen betreiben die Weibchen", begann Helena aus dem Reiseführer zu zitieren: „Der männliche Löwe ist in erster Linie für die Zeugung von Nachkommen verantwortlich und das kann er recht gut, bis zu vierzig Mal am Tag, ferner verteidigt er die Familie gegen äußere Feinde und Nebenbuhler."

„Von so viel Potenz können wir Männer nur träumen. Aber für Emanzen bietet sich hier ein reiches Betätigungsfeld, da wimmelt es ja nur so von gesellschaftlicher Benachteiligung der Löwin", feigste Erik.

„Der Löwe gilt als König unter den Tieren, weil er sehr stark ist. Er kann, mit Beute im Maul, einen mehrere Meter hohen Zaun überspringen. Die Weibchen paaren sich nur mit dem stärksten Löwen der Sippe", fuhr sie unbeirrt fort aus dem Reiseführer vorzulesen wohl auch, weil sie am Liebesleben der Löwen interessiert war.

„So verlockend das Löwenleben für uns Männer klingen mag, so gilt das doch nur für das Alpha-Tier, die anderen Löwen haben keine Möglichkeit ihre Sehnsucht zu stillen, das ist doch eine himmelschreiende Ungerechtigkeit", blödelte Erik und fuhr fort, **„d**ie eingebildeten Löwinnen wollen wohl nur den erlesensten Samen für ihre Nachkommen, von Liebe ist da keine Spur und sie können darauf vertrauen, dass der Alpha-Löwe immer will, egal wie hässlich diese Löwin auch aussehen mag."

„Auch für uns Frauen bietet die Lebensweise der Löwin wenig Reize und scheint völlig ungeeignet Impulse zu geben für das menschliche Zusammenleben", beendete Helena diese pikante Diskussion.

Nach einer weiteren Stunde des Wartens, tat sich immer noch nichts in der Löwengruppe, der große Höhepunkt war, dass sich der Löwe auf seine andere Seite gedreht hatte. In ihrer Ungeduld ließ sich Helena zu der Bemerkung hinreißen:

„Wenn du heute noch vierzig Mal deine Harem Damen beglücken willst, dann musst du jetzt langsam anfangen", und damit verriet sie ungewollt, worauf sie eigentlich gewartet hatte.

Gegen Abend versammelten sich viele Tiere am Wasserloch, daher verließen die enttäuschten Besucher die faulen Löwen und steuerten einen solchen Treffplatz an. Der Weg führte vorbei an Hügeln, Buschwerk, weit verstreuten, spärlich belaubten Bäumen, Steppen und dann durch eine Senke. Als Erik die Strecke betrachtete, war er unsicher, ob der Wagen diesen Weg meistern könnte. Um auf einem anderen Weg zu einem Wasserloch zu gelangen, wäre ein Umweg von sechzig Kilometern erforderlich gewesen, daher versuchte er es mit einem kleinen Anlauf. Der Wagen blieb in dieser Mulde stecken, die Antriebsräder gruben sich ein und je mehr der Ungeduldige auf das Gaspedal trat, je tiefer gruben sich die Räder ein. Mit der Hupe konnte man allenfalls Vögel erschrecken, aber von Hilfskräften konnte sie hier in der Wildnis nicht gehört werden. Gegen Abend, wenn sie sich nicht zur Ausfahrt meldeten, würde vielleicht ein Suchtrupp losgeschickt, aber das kann dauern, was war also zu tun? Hier könnte der Elefant vom Vormittag gute Dienste tun, aber er war nicht da. Erik hat sich überlegt, wenn er den Wagen etwas hochbockt mit dem Wagenheber, Sand und die Fußmatte unter das Rad legt, und etwas anschiebt, dann müsste der Wagen wieder frei kommen. Aussteigen war gefährlich und streng verboten. Helena zeigte sich besorgt und glaubte den Löwen schon riechen zu können, der ja, sprungstark wie er war, von seinem Versteck hätte hervorspringen können. Erik schaute sich gründlich um und konnte kein Versteck für einen Löwen ausfindig machen. Beide tauschten die Plätze, er ließ die Beifahrertür offen, um notfalls schnell wieder in den Wagen gelangen zu können und dann begann er den Wagen anzuheben und Sand und Matte unter das Rad zu bringen, stemmte sich mit der Schulter gegen das Heck, während Helena ihre ängstlichen Blicke kreisen ließ und vorsichtig, anders als Erik, Gas- und Kupplungspedal bediente. Der Toyota rollte behäbig, aber befreit aus der Senke heraus.

"Nicht anhalten", rief Erik und sprang auf den langsam fahrenden Wagen auf, ohne dabei von einem Löwen gejagt zu werden. Noch mit dem Schrecken im Leib, aber später als geplant, erreichten sie das gesuchte Wasserloch.

Mehr Tiere, als sie erwartet hatten, gaben sich hier ein Stelldichein, um ihren Durst zu stillen. Die Giraffe spreizte weit und unbeholfen ihre Vorderbeine, um an Wasser zu gelangen zu können. Elegant nahmen die Gazellen das Wasser auf. Wenn man das Fernglas ganz ruhig hielt, war etwas zu beobachten, das wie ein Baumstamm im Wasser aussah. Plötzlich und sehr schnell öffnete sich ein Rachen mit fürchterlichen Zähnen, packte eine der Gazellen und drückte sie solange unter Wasser, bis sie sich nicht mehr bewegte.

„Ja, das Leben ist ein Geschenk und es endet ausnahmslos mit dem Tod. Dann wünscht man sich ein Ende, wie bei dieser Gazelle oder wie bei den Helden der Antike, die auf dem Schlachtfeld fielen, bevor sie in ein Seniorenwohnheim eingewiesen wurden", witzelte Erik.

„Wir sollten langsam an die Rückfahrt denken", gab Helena zu bedenken daher verließen sie das Wasserloch. Die Rückfahrt verlief problemlos und man ist dann fast ein wenig enttäuscht, wenn so gar nichts Ungeplantes passiert. Gerade bei Pannen werden oft die herzlichsten Kontakte geknüpft, wie am Vortag zu Steve. Sie wollten im selben Gasthaus übernachten, das sie auch bei der Hinfahrt gewählt hatten, aber sie fanden es nicht auf Anhieb und fuhren an eine Tankstelle, um sich nach dem

Weg zu erkundigen und um den Wagen aufzutanken. Der schwarze Tankwart war sehr freundlich, wischte die Scheiben nicht nur vorne, sondern auch hinten. Dann begann er mit seiner Wegbeschreibung:

„Das ist nicht leicht zu finden, fahren Sie zwei Kilometer geradeaus, dann scharf links, dann", er nahm die Finger der rechten Hand zu Hilfe: „die vierte Ampel rechts, bis zum Haus meiner Eltern", er überlegte erneut und hatte dann einen erhellenden Einfall: „Sie dürfen da nicht rechts abbiegen, also fahren sie bis zu dem Kreisverkehr und da einmal herum und biegen dann auf der anderen Seite die zweite Straße links ab und dann noch einen Kilometer, da muss das Hotel sein."

Helena, der es nicht möglich war diese Beschreibung im Kopf zu behalten, sah Erik verzweifelt an, der nickte freundlich, bedankte sich bei dem Tankwart und ging an die Kasse, um zu bezahlen. Dort fragte er einen wartenden Weißen erneut nach dem Weg und er antwortete:

„Das ist ganz einfach, sie fahren aus dem Ort heraus, an der zweiten Ampel biegen sie rechts ab und da sehen sie schon das Hotel."

Der schwarze Tankwart wollte den beiden keine falsche Wegbeschreibung geben, er kannte wahrscheinlich auch das gesuchte Hotel, nur war sein abstraktes Denkvermögen nicht sehr ausgeprägt, daher konnte er den einfachen Weg nicht beschreiben. Die Höflichkeit einem Weißen gegenüber verbot ihm die Antwort schuldig zu bleiben, deshalb gab er lieber eine Fantasiebeschreibung.

Das Abendessen nahmen sie wieder auf der Terrasse ein und als der schwarze Kellner vom Vortag an den Tisch trat, begrüßte er das Paar wie seine persönlichen Freunde und langjährige Kunden des Hauses. Erik bestellte den Wein: Number one, und der Kellner strahlte: „Eine gute Wahl", kommentierte er mit seiner tiefen, markanten Stimme, als wäre er der größte Weinkenner in Südafrika. Das Haus auf dem Nebengrundstück war inzwischen bezogen. Vier Kinder turnten lautstark im Vorgarten herum und die Mutter hantierte unter starker Rauchentwicklung am Gartengrill.

Eriks Rückflug war für den nächsten Tag am Nachmittag geplant und Helena begleitete ihn zum Flughafen. Sie selbst wollte noch einige Tage in dem hochgelegenen, kühleren Johannesburg Urlaub machen und nach Herzenslust einkaufen gehen, dafür fehlte Erik oft die Geduld. Obwohl er eine Lücke hinterließ, freute sie sich darauf einige Tage allein zu sein, denn mit ihm war der Tag angefüllt mit Programmen und Hektik und sie bevorzugte jetzt eine sanftere und weniger anstrengende Gangart. Das Gefühl des Verlassenseins stellte sich im reiferen Alter nicht mehr ein.

Kapitel 11
Versteckspiel
Ägypten, 2006

An einem bewölkten Sommertag erlebte Helena eine böse Überraschung. Morgens gegen sechs Uhr, sie lag noch im Bett, klingelte es energisch an ihrer Haustüre. Sie taumelte verschlafen die Treppe hinunter, um die Tür zu öffnen. Da standen Steuerfahnder mit sechs Mitarbeitern vor der Tür, hielten ihr ein Stück Papier unter die Nase und wollten ihr Haus durchsuchen. Noch ehe sie zu einer Reaktion fähig war, stürmten die Mitarbeiter in das Haus, verteilten sich über alle Stockwerke und sammelten körbeweise Aktenordner ein und beschlagnahmten ihren Rechner. Sie hatte nur so viel lesen können, dass ihr der Vorwurf der Beihilfe zur Steuerhinterziehung der Augu Klinik gemacht wurde. Die Augu Klinik war ein Klient von ihr und sie hatte gerüchteweise erfahren, dass es dort zu Unregelmäßigkeiten bei der Abrechnung mit den Krankenkassen und bei der Abführung der Mehrwertsteuer gekommen sein sollte. Da sie aber nur für die Lohnbuchhaltung zuständig war und dort alles korrekt verbucht wurde, hatte sie diesen Gerüchten keine große Aufmerksamkeit geschenkt. Nach zwei Stunden räumte die Truppe vom Finanzamt wieder ihr Haus, überreichten ihr eine Quittung über die beschlagnahmten Gegenstände und gaben den Hinweis, sie solle sich zur Verfügung halten und dürfe München nicht verlassen.

Als sie die Tür wieder geschlossen hatte, nahm Helena einen Schluck Cognac, ließ sich in einen Sessel fallen und begann ihre Gedanken zu ordnen.

„Eigentlich sollte ich einen Anwalt einschalten", dachte sie, aber sie hatte mit der Justiz bisher nie etwas zu tun gehabt und kannte daher keinen geeigneten Anwalt, der ihre Interessen vertreten könnte. Dann versuchte die von der geballten Staatsmacht Geschockte etwas Ordnung in das bei ihr angerichtete Chaos zu bringen. Ein Blick aus dem Fenster verriet ihr, dass die Nachbarn im Halbkreis beieinander standen, tuschelten, die Köpfe schüttelten und zornige Blicke auf das Haus warfen, das sie wohl inzwischen als Hochburg des Betrugs und als Schandfleck in dieser Gegend betrachteten. Sie wollte ihr Auto auftanken und vorher noch am Geldautomaten Bargeld abheben. Als die Beschuldigte zu ihrem Wagen lief, wendeten sich die Nachbarn ab und hielten sich fern von ihr, als hätten sie den leibhaftigen Teufel gesehen. Am Geldautomaten gab es dann die nächste Überraschung, der gefühllose Kasten zeigte auf dem Bildschirm an, dass derzeit eine Auszahlung nicht möglich sei, ohne auch nur ein Wort des Bedauerns oder gar eine Begründung zu liefern, obgleich ihr Konto reichlich gefüllt war. Ein Blick in die Geldbörse verriet ihr, dass sie noch über genau siebenunddreißig Euro und vierzehn Cent verfügen konnte. Um beweglich zu bleiben, tankte sie erst einmal für zehn Euro, damit konnte man achtzig Kilometer fahren. Sie hatte den Wunsch sich mit irgendjemanden über die wundersamen Ereignisse und ihre prekäre Situation zu unterhalten. Da Paulo verreist war, fuhr sie in ihren nahegelegenen Tennisclub. Dort hörte man ihr zu, gab gutgemeinte Ratschläge, wie:

„Lass Dir nichts gefallen, unbedingt einen Rechtsanwalt einschalten, es wird schon wieder",

dazu Schulterklopfen und eine Runde Schnaps. Niemand konnte oder wollte ihr weiterhelfen, nichts von diesen Allgemeinplätzen war geeignet ihre Probleme zu lindern. Als nächstes fuhr sie zu ihrem Klienten, der Augu Klinik, um sich vor Ort über die Vorgänge zu informieren, aber sie durfte die Räume nicht betreten, oder gar mit einem Mitarbeiter sprechen. Dann versuchte sie Sohn Carsten auf dem Handy zu erreichen, ein

schwieriges Unterfangen, oft unterdrückte er das Gespräch, wenn er sah, dass seine Mutter anrief. Manchmal war sein Akku leer, gelegentlich änderte sich die Rufnummer oder das Gerät war abgeschaltet. Auch heute wieder konnte sie ihn nicht erreichen, daher entschloss sie sich, ihn persönlich aufzusuchen. Die neuste Adresse, die sie von ihm hatte, erwies sich als eine finstere Gegend in einem Münchener Vorort, die Wände waren mit unflätigen Parolen beschmiert, Säcke von Müll erschwerten den Eingang, auf der Straße standen mehrere Autowracks herum und die Klingel funktionierte nicht. Helena stieg auf Verdacht die Treppe hinauf und las auf jedem Stockwerk die Namensschilder, im vierten Stockwerk wunde sie fündig: Hinterhuber, war auf einem handgeschriebenen Papierschildchen zu lesen, das mit einer Reiszwecke befestigt war und zu dem sich noch fünf weitere Namen gesellten. Sie klopfte vorsichtig an der Türe dieser Wohngemeinschaft und von innen verkündete eine Stimme: „Es ist offen." Sie fand ihren Sohn auf einer Matratze kauernd, in Unterhose und Socken vor, unrasiert, er wirkte übernächtigt und war erschrocken, als er in der frühen Besucherin seine Mutter erkannte. Es roch nach kaltem Rauch und abgestandenem Bier. Kartons, alte Zeitungen, leere Flaschen, Essensreste und Wäschestücke lagen friedlich nebeneinander und warteten vergeblich darauf einmal geordnet zu werden, sie bildeten Elemente eines Stilllebens, losgelöst von jeder bürgerlichen Konvention. Helena suchte ohne Erfolg nach einer Sitzgelegenheit und hockte sich dann auch auf die Matratze. Als sie die Stellage mit Skizzen entdeckte, erklärte Carsten:
„Das sind meine neuesten Designerideen, diesmal werden sie bestimmt ein Erfolg."

Aus dem Nebenzimmer hörte man laute, poppige Musik, verschiedene halbbekleidete Gestalten huschten vorbei oder kamen kurz herein, eine davon stellte er vor:

„Das ist Irene, sie hat heute Nacht hier gepennt."

„Seid ihr schon länger zusammen?", erkundigte sich Helena vorsichtig.

„Quatsch, sie hatte nur keine Bleibe heute, so schnell mache ich dich nicht zur Oma."

Die verzweifelte Mutter wollte einen Schluck trinken auf den Schreck hin und bahnte sich einen Weg zu der geräumigen Küche mit dem Ziel ein sauberes Glas zu finden, vergeblich. Hier türmte sich das angeschimmelte Geschirr und am Ausguss war ein Pappschild befestigt mit der Aufschrift: „Ab 1.September wird nicht mehr in den Ausguss gepinkelt", immerhin, dachte sie, der Schreiber lässt den Missetätern, die nicht warten wollten, bis das Bad wieder frei war, noch eine gewisse Übergangsfrist. Im Zimmer verabschiedete sich gerade Irene von Carsten mit einem Kuss, der wie eine Pflichtübung wirkte für eine gebotene Übernachtungsmöglichkeit.

„Man sieht sich", murmelte sie und verschwand im Treppenhaus.

Helena empfand diesen Gruß als genauso lieblos wie aussageschlapp, dass er schon fast eine Beleidigung für das Gegenüber darstellte. Was war mit: Man, gemeint, du, ich, oder jeder? „Ich freue mich, wenn ich dich wiedersehe", das wäre eine Aussage gewesen. Hingegen stellt: Man sieht sich, die unpersönliche Form dar, es wird etwas geschehen, ich selber tue keinen Handschlag dafür. Sollten wir uns zufällig begegnen, dann werde ich dich sehen und erkennen. Na, da wird die Wiedersehensfreude wohl begrenzt bleiben!

Als Irene gegangen war, begann Helena von der ungerechtfertigten Blitzaktion des Finanzamtes zu berichten und ihren Folgen.

„Dass Du kein Geld hast, das hat schon etwas Komisches, leider bin ich im Moment total blank", verkündete er und rief in Richtung Nebenzimmer:

„Jungs, hat einer einen Zehner für meine Mutter übrig?"

Ein Aufruf, der so nutzlos wie erfolglos war, denn auch in diesem Monat wieder fehlten die Mittel von den sechs Dauerbewohnern, um die Miete zu bezahlen und der Vermieter hatte daraufhin eine Räumungsklage eingereicht. Es war auch schwierig herauszufinden, welche Person konnte als zahlungspflichtiger Dauermieter betrachtet werden, wie viele Menschen werden morgen hier übernachten, wer wird in welchem Zimmer schlafen und wer soll auserwählt werden, um das Chaos hier in den Griff zu bekommen? Helena hatte eigentlich von ihrem Sohn keine Hilfe erwartet, aber sie wollte ihn einbinden und sie nutzte die Ereignisse, um ihn wiedersehen zu können. Stattdessen war sie jetzt nach der eigenen Verabschiedung bestürzt und machte sich noch zusätzliche Sorgen. Helena hatte zum ersten Mal einen Einblick in alternative Formen des Zusammenlebens gewonnen. In den letzten Jahren ihrer Ehe war das Zusammenleben nicht einfach, aber in ihr reifte die Erkenntnis, eine Wohngemeinschaft scheint noch weniger für ein dauerhaftes Zusammenleben geeignet zu sein als eine angespannte eheliche Gemeinschaft.

Ihr Bemühen für eine Unterstützung, um irgendwie in den nächsten Tagen finanziell über die Runden zu kommen, blieb ungelöst, trotz all der herzlichen Kontakte, die sie pflegte und es kam ein Gefühl von Verlassenheit und Verlorensein auf. Waren in der Stunde der Not alle ihre Bekannten nur

Zweckfreundschaften oder Handlungsunfähige, wäre jetzt ein Ehepartner, der durch Gesetz zur Hilfe verpflichtet war, eine zuverlässige Stütze gewesen? Sollte nicht auch für sie bei ihren Nachbarn die Unschuldsvermutung gelten und die zur Schau gestellte Verurteilung nur nach ihrer erwiesenen Schuld erfolgen? Nahmen die Nachbarn vielleicht begierig diesen Vorfall auf, um eine lange aufgestaute Missgunst zu entladen und alle Freundlichkeit war nur geheuchelt? Zu ihrem Ex-Ehemann Heinrich hatte sie seit seiner Wiederverheiratung keinen Kontakt mehr und ihren Bruder wollte sie nach den Erbstreitigkeiten nicht um Hilfe bitten. Wie schnell kann man ohne eigenes Verschulden in Verdacht geraten und ist dann genau so wehrlos, wie sie jetzt.

Erik war auf einer Konzertreise in Italien, sie versuchte ihn auf seinem Handy zu erreichen. Er entschuldigte sich, dass er in den nächsten Tagen unabkömmlich sei, beruhigte sie, übernahm, ohne zu hinterfragen, ihre Version des Vorfalls, sprach von einer unangemessenen Aktion, die sich unser Staat oft anmaße, um Steuern einzutreiben, kündigte eine Dienstaufsichtsbeschwerde an und schickte ihr sofort dreihundert Euro in einem Briefumschlag, sie war gerettet!

Nach einigen Tagen stellte sich die Unhaltbarkeit der Beschuldigung einer Beihilfe zum Steuerbetrug heraus und Helena erhielt ihre Akten und den Rechner mit dem Ausdruck des Bedauerns wieder zurück. Auch durfte sie wieder über ihr Konto verfügen, aber der Schock über ihre Hilflosigkeit und die Distanz zur Nachbarschaft und den Tennispartnern blieb.

Gleich nach seiner Rückkehr aus Italien rief Erik Helena an, um sich zu informieren, welchen Ausgang der morgendliche Überfall des Finanzamtes genommen hatte und sich zu überzeugen, dass die Krise überwunden war. Seine helfende

Anteilnahme, seine tröstenden und zärtlichen Worte gaben ihr ein Gefühl tiefer Verbundenheit mit ihm und sie spürte, wie beglückend es war, einen Freund zu haben.

Erik berichtete von seinen Sorgen um seinen Sohn Pascal, der gerade sein Bauingenieurstudium abgeschlossen hatte und sich in die gut aussehende, von allen umworbene Carola unsterblich verliebt hatte. Als sie schwanger wurde, wollte er sie sofort heiraten, sie aber zögerte ihre Entscheidung hinaus und als sie dann doch endlich zustimmte, hüpfte er im Kreis und wollte vor Glück zerspringen, weil sie sein Flehen endlich erhört hatte und seine kühnsten Träume nun Wirklichkeit wurden. Mit Zärtlichkeiten ging Carola sehr sparsam um und Pascal sog diese wenigen Zuneigungsbekundungen ein, wie ein Lebenselixier. Als dann ihre Tochter, Luisa, geboren wurde, kümmerte sie sich mit überspannter Hingabe um das Kind und Pascal war vollends abgemeldet. Sie schlief im Kinderzimmer und er war dort nur gerne gesehen zum Wechseln der Windeln. Seine zahlreichen Versuche ihre Aufmerksamkeit zurück zu gewinnen, schmetterte sie mit kühlen Gesten und bitteren Worten ab. Die oft lauten Streitgespräche zerstören die Harmonie in der ehelichen Gemeinschaft und in manchen einsamen Nächten war er so verzweifelt, dass er mit dem Gedanken spiele, sich von ihr zu trennen. Aber er liebte sie immer noch und in seinem Herzen war kein Platz für eine andere Frau. Der Partner, der in einer Liebesbeziehung stärker liebt, ist immer wieder zu Zugeständnissen bereit und verzeiht großherzig. Wenn sie mit ihm wieder einmal eine Nacht verbrachte, war er sofort entflammt und alle Trennungsgedanken fielen von ihm ab, wie Schnee, den die Sonne im Frühling schmelzen lässt. Der Tag schien dann strahlender, die Vögel zwitscherten lauter und die Zukunft war angefüllt mit zarten Geigenklängen, bis zum nächsten Krach, der so sicher kam, wie die Nacht nach jedem Tag. Erik erzählte von seinem Mitgefühl für seinen Jungen und es schmerzte ihn, dass er nichts bewirken konnte, um sein Leiden zu mildern.

„Dann bist Du jetzt Opa", unterbrach Helena spöttelnd seinen Bericht, auch um ihn aus seinen trüben Gedanken zu reißen.

„Mir ist es sympathischer, das Kind würde mich Erik nennen, ohne den Zusatz: Opa", gab er eitel zurück.

„Deine Beschreibung von Höhen und Tiefen in der Zweisamkeit von Pascal erinnert mich an die Ehe meiner Eltern, nur war damals meine Mutter die bedingungslos Liebende, heute ist es dein Sohn, es kann beide Geschlechter treffen. Die Liebe krönt uns und sie kann uns kreuzigen."

Helena sprach diese Worte so nachhaltig, als wüsste sie nur zu genau, wovon sie da sprach und Erik war erschrocken. Es trat eine Gesprächslücke ein.

„Hast Du Dich jemals durch meine Liebe gekreuzigt gefühlt?", fragte Erik nach einer Pause mit Nachdruck.

Sie atmete tief und ließ die Antwort offen.

Nach dem Telefongespräch saß Erik noch lange grübelnd am Schreibtisch. Er fühlte sich Helena tief verbunden, sehnte ihre Gegenwart herbei und wollte keine Minute missen, die sie gemeinsam verbracht hatten. Er mochte sie sehr, würde sie gerne auf Händen tragen und alles tun, um sie glücklich zu sehen. Gleichzeitig fühlte er auch eine beglückende Vertrautheit mit Helga, die immer zu ihm stand, mit ihr gemeinsam hatte er Rückschläge gemeistert und viele Freuden teilen können und sie war eine geschickt handelnde, liebende Mutter. Auch als Frau fand er sie anziehend und begehrlich, wenn auch auf einer anderen Ebene als Helena. Erik wusste, dass er seine Frau durch seine erotischen Abenteuer oft unbeabsichtigt verletzt hatte. Daher wollte er Verabredungen schließlich nur noch heimlich treffen, obwohl er ein solches Versteckspiel nicht mochte. Helena deutet nun an, dass sie sich gekreuzigt durch seine Liebe fühlte. Hatte er den Niedergang ihrer Ehe verursacht, sehnte sie sich nach einer Partnerschaft und erwartete insgeheim die Trennung von seiner Familie, war er kein Glücksbringer, sondern ein egoistischer Sexbesessener, hatte er am Ende ihr mehr Leid zugefügt als Freude geschenkt? All diese Fragen schossen ihm blitzschnell durch den Kopf und er fand keine Antworten darauf. Er fiel in ein tiefes Loch der Verzweiflung, nachts fand er keinen Schlaf, er saß stundenlang grübelnd in seinem Zimmerer, seine kurzfristige Absage des Opernballs löste Verärgerung aus, er war appetitlos und wurde übellaunig und er fühlte sich schuldig und schlecht. Er konnte Helena wahrhaftig nicht den Vorwurf machen, sie habe ihn verführt, es ist die in ihm veranlagte polygame Neigung, die ihn antrieb. Wäre er nicht ihrer Anziehungskraft erlegen, dann wäre es die Faszination einer anderen Frau gewesen. Er wusste, dass viele Freunde und Kollegen sich in ihrer monogamen Beziehung eingekerkert fühlten, genau wie er, daher empfand sich Erik auch als normal und nicht als entartet oder aussätzig. Es schien ein schwieriges Unterfangen zu sein das, was die Natur ihm in die Wiege gelegt hatte, in Einklang zu bringen mit den Interessen seiner Partnerinnen und den Spielregeln der Gesellschaft, daher verursachte er ungewollt Leid. „Ohne Neurosen werde ich wohl meine polygame Veranlagung nicht ablegen können, genau so wenig, wie viele andere Ehemänner", dachte er und wollte sich seiner Reiseplanung zuwenden. Er hatte das Gefühl Helena schnell wiedersehen zu müssen, notfalls auch ohne einen Konzerttermin, als er Schritte auf der Treppe vernahm. Helga kam im seidenen Morgenmantel herunter und ihr finsterer Blick verhieß nichts Gutes. Frauen verfügen über tausend kleine Antennen und die empfangenen Signale fügen sich zu einem Bild zusammen, das oft treffend ist. Sie hatte beobachtet, dass er bei manchen Telefongesprächen die Tür schloss, er holte den alten, großen Reisekoffer hervor, den er schon lange nicht mehr für Konzertreisen benutzt hatte, es wurde mehr Freizeitkleidung als üblich eingepackt, er hatte einen Reiseführer in der Buchhandlung bestellt, obwohl kein ausländischer Konzerttermin vorlag. Den geplanten Besuch bei Freunden hatte Erik verschoben und beim Abendessen wirkte er geistesabwesend, das alles ließ nur eine Erklärung zu:

„Du triffst Dich mit einer anderen Frau!", verkündete Helga mit donnernder Stimme.

„Wie kommst Du denn darauf", fragte er mit gespielter Empörung, die aber ehr wie ein Schuldeingeständnis wirkte.

„Ich fühle das und Du kannst es nur schlecht verbergen." Sie setzte sich auf seinen Schreibtisch, schlug elegant die Beine übereinander und betrachtete ihn von oben herab, wie einen ertappten Dieb und er sah, dass sie vor Erregung zitterte und das tat ihm leid.

„Du weißt, dass ich kein Heiliger bin, aber die Familie hat bei mir stets höchste Priorität", begann er mit seiner Verteidigung.

„Gerade die Familie setzt Du mit Deinem schäbigen Verhalten auf Spiel. Ist Dir nie der Gedanke gekommen, dass ich Dich wegen Deiner Schlampen verlassen könnte, denn ich gestehe, dass ich schon ernsthaft daran gedacht habe. Was bin ich eigentlich für Dich, benötigst Du mich nur zum Kochen und Putzen, soll ich Deine Hemden bügeln, während Du in einem fremden Bett Deine Lust befriedigst?", brach es laut aus ihr heraus.

„Ich liebe und begehre Dich und ich will mir ein Leben ohne Dich nicht vorstellen. Wenn es Dir hilft, kann ich die Hemden auch in einer Wäscherei bügeln lassen", versuchte er ihre Scheinargumente zu entkräften und sie zu beruhigen.

„Du machst es mir schwer das zu glauben, irgendetwas muss diese Frau doch haben, was ich nicht habe, sonst würde dieses Flittchen Dich nicht so anlocken."

Erik machte eine beruhigende Handbewegung: „Nur weil sie mich anziehend findet, muss sie nicht automatisch ein Flittchen sein. Sie ist anziehend, weil sie eine andere, unentdeckte Frau ist und sie nicht den Alltag mit mir meistern muss und hat es daher viel leichter begehrlich zu wirken als eine Ehefrau. Warum forderst Du von mir Treue ein, kannst Du nicht erkennen, dass eine andere Bezugsperson auch dazu beträgt, das sexuelle Spannungsfeld in unserer Ehe aufrecht zu erhalten? Warum darf ich nicht auch die Sterne lieben, nur weil ich schon die Sonne liebe?"

Sie warf den Kopf in den Nacken und nickte bei jedem Hauptwort bekräftigend mit dem Kopf: „Eine Frau, die sich an einen verheirateten Mann heranmacht, geht eine ehebrecherische Beziehung ein und bricht das sechste Gebot."

„Oh, Du bist heute besonders streng deinen Geschlechtsgenossinnen gegenüber. In der Zeit der Hippiebewegung haben viele in unserem Freundeskreis Partnertausch praktiziert. Damals hast Du Deine offenherzigen Freundinnen nicht verurteilt, die mit verheirateten Männern geschlafen haben."

„Diese lustvollen Begegnungen waren kurzfristiger Natur, dienten der Befriedigung von Neugierde und sollten eine Demonstration gegen eine bürgerliche Moral sein, aber sie waren nie ein heimliches Dauerverhältnis. Ich fühle mich durch Deine Untreue tief verletzt, zurückgesetzt und es tut mir sehr weh, dass Du diese Schlampe triffst. Wie lange geht das denn schon?"

Erik fühlte als Mann und er wollte seiner Frau nicht wehtun, aber er wusste um die gewaltige Anziehung, welche Helena auf ihn ausübte und er wusste, dass eine erzwungene Treue bei ihm zu seelischen Verwerfungen führen würde. Durch die permanente Samenproduktion wird der Mann veranlasst sich ganz verrückt zu verhalten, ja, sogar kriecherische Dinge zu tun, er ist dagegen machtlos und wird aggressiv, wenn es nicht zu einer Entladung kommt. Eine Frau ist in der glücklichen Lage, diesem Zwang zum Sex weniger hilflos ausgeliefert zu sein.

Er ging im Zimmer auf und ab, zündete sich eine Pfeife an und erwiderte: „Ich denke es liegt in der Natur des Mannes, dass er andere Frauen anziehend findet, Dein Ehemann ist nicht entartet. Auch Dein Vater, Konrad, ein glühender Verehrer von Martha, war ihr im Krieg nicht immer treu. Er hat in der Kirche ihr Treue versprochen, das habe ich bewusst nicht versprochen!"

„Es war Krieg und seine Untreue kann daher als Ausrutscher betrachtet werden."

„Ein Wunsch, der offensichtlich auch biederen Ehemännern innewohnt. Ich möchte Dir nicht wehtun, aber ich möchte auch nicht seelisch verbogen werden. Ich hoffe, dieser Konflikt kann überwunden werden. Sieh doch in einer anderen Frau nicht die Gegnerin, die Dir etwas wegnehmen will, sondern eine willkommene Ergänzung, die zu einer Stabilisierung Deiner eigenen Ehe beiträgt."

Helga sprang mit einem Satz vom Schreibtisch und baute sich vor ihm auf und verkündete mit lauter aber weinerlicher Stimme: „Ich liebe Dich nach wie vor und begehre keinen anderen Mann, hier gibt es keinen Platz für eine andere Frau. Ich möchte mich auch nicht dauernd mit einer jüngeren Konkurrentin vergleichen müssen. Ich bin anders veranlagt als Du und habe mir immer einen treuen Mann gewünscht, der zu mir hält und auf den Verlass ist. Nach unserer Hochzeit habe ich auf amouröse Abenteuer verzichtet, bei denen man nie wissen kann, wie sie enden. Ich bin überzeugt, dass diese meine

Veranlagung viel wertvoller ist als Deine ehezerstörende, egoistische, verdammte Schwäche."

„Diese Schlampe, wie Du sie nennst, hat auch einen Namen, sie heißt Helena und sie ist nicht jünger als Du. Es gibt keinen sachlichen Grund, dass Du so heftig und intolerant reagierst. Zugegeben, die bürgerliche Moralvorstellung der Vergangenheit unterstützt Deine Auffassung. Müssen wir nicht versuchen die Moral in unserer Gesellschaft weiter zu entwickeln, wenn wir erkennen, dass sie den Menschen, insbesondere den männlichen, nicht gerecht werden kann?"

„Der treue Mann leidet unter der herrschenden Moral nicht so wie Du. Die Moral ist zäh und der Versuch sie zu ändern, kommt einem kriegerischen Akt gleich, den auch die Kirchen bekämpfen werden. Willst Du mit der Ungewissheit leben, wenn Du nicht weißt, ob Du wirklich der leibliche Vater Deiner Kinder bist?"

„Das lässt sich durch eine DNA-Analyse heute sehr leicht feststellen. Der treue Mann läuft auf altvertrauten, monotonen Wegen und der zur Enthaltsamkeit gezwungene Mann riskiert eine entartete Entwicklung, wie die Priesterskandale, Pädophilie und Spießbürgertum beweisen. Wenn Du die Treue plötzlich so wichtig nimmst, könnte es sein, dass Du befürchtest, Dein Lustbefriedigungsmonopol zu verlieren, oder einen Prestigeverlust im Freundeskreis zu erleiden?"

Helga zog verwundert die Augenbrauen hoch und nahm wieder auf dem Schreibtisch Platz. Sie musste sich eingestehen, dass ihre Argumente eher besitzergreifend und emotional als sachlich waren. Dennoch blieb ihre innere Abneigung gegen seinen treulosen Ausbruch aus der Ehe. Der kluge Ehepartner fühlt wann Widerstand schädlich ist und ihr fiel der Spruch ein, den sie einmal gehört hatte: Möge ich den Mut haben Dinge anzupacken, die ich ändern kann, möge ich die Gelassenheit haben Dinge hinzunehmen, die ich nicht ändern kann und möge ich die Weisheit haben das eine von dem anderen zu unterscheiden. Sie entspannte sich und fasste den Entschluss einzulenken:

„Der Prestigeverlust spielt in diesem Zusammenhang eine gänzlich unwichtige Rolle. Sage mir lieber, was Deine neuste Wortschöpfung beinhaltet: Lustbefriedigungsmonopol?"

„Mir fällt auf, dass mit zunehmendem Alter ich öfter mit Dir kuscheln möchte, als Du mit mir. Um erhört zu werden, muss ich mich anstrengen und Wohlverhalten beweisen: Ich muss den ganzen Tag sehr aufmerksam sein, auf Deine Wünsche eingehen, die richtige Musik auswählen, Kerzenschimmer hervorzuzaubern und einen günstigen Zeitpunkt abwarten, dann könnte meine Angebetete mit dem Lustbefriedigungsmonopol mir die Gnade erweisen und mein Flehen erhören."

Sie musste schmunzeln, fühlte sich bestätig und begehrt. Ihre Zorneswallungen verebbten langsam und wurden durch eine Woge des Verständnisses und Wohlwollens abgelöst. Sie sonnte sich in dem Gefühl der Macht, die Regeln des Spiels selbst bestimmen zu können. Ihr wurde bewusst, dass sie auch ihn beherrschen könnte, obgleich sie nicht danach strebte. Helga war unsicher, ob sie tatsächlich diese Macht ausüben konnte und wollte herausfinden, ob das auch für ihre Ehe gilt. Sie ging mit einem Vamp Lächeln und wippendem Hüften auf ihn zu:

„Ach, so ist das, dann will ich von meinem Monopol Gebrauch machen!"

Sie beugte sich vor, dabei wurde, wie zufällig, ihre Brust in dem halboffenen Morgenmantel sichtbar, dann knöpfte sie seine Hose auf, die wie eine Ziehharmonika herabfiel. Die auf seinen Füssen liegende Hose schränkte seine Bewegungsmöglichkeiten ein, er fühlte sich hilflos wie ein Kind, das eingemacht hatte und das die Mutter jetzt trockenlegte. Mit beiden Händen griff sie in seinen Schoß und was dann erregt aus seiner Unterhose herauswuchs, betupfte sie mit der Zunge, ihr Daumen und Mittelfinger bildete eine Umfriedung dieses gewachsenen Turms. Im Zeitlupentempo, mit leicht drehender Bewegung ließ sie ihre Hand dort auf- und abgleiten. Er wollte nach ihrer Brust greifen, sie zog diese leicht zurück mit der spöttischen Bemerkung:

„Willst Du Dich etwa auf altvertraute, monotone Wege begeben?"

Erik hatte jetzt ein unwiderstehliches Verlangen sie zu fühlen und sagte: „Es ist beglückend, dass wir auch nach dreißig Ehejahren uns immer noch so viel Lust schenken können."

In wilder Begierde glitten ihre Körper ineinander und ihr wurde bewusst, dass sie ihn in manchen Bereichen dominieren konnte. Das Streitgespräch über die eheliche Treuepflicht und eine Fortentwicklung unserer Moral hatte seine Dramatik verloren. Der Sex erwies sich wieder einmal als hilfreich beim Abbau von Spannungen in der Ehe.

In unserer Gesellschaft fördern wir durch Gesetze und Moral eine besitzergreifende Einstellung der Ehepartner. Schon die Formulierung: Darf ich ihnen *meinen* Mann vorstellen, deutet durch das besitzanzeigende Fürwort: *Mein*, an: Der gehört mir bis in alle Ewigkeit, lass die Finger von ihm! Diese Einstellung führt wahrscheinlich bald zum Verlust des Partners. Viel wünschenswerter wäre die Formulierung: Darf ich ihnen den Mann vorstellen mit dem ich zusammenlebe. Wir arbeiten beide daran, dass es noch lange so bleibt. Mit dieser Erwartung und Einstellung sollten die Partner eine Ehe angehen, der Ehepartner soll täglich neu erobert werden und nicht als Besitz für alle Ewigkeit betrachtet werden. Wenn dies nicht mehr gelingen will, die Kinder auf die Betreuung durch die Eltern nicht mehr angewiesen sind und die Ehe nur noch Langeweile oder gar Verachtung des Partners bedeutet, dann sollten sich die Wege der Ehepartner besser trennen. Der Gesetzgeber sollte dafür sorgen, dass dies möglich ist ohne Gericht und Anwälte, vielleicht über den Standesbeamten, wenn beide Seiten sich einig sind. Es sollten alle materiellen Dinge, wie Einkommensverteilung, Hausbesitz und Rentenanwartschaften völlig unabhängig von der Ehe gesetzlich geregelt werden. Eine Ehe wird bessere Chancen auf Bestand haben, wenn sie nicht als Käfig empfunden wird, sondern als ein Garten, in dem sich die Bäume gegenseitig befruchten und sich nicht beschatten. Jeder Ehepartner sollte seinen Freiraum behalten, nicht alles muss gemeinsam gemacht werden, andere Bezugspersonen sollten als Bereicherung und nicht als Bedrohung empfunden werden. Ein gemeinsamer Name der Ehepartner oder gar ein Doppelname erscheint dabei völlig entbehrlich. Kinder sollten fühlen, dass Vater und Mutter mit höchster Priorität zu ihnen stehen und sie lieben. Kinder dürfen nicht erwarten, dass die Eltern ihre fehlerfreien Diener sind, immer brav einer Meinung zu sein haben und jedes Kind einen exklusiven Anspruch auf die Eltern und eine Luxusversorgung hat. Auch die Medien und das Internet wecken oder bestärken diese konsumsteigernden Erwartungen der Kinder.

Einige Tage später erfuhr Erik von Helenas Plänen einen Urlaub in Ägypten zu verbringen und es reifte sein Entschluss sie dort zu besuchen, auch wenn es ihm nicht gelang dort ein Konzert zu organisieren. Er hatte plötzlich das Gefühl sie bald wiedersehen zu müssen, um offene Fragen anzusprechen, ihr behilflich zu sein bei der Überwindung ihres Schocks und seine Sehnsucht nach ihr zu stillen. Auch hatte er den Wunsch Ägypten kennen zu lernen, bevor es zu einem islamistischen Gottesstaat mutiert.

Nach dem Gespräch mit Helga über Helena und über seine polygame Neigung, hielt Erik es nicht für angezeigt das Ziel seiner Reise offen zu erklären, also kündigte er eine Konzertreise an, um sein Treffen mit Helena zu verstecken. Zur Steigerung seiner Glaubwürdigkeit fügte er noch hinzu:

„Für meine Musik ist es wichtig einen Fuß in die arabische Welt zu bekommen."

Helga hatte den Wunsch einzulenken, aber sie wollte nicht als eine Naive dastehen und antwortete: „Dann bleibt nur zu wünschen, dass zu deinem Konzert mehr als eine Zuhörerin kommen wird."

Helena hatte sich von dem Schock des Überfalls durch das Finanzamt erholt und wollte jetzt verreisen und sich etwas Gutes gönnen. Ihre Freundin Diana war als Korrespondentin einer Tageszeitung für längere Zeit in Kairo tätig und hatte sie wiederholt dorthin eingeladen. Die Unruhen in Ägypten hatten Helena bisher abgehalten von einem Besuch. Es wurde bekannt, dass Touristenbusse beschossen wurden, dass es Sprengstoffattentate von radikalen Muslimbrüdern gab, die einem westlichen Einfluss in Ägypten entgegenwirken wollten. Als jedoch Erik bereit war sie in Ägypten zu treffen, ohne ein Konzert dort zu haben, beflügelte das ihre mit Neugier gepaarte Sehnsucht und sie war sofort bereit ihre Reise in dieses Land zu lenken. Oft hatte sie das Gefühl, dass er sie nur am Rande einer Geschäftsreise treffen wollte. Es tat ihr gut, dass er nun, nur um sie zu treffen, den weiten Weg nach Ägypten machte.

Es schmerzte sie zu beobachten, wie ihre frauliche Ausstrahlung Risse bekam, wie ein Acker nach einer langen Trockenzeit. Sie wollte, wie fast alle Frauen, solange wie möglich attraktiv bleiben und sich sonnen in dem Gefühl begehrt zu sein. Die zunehmend grauen Haaranteile wurden durch Färben überdeckt, die wenigen grauen Schamhaare wurden ausgerissen, die Falten im Gesicht konnte man mit Cremes lindern und die Rundungen am Bauch und in der Hüfte versuchte sie durch regelmäßiges Fitnesstraining abzubauen. Die beiden gezogenen Zähne hatte sie schon vor einiger Zeit durch Implantate ersetzten lassen. Mit Hilfe dieser kleinen Kunstgriffe fühlte sie sich hinreichend gewappnet für ein Wiedersehen mit ihrem altvertrauten Freund Erik.

Helena wollte im März einige Tage zusammen mit Diana verbringen und sich mit ihr zusammen Kairo anschauen und danach wollte sie mit Erik eine Schiffsreise auf dem Nil unternehmen. Die Stadt Kairo erlebte sie als einen staubigen, mit Baustellen übersäten Moloch, von dem niemand wusste, wie viele Millionen Einwohner er zählte. Das Telefonnetz, ein Relikt aus der englischen Kolonialzeit, funktionierte manchmal, oft nicht, der Verkehr war chaotisch, Fußgänger lebten gefährlich und die Gebäude schienen ohne jede Planung zu entstehen. Als sie aber durch das Ägyptische Museum schlenderte mit seinem unermesslichen Reichtum an Pharaonischen Kunstschätzen, sich in die Zeit lange vor Christus versetzen ließ und danach im blitzsauberen Hilton ein köstliches Abendessen serviert bekam und den Blick auf den Nil genoss, da kam Begeisterung für Kairo auf.

In Luxor wollte sie Erik treffen und dort sollte die Nilfahrt beginnen. Helena flog von Kairo nach Luxor und Erik holte sie am Flughafen ab, dann fuhren sie gemeinsam zur Schiffsanlegestelle. Ihre Schiffskabine war gemütlich und großzügig eingerichtet, nur waren die Betten durch einen schmalen Gang voneinander getrennt, Einschlafen in

Löffelchenposition war kaum möglich. Beide richteten sich in ihrer Kabine ein und erfrischten sich von der weiten Reise. Anders als bei früheren Treffen, fielen sie nicht sofort übereinander her, sondern begaben sich plaudernd an Deck und genossen dort eine Tasse Tee, tauschten Neuigkeiten aus und blickten vom Schiff auf die Stadt. Es scheint im fortgeschrittenen Alter die spontane Leidenschaft etwas zu verblassen, der Schrei nach Erfüllung wird leiser. Es war sehr warm, ein Bad im Nil war nicht empfehlenswert, aber man konnte sich im Schiffsschwimmbecken erfrischen, musste sich dabei jedoch ein langärmliges Hemd überziehen, es sollte wenig unbekleidete Haut gezeigt werden, das war für beide gewöhnungsbedürftig. Dafür tat die Schiffsbesatzung ihr Bestes, um den Reisenden einen angenehmen Aufenthalt an Bord zu bereiten und man war schnell mit diesen freundlichen Menschen vertraut. Das Essen war exotisch, etwas schärfer, als gewohnt, aber auf europäische Gaumen abgestimmt und sehr reichhaltig.

Auf ihrem Programm war die Besichtigung der Tempelanlagen in Luxor und des Amon-Tempels in Karnak vorgesehen. Luxor war Teil des antiken Thebens und war damals die Hauptstadt des Ägyptischen Imperiums. In beeindruckender Weise strahlten diese Bauwerke heute noch die Macht aus, die einst von hier ausgegangen war und ihre Erhabenheit hatte Jahrtausende überlebt. Erik war begeistert von der Größe und Schönheit der guterhaltenen Säulen des Amon-Tempels. Bei so viel Pracht fühlte man sich klein und unbedeutend und alle Alltagslasten erschienen nichtig, wie das Gewimmel in einem Ameisenhaufen. Helena gefiel die Licht- und Ton Schau am Abend, mit Geräuschen, die aus längst vergangenen Zeiten zu kommen schienen und einer mächtig verstärkten Stimme, die verkündete: „Sie sind am Ziel ihrer Lebensreise angekommen", irgendwie fühlte man sich auch an die Wurzeln der Menschheit zurückversetzt und bei dem eigenen Lebensweg angekommen. Beim Betrachten der gewaltigen Tempelanlagen stellte sich Erik immer wieder die Fragen: Wie konnten die Menschen vor viertausend Jahren diese Steinmassen bewegen mit den damaligen Werkzeugen und wie viele Menschen waren dafür wohl erforderlich? Warum haben Völker ihre ganze Arbeitskraft bei Hitze und kargem Lohn für den Bau eines Tempels eingebracht, der doch ihren eigenen Lebensstandard nicht erhöhen konnte? Waren sie dumm, geknechtet, von einem Irrglauben besessen, oder hatten sie einfach nur andere Prioritäten für ihre Lebensplanung gesetzt als die konsumbesessen Erdenbewohner heute?

Am folgenden Tag legte das Schiff ab und nahm flussaufwärts Kurs auf Assuan. Anders als der Rhein, fließt der Nil gemächlich dahin. Die Landschaft streicht an dem Schiffsreisenden vorbei, wenn er im Schatten an Deck seinen Tee einnimmt und der Fahrtenwind sorgt für angenehme Kühlung. Wie in einem Kulturfilm konnte Helena dort Palmen, Tempel, Paläste, armselige Dörfer, vom Büffel angetriebene Bewässerungspumpen, Wäsche waschende Frauen, badende Kinder, Plantagen und Sanddünen entdecken. Sie fühlte sich in eine weit zurückliegende Zeit zurückversetzt, hier könnte ein Film über das Leben von Christus gedreht werden, ohne eine Kulisse zu benutzen. Das Schiff erwies sich als eine Art Wanderhotel, es erwartete den Besucher immer dort, wo er gerade eine Tempelanlage besichtigen wollte.

Die Stadt Edfu stand im Zeichen des Horus-Tempels, hier machte das Schiff für die Übernachtung fest. Zum Schutze der Besucher vor Terroranschlägen wurden schwer bewaffnete ägyptische Soldaten in Schlauchbooten um das Schiff herum postiert. Sie wirkten, wie Kinder in Badebooten und Erik bezweifelte, dass diese Pfadfindertruppe einen eventuellen Angriff hätte erfolgreich abwehren können Er rauchte noch gemütlich eine Pfeife an Deck und ließ die laue Nacht auf sich wirken und lauschte den zirpenden Grillen, dem entfernten Verkehrslärm und der leiernden Stimme des Muezzins. Helena hatte sich nach dem Abendessen in die Kabine zurückgezogen und wollte sich noch etwas zurechtmachen. Er schlenderte ohne Eile zur Kabine, Helena erwartete ihn dort in einem kurzen, weißen Morgenmantel auf dem Bett sitzend mit verheißungsvollem Blick. Seine Augen hatten an Sehschärfe verloren, so wie ihre, eine Brille fanden beide lästig und hässlich, daher wurde sie nur zum Lesen benutzt. Es erweist sich im Alter als segensreich, man sieht die bröckelnde Fassade des Partners nicht so brutal scharf. Erik fand jedenfalls Helena immer noch schön und anziehend und er freute sich darauf sie wieder in die Arme nehmen zu können. Sie hatte noch lebhaft in Erinnerung, welche Lust es ihm bereitet hatte, wenn sie ihm in hockender Position ihr Hinterteil präsentierte, aber ihre Wirbelsäule schmerzte schon seit einiger Zeit bei bestimmten Bewegungen und sie zog jetzt die bequemere, auf dem rückenliegende Stellung vor. Die Lust und Erfüllung wollte sich erst nach einem längeren Liebesspiel einstellen, es fehlte das gierig Schreiende, das Animalische, das ungeduldig nach Vereinigung Strebende und das allumfassend Erlösende. Er fühlte sich eher wie ein alternder Elefantenbulle, der sich anstrengen musste, um seiner Aufgabe in der Herde noch gerecht werden zu können.

Ihre nächste Station war Assuan am Nilkatarakt, hier wird der Nil durch einen gewaltigen über hundert Meter hohen und über drei Kilometer breiten Damm aufgestaut. Der etwa fünfhundert Kilometer lange Stausee versorgt Ägypten mit Wasser und

178

Strom. Vor der Schiffsanlegestelle warteten etwa fünfzig Pferdedroschken, um die Besucher in das berühmte Hotel: Old Cataract, zu kutschieren. Erik und Helena handelten einen Preis aus mit einem auf vierzehn Jahre geschätzten Jüngelchen, das sie auf Deutsch ansprach und nahmen in seiner wackligen Kutsche Platz. Los ging die Fahrt, der jugendliche Kutscher zündete sich genussvoll eine Zigarette an und ließ triumphierend seinen Blick über die Konkurrenten schweifen als wollte er sagen: „Da staunt ihr wohl, was für eine schöne Fuhre ich mir geangelt habe!" Sein Deutsch erwies sich bald als sehr lückenhaft und auch seine Englischkenntnisse waren schwach, aber ein Informationsaustausch auf kleinem Niveau war möglich. Zunächst stellte er sich und dann sein Pferd vor, er hörte auf den Namen: Hassan, sein Pferd hieß: Suse, ein abgemagertes, klappriges Tier. Dann kam der Hinweis, dass Suse hungrig sei und das Futter durch den ausgehandelten Preis nicht gedeckt werden könnte. Ferner wäre es nützlich noch bei seinem Onkel vorbeizufahren, der einen Souvenirladen betrieb und für seine Freunde immer besonders günstige Preise machte. Obwohl Hassan keinen seiner Vorschläge durchsetzen konnte, verlor dieses Kind nichts von seiner Würde und Freundlichkeit. Auch andere Kinder, die an Kreuzungen, barfuß und zerlumpt, Souvenirs anboten und in kinderreichen Familien aufwuchsen, hatten so etwas Lebensfrohes und Strahlendes im Blick, sie benötigten keinen Schulpsychologen, den viele unserer Kinder aufsuchen müssen. Auffällig war es, dass an Kreuzungen die Verkehrspolizisten der Pferdedroschke sofort die Vorfahrt einräumten, als wollten sie sagen:
„Wir wissen wie schwer sich das Tier beim Anfahren tut, da sollen lieber die dicken Autofahrer warten."
Vor dem Old Cataract verabschiedete sich Hassan mit dem Hinweis, dass er warten werde bis zur Rückkehr seiner *Freunde*,

um dann die Rückfahrt übernehmen zu können. Nach der Fahrt auf holpriger Straße, in einer dem Zusammenbruch nahen Kutsche, vorbei an halb verfallenen Häusern und zerlumpten Kindern, verschwitzt durch Hitze und mit Staub bedeckt, wirkte dieses blitzsaubere Hotel wie eine Musteroase in der Häuserwüste. Auf den mit Mosaiken verzierten Steinböden konnte man kein Stabkörnchen entdecken, hohe Räume und die elegante Einrichtung vermittelten einen herrschaftlichen Eindruck, die unaufdringlichen Bediensteten verneigten sich leicht, waren aufmerksam, ohne kriecherisch zu wirken. Die Klimaanlage war unangenehm kalt eingestellt, als sollte dem Besucher demonstriert werden, dass dies Haus über eine gutfunktionierende Technik verfügt.

Die beiden durchgeschüttelten Besucher verließen diesen luxuriösen Kühlschrank wieder, suchten sich einen Platz auf der schattigen und windumspielten Terrasse und bestellten Tee und Kuchen. Von hier hatte man einen unvergleichlichen Blick auf die Wasserfälle, die dem Hotel seinen Namen gegeben haben, auf das entfernt liegende Mausoleum des Aga Khan und auf die unzähligen dreieckigen Segel der Felukas, die Lasten auf dem hier besonders breiten Nil transportierten. Bei ihrem Aufenthalt in diesem Haus erhielt Agatha Christie die Inspirationen für ihre berühmten Kriminalromane. Helena war ganz vertieft in diesen Anblick, als Erik ihre Hand ergriff, sie forschend ansah und fragte:

„Bei unserem Telefongespräch hast Du meine Frage unbeantwortet gelassen, ob Du Dich durch meine Liebe gekreuzigt fühlst. Das hat mir keine Ruhe gelassen, willst Du mir heute eine Antwort geben?"

Ihr Blick blieb in die Ferne gerichtet, sie nahm eine aufrechte Haltung an und streichelte mechanisch seine Hand, wie man ein unruhiges Kind streichelt, um es zu beruhigen. Nach einer Zeit des Nachdenkens antwortete sie:

„Unsere Treffen waren wie eine langandauernde Hochzeit, angefüllt mit prickelnder Erotik und wunderschönen Erlebnissen und ich möchte keine Minute davon missen. Aber wir haben uns nur alle paar Jahre gesehen und in der Zwischenzeit hast Du ein tiefes Loch in meinem Leben hinterlassen und in mancher Nacht hat mich die Sehnsucht geschüttelt und ein Gefühl von Verlassenheit stieg in mir auf, dann habe ich bitterlich geweint. Ja, die Liebe zu Dir hat mich auch gekreuzigt."

Erik zückte zusammen, ihre unumwundene Antwort traf ihn hart und er verharrte einen Moment in geduckter Haltung. Dann bemühte er sich die Defizite in ihrer Beziehung durch einen Vergleich zu relativieren:

„Die Zweisamkeit bei Deinen Eltern war durch eine klare Rollenverteilung gekennzeichnet, er war der Patriarch, der die Familie dominierte und sich auslebte, sie versuchte ihre unerfüllten Wünsche durch eine Flucht in die Bibelarbeit zu kompensieren. Bei meinen Eltern war die Liebe schon bald verflogen und die Gewalt zog ein, beide hatten nicht die Kraft oder die Fähigkeit eine tragfähige gemeinsame Basis zu finden. Diese Paare haben in der klassischen Ehe keine Erfüllung gefunden und sie sind als Vorbild für eine Zweisamkeit untauglich. Wir sind uns zu spät im Leben begegnet, waren beide in unsere Lebenssituationen eingebunden und wir haben versucht einen dritten Weg zu finden."

Sie wandte den Kopf ab, weil ihr einige Tränen über die Wange rollten und ihre Wimperntusche verlief. Die weinende Helena löste in Erik tiefe Betroffenheit aus, sein Ritterinstinkt wurde geweckt, ein schlechtes Gewissen erwachte und er war bereit große Anstrengungen zu unternehmen, um sie aus ihrem Gefühlstief heraus zu führen und ihr wieder ein Lächeln zu entlocken. Erik setzte sich dicht neben sie, legte seine Hand um ihre Schulter und reichte ihr sein Taschentuch:

„Möchtest Du, dass wir uns öfter sehen oder zusammenziehen?"

„Dafür ist es jetzt etwas spät und ich habe noch nie etwas von Dir gefordert, auch möchte ich nicht die Ursache sein für Leiden in Deiner Familie, das ist keine Basis für ein Glück. Ich bezweifele, dass Du als Preuße in München anwachsen könntest, oder ich als Bayern im kalten Berlin. Du siehst, unsere Chancen für ein Alltagsglück sehen nicht gut aus."

Sie trocknete ihre Tränen, schnäuzte sich umständlich die Nase und sah ihn an.

„Bin ich die Ursache für das Scheitern Deiner Ehe?", forschte er vorsichtig nach.

„In diesem Punkt kann ich Dich beruhigen, ich hätte mich auch ohne Deine Hilfe aus der Gefangenschaft des Pfarrhauses befreit, vielleicht etwas später, aber Du bist nicht die Ursache für das Scheitern meiner Ehe."

Er atmete entspannt durch und bestellte zwei Gläser Sekt.

„Wenn Du beklagst, dass wir uns nur alle paar Jahre sehen, möchte ich darauf hinweisen, dass ich Dich gern öfter gesehen hätte, aber Du hast meine Terminvorschläge oft nach hinten verschoben und Dich rar gemacht."

„Als ich mit Wolfgang zusammenlebte, wäre ich mir unaufrichtig vorgekommen, wenn ich Dich, hinter seinem Rücken, getroffen hätte und in dieser Zeit spürte ich auch kein Loch in den Nächten, Du warst mir damals ferner als heute."

Erik fühlte sich herabgestuft und abgewertet, er nahm einen Schluck Sekt und schwenkte sein Glas unruhig hin und her und versuchte seine Sichtweise zu verdeutlichen: „Ich habe nie versucht Deine Beziehungen zu behindern, weder die mit Wolfgang noch die mit Paulo, wenngleich mir Dein

Liebesentzug Schmerzen bereitet hat und meine Sehnsucht oft ungestillt blieb."

„Du bist die große Liebe in meinem Leben, obwohl ich immer wusste, dass Du mir nie ganz gehören wirst und wir uns zu spät in unserem Leben begegnet sind. Ich habe mich mit dem Erhaschbahren von Dir zufriedengegeben, auch wenn ich darunter leiden musste. Du hast meine Beziehungen nicht vorsätzlich behindert, aber indirekt, denn die anderen Männer in meinem Leben fühlten intuitiv, dass sie nur Ersatzmänner waren und daraus konnte keine wahre Partnerschaft wachsen", antwortete sie und wandte sich ab, denn sie musste ein Schluchzen unterdrücken.

„Vermisst Du einen Partner im Alltag?"

„Damals schon, nach Wolfgang nicht mehr. Durch den Überfall des Finanzamtes hatte ich das Gefühl ganz alleine zu sein und war froh über Deine Hilfe. Wenn zum Beispiel die Heizung defekt ist und ich einen Handwerker bestellen muss, ohne zu wissen ob die vorgeschlagene Erneuerung überhaupt erforderlich ist, oder wenn Carsten Probleme hat, dann würde ich meine Last lieber auf zwei Schultern verteilen. Davon abgesehen komme ich gut alleine zurecht und vermisse einen Partner nicht, der auch Rücksichtnahme und Anpassung erforderlich machen würde."

Auf seinen Wink hin brachte der Kellner die Rechnung, er bezahlte und sprach auf dem Rückweg kurz mit dem Oberkellner, dann setzte Erik sich an den Hotelflügel und spielte von Robert Schumann: Die Träumerei. Sie lehnte sich an den Flügel, bewegte den Kopf zum Takt der Musik und war verzaubert, er spielte nur für sie ihr Lieblingslied vor all den fremden Leuten hier, auch war sie glücklich endlich das ausgesprochen zu haben, was sie schon lange bedrückte. Ihr

Lächeln kehrte zurück und die anderen Gäste applaudierten dem Klavierspieler nicht nur aus Höflichkeit.

Vor dem Hotel wartete Hassan geduldig dösend in seiner klapprigen Kutsche und als er das beschwingt wirkende Paar auf sich zukommen sah, erstrahlte sein Gesicht, er sprang vom Kutschbock, schüttelte die Sitzkissen auf, verneigte sich bewusst übertreibend und fuhr seine *Freunde*, diesmal ohne Umwege, zurück zum Schiff zurück.

Kapitel 12
Formen des Zusammenlebens
Mexiko, 2009

Eriks Gesundheitszustand verschlechterte sich dramatisch, er war luftknapp, der Puls stieg auf über einhundert, er konnte nachts keinen Schlaf finden und musste einige festvereinbarte Konzerttermine absagen. Die Ärzte diagnostizierten einen Herzklappenfehler und rieten zu einer baldigen Operation der Herzklappe. Auch die zweite Diagnose durch einen anderen Kardiologen bestätigte die Notwendigkeit einer Herzoperation. Der Eingriff verlief erfolgreich und Erik musste eine Woche im Krankenhaus bleiben. Er teilte das Krankenhauszimmer mit Herrn Seeberger, bei dem der Eingriff schon vier Tage vorher durchgeführt wurde und der inzwischen einen recht munteren Eindruck erweckte. Er war ein gebildeter und interessanter Gesprächspartner, der für einen Ölmulti tätig war und weit in der Welt herumgekommen war. Leider entpuppte sich Herr Seeberger, wie mancher Neureiche, als ein Fiesling. Er hatte sich die Überzeugung zu eigen gemacht, dass sein mühsam zusammengerafftes Geld ihn berechtigen würde, sich die Welt untertan zu machen:

„Schwester, es ist unerträglich stickig, können sie nicht das Fenster öffnen?"

„Schwester, es zieht hier, wie an einer Bushaltestelle, das Fenster muss sofort wieder geschlossen werden!"

„Schwester, sehen sie nicht, dass dieser Verband gewechselt werden muss?"

„Schwester, den Verband haben sie zu stramm angelegt."

Dann berichtete er von seiner neuen Mitarbeiterin: „Hat doch diese eingebildete Ziege meine Einladung für ein Abendessen abgelehnt. Na, da habe ich dafür gesorgt, dass ihre Karriere in unserem Haus schnell beendet war."

„Da wollte mir der Oberarzt etwas über meine Krankheit erzählte, mit dem unterhalte ich mich gar nicht erst, das soll mir schon der Herr Professor persönlich berichten."

Da glaubte dieser arrogante Einfaltspinsel der Herr Professor könnte ihm mehr erzählen, als das, was der Oberarzt ihm zwei Minuten vorher zugeraunt hatte!

Helga besuchte ihren Ehemann täglich, brachte Bücher, Zeitschriften und Obst mit und machte sich übertrieben große Sorgen über seinen Gesundheitszustand und überhäufte ihn mit Vorschlägen zu einer geruhsameren Lebensweise, die sie in Fachbüchern und Zeitschriften gelesen hatte. Auch seine beiden Söhne waren besorgt über die plötzlich auftretende Krankheit, kannten sie doch ihren Vater nur als einen Urbaum, strotzend vor Gesundheit und Lebensenergie. Seine Enkelin, Luisa, malte ihm ein Bild von einem Häschen, das in eine Grube gefallen war und ganz unglücklich aussah. Michael, der Bruder von Erik, brachte grinsend ein Keyboard mit Kopfhörern mit, darauf saß eine Puppe, die andächtig zuhörte und Ähnlichkeit mit Helena hatte. Es störte Erik sich so hinfällig zu zeigen, mit einem Tropf am Arm und dem hinten offenen Krankenhausnachthemd, aber er fühlte sich warm umfangen von der Liebe seiner Familie und fühlte eine enge Verbundenheit mit den Seinen. Herr Seeberger wurde in dieser Zeit nur einmal von einem Kollegen besucht. Wie man in den Wald hineinruft, so hallt es wieder heraus.

Während der Nachtstunden schaute die Nachtschwester Elif mehrfach ins Zimmer herein, um zu überprüfen, ob die Patienten noch atmen. Elif stammte aus der Türkei und trug das Kopftuch, das ihre Zugehörigkeit zum islamischen Glauben sichtbar machte. Erik nickte tagsüber mehrfach ein und fand daher nachts oft keinen Schlaf. Dann setzte er sich in die

Leseecke, die sich am Ende des Flurs befand und durchforstete seine Zeitschriften, um sich müde zu lesen. Nach ihrem Rundgang gesellte sich Elif gelegentlich zu ihm und er versuchte Einzelheiten über ihre Religion und das Familienleben in den ländlichen Gebieten der Türkei in Erfahrung zu bringen. Sie berichtete von der dominierenden Stellung des Vaters in den meist großen Familien, die einen starken Zusammenhalt pflegten. Die Söhne küssten unterwürfig die Hand des Vaters, die Töchter durften der Familie *keine Schande* bereiten. Das Familienoberhaupt traf alle wichtigen Entscheidungen, wollte der Sohn zum Beispiel ein Auto anschaffen, wurde vorher der Segen des Vaters eingeholt, auch, wenn er nicht mehr im väterlichen Haus lebte. Allerdings konnte er dann auch mit der finanziellen Unterstützung durch die ganze Familie rechnen. Ehen wurden von der Familie arrangiert, dabei spielte die Zuneigung des Paars eine untergeordnete Rolle, wichtig waren das Ansehen der Familie und ihre Finanzsituation.

Im Krankenhaus erlebte man, wie elend und unappetitlich der Mensch aussehen kann. Anders als die Pflanze, die Blüten, Duft, Früchte und Sauerstoff produziert, verbraucht der Mensch Nahrungsmittel und Sauerstoff und produziert Nasenschleim, Schweiß, Urin und Kot.

„Wie können sie diese abstoßenden, elenden Körper und die launischen Patienten hier Nacht für Nacht ertragen, Schwester Elif?"

„Seit dem Tag der Geburt bewegen wir uns unaufhaltsam auf den Tod zu, ein gebrechlicher Körper ist für mich so wenig abstoßend, wie ein alter Baum, der vom Sturm und den Gezeiten zerzaust wurde. Man darf nicht die Trugbilder der Werbung mit ihrer Glitzerwelt und den glatten Gesichtern übernehmen. Mich erinnern diese Werbefotos eher an einen Kinderpopo. Ich finde ein geheimnisumwittertes Gesicht, auf dem das Leben Spuren hinterlassen hat, viel anziehender. Einige Menschen hadern mit ihrer Krankheit, andere haben die Gelassenheit den Rhythmus der Natur zu akzeptieren. Wir können nur so sein, wie Allah uns geschaffen hat und das trifft auch auf den launischen Patienten zu", antwortete sie mit einem gütigen Lächeln.

„Ihre Freundlichkeit und Großmut bergen einen Hauch Übermenschlichkeit in sich und grenzen schon an Selbstaufopferung. Woher nehmen sie die Kraft Tag für Tag diese schwere Aufgabe zu meistern?"

Ein Patient mit einem Kopfverband schlürfte mühsam hinter seinem Rollator her und grüßte mit einem umständlichen Nicken. Der halb offen stehende Bademantel und die gekrümmte Haltung, die durch seinen Schatten noch verlängert wurde, verliehen diesem Patienten etwas Geisterhaftes.

Elif nestelte an ihrem Kopftuch herum und sah ihn mit ihren großen, dunklen Augen an: "Kraft schöpfe ich aus meinem Glauben, wer zuhören kann, der erntet auch Dankbarkeit und Anerkennung von den Patienten. Meine Arbeit schenkt mir Erfüllung und tiefe Befriedigung, daher muss ich nicht nach einer Belohnung im Paradies streben", rief sie fortgehend, denn ein anderer Patient hatte geläutet.

Erik war tief bewegt und beeindruckt von der Einstellung dieser Frau und ihrem Glauben und dachte: „Schau an, der Glaube kann Berge versetzen vielleicht kann er bei gläubigen Menschen viel Positives bewirken, auch wenn dem Ungläubigen diese Kraft nicht zugänglich ist."

Elifs Schilderung der beherrschenden Stellung des türkischen Familienoberhauptes erinnerte Erik an Helenas Beschreibung des väterlichen Patriarchen Franz Falkenberg, der seine beherrschende Stellung missbraucht hatte. Mag bei charakterfesteren Patriarchen eine schnelle, von Erfahrungen und Wohlwollen getragene Entscheidung, entstehen. Sie wird jedoch von den Familienmitgliedern, die nicht daran mitgewirkt haben, zögerlicher akzeptiert werden, als ein demokratisch herbeigeführter Konsens bei einem partnerschaftlichen Familienleben. Ein kluger, von der Verantwortung für die Familie getragener Patriarch, mag ein geeigneter Führer einer Familie sein, auch wenn er autoritär regiert. Die Gefahr von Machtmissbrauch in patriarchalisch strukturierten Familien ist jedoch groß, wie das Beispiel aus Helenas Familie zeigt. Ein solches Zusammenleben liefe auch dem angestrebten Ideal eines selbstbestimmten, eigenverantwortlichen Menschen entgegen. Beispiele aus dem Familienleben der Tiere in Afrika zeigen sich als Vorbild wenig geeignet für das menschliche Zusammenleben. Trotz einer gewissen Bewunderung für die dominierende Sonderstellung des männlichen Löwen in seiner Sippe, scheint sein Familienleben wenig passend für uns zu sein und wäre auch bei unseren emanzipierten, weiblichen Familienmitgliedern nicht durchsetzbar.

Am nächsten Tag besuchte ihn sein jüngerer Bruder Michael und brachte gute Laune in das sterile Krankenzimmer. Er berichtete von der neuen Küche, die er eigentlich nicht kaufen wollte und davon, wie seine Lebensgefährtin Sonja es verstand, in einer schwachen Stunde, ihn von der Notwendigkeit dieser Küche zu überzeugen. Dann erzählte er süffisant von den amourösen Experimenten seines pubertierenden Sohnes Kevin. Er wollte die Figur seiner Angebeteten in Augenschein nehmen und hatte sie ins Schwimmbad eingeladen. Dort schwammen beide zehn Bahnen und der Gewinner hatte einen Wunsch frei. Kevin gewann mit Mühe und wünschte sich einen Kuss von ihr. Die vielen Menschen im Schwimmbad irritierten sie, daher zog er die Zögernde auf den Fünfmetersprungturm und dort, in luftiger Höhe, wurde dieser erste Kuss verabreicht.

Die beiden Brüder verstanden sich ausgezeichnet und nutzten Eriks Zwangspause zu einem intensiveren Dialog, der bei Familienfesten nicht zustande kommen konnte. Michael lebte seit fünfzehn Jahren mit Sonja harmonisch und überwiegend glücklich zusammen. Am Anfang ihrer Beziehung wurde Sonja auch von einem anderen Mann verehrt und sie war für eine kurze Zeit zu ihm gezogen. Bald kehrte sie wieder zu Michael zurück, wie ein Vogel, der sich verflogen hatte und sein vertrautes Nest wiedergefunden hatte. Auch nach der Geburt von Kevin konnten beide sich nicht entschließen den Bund der Ehe einzugehen. Das gemeinsam bewohnte Haus gehörte beiden zu gleichen Teilen, Sonja hatte nach der Einschulung von Kevin ihre berufliche Tätigkeit als Pharmareferentin wieder aufgenommen und verdiente mehr als der Jurist Michael. Dafür wird Michael einmal ein höheres Altersruhegeld beziehen, denn die Weste des Beamten ist eng aber warm. Der Sohn trug den Familiennamen der Mutter und beide Elternteile hatten das Sorgerecht.

„Mein Name Müller ist ja auch nicht so faszinierend, dass man darum kämpfen müsste", feixte Michael entschuldigend.

„Unser Vater hätte darauf schon Wert gelegt, aber der musste keine Sonja überzeugen", spöttelte Erik.

„Als Kind empfand ich meinen älteren Bruder als störend und dominant, heute bin ich glücklich, Dich zum Bruder zu haben und fühle mich tief verbunden mit Dir. Wir kennen uns recht genau, können uns aufeinander verlassen und haben eine wunderschöne Zeit zusammen erleben dürfen. Auch habe ich Freude an Deinen Söhnen und verstehe mich gut mit Helga, selbst wenn ich ihr nicht alle Deine Schandtaten erzählen darf und manchmal dabei ein schlechtes Gewissen habe", eröffnete Michael das Gespräch, lehnte sich lächelnd zurück und schlug die Beine übereinander.

„Deine lebensbejahende Einstellung, Dein Humor und Deine fundierten Anschauungen haben mein Leben auf wunderbare Weise ergänzt und bereichert. Wenn ich als älterer Bruder damals einige Privilegien hatte, so hast Du heute das Privileg des Junggebliebenen, Seite an Seite mit Deiner schönen, jungen Frau. Unsere Mutter hatte es, trotz ihrer Überforderung, immer verstanden uns zusammenzuführen und sie hatte ihre liebenden Flügel zu gleichen Teilen über uns ausgebreitet. Auf diese Weise hat sie ein gutes Fundament für die brüderliche Eintracht gelegt und das wollen wir nicht vergessen."

„Weiß eigentlich Helena, dass Du hier im Krankenhaus liegst?", forschte Michael mit hochgezogenen Augenbrauen und nahm sich einen Apfel vom Nachtisch, in den er energisch hineinbiss.

„Ja, sie wollte mich besuchen, aber ich habe es ihr ausgeredet! Hattest Du, Strahlemann, eigentlich nie Lust auf amouröse Abenteuer?"

„Bei uns in der Justiz bekleiden inzwischen mehr Frauen als Männer das Richteramt und auch in der Verwaltung dominiert das weibliche Geschlecht, da wird man schon gründlich in Versuchung geführt. Während einer Juristentagung habe ich einer solchen Versuchung nicht widerstehen können, ich habe dieses Treffen sogar sehr genossen. Später habe ich meine Sünden Sonja gebeichtet, die das murrend hingenommen hatte. Im Alltag ist mir das, was Du machst, zu kompliziert und zu anstrengend, ja, ich bin sogar froh, wenn ich Sonjas Erwartungen erfüllen kann und möchte nicht öfter auf die Matte."

„Wollte Sonja nie heiraten?"

„Eigentlich wollten wir es beide nicht, aber sie noch weniger als ich. Für unsere Ungebundenheit nehmen wir die Steuernachteile in Kauf, die wir uns ohne Ehevertrag einhandeln. Die Justiz trennt fast die Hälfte der Ehen wieder und wir Juristen müssen das dabei entstehende Elend anschauen. Dazu wollten Sonja und ich keinen eigenen Beitrag liefern. Wir haben alle familienrechtlichen Dinge unter uns geregelt. Wie Du sehen kannst, leben wir auch ohne Trauschein recht harmonisch zusammen und ich glaube, diese Lösung, ohne Zwang, fördert eine Partnerschaft auf Augenhöhe besser als die Ketten des Ehevertrags."

Erik nickte zwar zustimmend, aber er war unsicher, ob diese losere Form der Zweisamkeit, die bei Michael und Sonja für Glück sorgte, auch für die Allgemeinheit geeignet sein könnte:

„Betrachten wir die Ehe meiner Schwiegermutter Martha, die ich rückblickend auch als geglückt bezeichnen würde. Sie war durch Konrads lange Gefangenschaft und die Ungewissheit, ob ihr Ehemann überhaupt noch am Leben war, jahrelang mit den Kindern auf sich selbst gestellt und hatte, als hübsche, junge Frau, sicherlich auch Anträge erhalten. Wäre sie ihm ohne Ehevertrag sechs Jahre lang treu geblieben?"

„Der Ehevertrag mag sich bei Martha als eine stabilisierende, vielleicht sogar glückspendende Klammer erwiesen haben. Er bleibt jedoch eine Klammer, bei der ich Zweifel habe, ob sie auch glückspendend für die Allgemeinheit sein könnte. Mich würde diese Klammer nicht beglücken, sondern eher einsperren."

„Ich liebe meine Frau und meine Kinder und will mit ihnen zusammen leben und für sie sorgen. Ich kann und will jedoch den Reizen anderer Frauen, insbesondere von Helena, nicht ausweichen, sie sind Teil meines Glücks und ich sauge sie in mich auf, wie ein Lebenselixier. Warum will mich die eheliche

Treuepflicht daran hindern zu leben, wie es meiner Natur entspricht?"

Michael warf seinen abgenagten Apfel in den Abfalleimer und kratzte sich am Kopf. Er hatte Verständnis für die Wünsche seines Bruders, die im Zusammenleben jedoch zu Schwierigkeiten führen werden: „Sonja würde es nicht gefallen, wenn ich eine Freundin hätte und so wie sie empfinden viele Frauen. Die Treuepflicht ist nicht nur eine Forderung der herrschenden Moral, sondern sie spiegelt auch die Erwartung vieler Menschen wider."

„Diese Erwartung wurde ihr von der Moral eingetrichtert, mit Parolen wie: Du darfst dir so etwas nicht gefallen lassen, das ist der Anfang vom Ende! Als Partnerin müsste sie hingegen erkennen, dass die Monogamie in eine Sackgasse führt, weil sie der Natur des Menschen, auch ihrer eigenen, nicht entspricht."

Michael wirkte amüsiert und strich seinem Bruder mit der Hand über den Kopf: „Hier irrt mein älterer Bruder! Diese Erkenntnis hat Sonja nicht und diese Einsicht ist auch weniger typisch für das weibliche Geschlecht. Würde es Dir gefallen, wenn Helga Dir untreu wäre?"

„Als ich Helga kennen lernte, lebte sie nicht wie eine Nonne, das hat mich nicht gestört, sondern stimuliert. Ich würde mich freuen, wenn sie Beziehungen zu anderen Männern hätte, aber mit mir zusammenbleiben würde."

„Weil es Dich stimuliert, oder weil es Dein eigenes Fremdgehen entschuldigen kann?"

„Vielleicht spielt beides dabei eine Rolle, aber mir ist ihre Option wichtig, wenn Helga von einem Mann fasziniert ist, dann soll sie auf ihn zu gehen, Ihre Neigungen ausleben und nicht aus Rücksicht auf mich die Keusche spielen."

Die Brüder umarmten sich zum Abschied nach alter Tradition und als Michael hinter der Ecke des Flurs verschwunden war, da vermisste Erik ihn schon. In ihm klangen die Worte seines Bruders noch nach. Ja, Michaels Form der Zweisamkeit, verglichen mit seiner eigenen Ehe, mit dem türkischen Patriarchat, oder mit der WG, ist wohl die zeitgerechteste Form eines Familienlebens.

Eriks Genesung machte gute Fortschritte und er konnte bald seine Konzerttermine wieder einhalten. Besonders wichtig war ihm seine schon vor einiger Zeit festgelegte Amerikatournee, die sowohl gut dotiert war, aber auch künstlerisch eine Herausforderung darstellte. Auf dem Rückweg wollte er Helena treffen, die ihren Urlaub in Mexiko verbrachte, und die er seit einigen Jahren nicht mehr gesehen hatte.

Helena war sehr erleichtert über Eriks Genesung und berichtete ihm begeistert von ihrem Sohn Carsten, der eine Vera kennen gelernt hatte und mit ihr seit drei Jahren zusammenlebte. Vera hatte ihn aus der WG herausgeholt, die seine Entwicklung hemmte, wie eine Staumauer den Wasserlauf. Sie glaubte an seine Fähigkeiten und sie liebte ihn. Carsten war wie verwandelt, er kleidete sich modisch und achtete auf sein Äußeres, war die Freundlichkeit in Person, hat den Konsum von Haschisch eingestellt, ließ keine Gelegenheit aus Vera zu liebkosen, hatte Freude an seiner Designertätigkeit, verdiente gutes Geld und tat alles, um ihre Anerkennung zu erhalten. Das lange angespannte Verhältnis zu seiner Mutter hatte sich völlig normalisiert, auch weil sich Vera und Helena achteten und gut verstanden. Für Helena war es eine späte, aber wichtige Erfahrung, die den latent vorhandenen, und an ihr nagenden Vorwurf entkräftete, sie habe als Mutter versagt, so wie ein erst nach Jahren erfolgreich werdender Roman den hadernden Schriftsteller besänftigen kann.

Eriks Konzertreise wurde zu einem herausragenden Ereignis und in der Presse wurden seine Konzerte in den höchsten Tönen gelobt: Die Harmonie und Präzision der Tutti-Stellen, die Brillanz des Klaviersolos, die fassettenreichen Klangfarben des wohl besten Rachmaninow-Interpreten, rissen das Publikum zu stehenden Beifallsstürmen hin. Dennoch fühlte Erik sich seit seiner Operation geschwächt und seine Gedächtnisfähigkeit hatte Einbußen erlitten, die er durch seinen reichen Erfahrungsschatz versuchte zu kompensieren. Auch kostete ihn ein Konzert mehr Kraft als früher, er kam sich vor wie ein Rennpferd, das vor einen Wagen gespannt wird und die Last bergauf ziehen muss. Er wusste, dass der Zenit seiner Leistungsfähigkeit lange überschritten war und konzentrierte sich auf seine neue Devise: Halten, sei gut zu dir selber! Plötzlich stellte sich ein Gefühl ein, das Leben ist begrenzt, nutze deine verbleibende Zeit, schaufle alles Störende zur Seite, gönne dir alles, was dir Freude bereitet und ein Wiedersehen mit Helena war solch ein freudiges Ereignis.

Es war beabsichtigt einige Tage gemeinsam auf der Halbinsel: Yucatan, zu verbringen und auf den Spuren der Mayas und Azteken zu wandeln. Helena holte ihn vom Flughafen Merida ab und sie fuhren gemeinsam in ihr Hotel. Als Begrüßungstrunk hatte sie einen Tequila-Sunrise ausgewählt, den beide auf dem Paseo de Montejo einnahmen, einer Prachtstraße, die von vielen im Kolonialstil erbauten Häusern, eingerahmt wurde. Die Stadt war zur Zeit des Sisal-Booms das wirtschaftliche Zentrum von Yucatan und man konnte auch heute noch den Wohlstand vergangener Zeiten ahnen. Die Menschen hier wirkten fröhlich und ohne Hektik. Einige erinnerten an die Eroberer aus Spanien, mit schlanken Gesichtern, die Mehrzahl waren Nachfahren der

Indios oder Mischlinge mit runden Gesichtern, die an die Tortillas erinnerten, die sie gerne essen.

Seit der Atlantiküberquerung durch Kolumbus im Auftrag der spanischen Krone, Ende des fünfzehnten Jahrhunderts, wurde Mexiko brutal unterjocht und seine Bodenschätze ausgebeutet. Gelegentlich hing an dem erbeuteten Ohrring noch das Ohr des ehemaligen Besitzers. Auch heute noch bildet der europäisch stämmige Bevölkerungsanteil die gesellschaftliche Oberschicht, obgleich wir Europäer wenig Grund haben, stolz auf unsere Taten in Mexiko und anderen Kolonien zu sein.

Erik und Helena hatten den Reiseführer Miguel engagiert, der über einen allradgetriebenen Wagen verfügte. Er stand ihnen während der Yucatanrundreise zur Seite und konnte zu jeder Sehenswürdigkeit bemerkenswerte Geschichten erzählen. Tulum war die einzige Mayaanlage, die festungsartig am Meer errichtet wurde und die durch die Schönheit ihrer Lage beeindruckte. Miguel erzählte vom „Zama", dem Sonnenaufgang und der Anordnung der Anlage in der Weise, dass die aufgehende Sonne nur an einem bestimmten Tag den Tempel erleuchtete. Obwohl Tulum erst um das Jahr eintausend n.Chr. erbaut wurde, drängt sich ein Vergleich mit dem weit entfernten, viel älteren ägyptischen Abu Simbel Tempel auf. Er wurde in den massiven Felsen geschlagen und so ausgerichtet, dass nur am Geburtstag des Pharaos, Ramses II, die Sonne seine Statue beleuchtet hatte. Die Mayas mussten wohl auch vertraut mit dem Lauf der Gestirne gewesen sein. Miguel erzählte die Legende von Außerirdischen, die in Malereien auftauchten und hier am Werk gewesen sein könnten.

In einem dichten Urwald versteckt, liegt die Tempelanlage von Caba. Miguel machte auf die riesigen Lianen und Termitenhügel aufmerksam und ermunterte seine Gäste die achtundzwanzig Meter hohe Pyramide mit ihren steilen Stufen zu erklimmen, um den Urwald von oben betrachten zu können. Voller Stolz berichtete er, dass Caba erst vor einigen Jahren ausgegraben und restauriert wurde und von den Spaniern nie entdeckt wurde.

Besonders beeindruckend war die Mayastadt: Chichen Itza mit der zentralen Pyramide. Miguel berichtete vom Regengott Chac, dem man junge Mädchen im kostbaren Ornat geopfert hatte. Ihnen wurde dargelegt, dass es eine Ehre war für einen Gott geopfert zu werden und dann wurden sie in den heiligen Brunnen geworfen. Bei aller Bewunderung für die erhabenen Bauwerke drängen sich dem Betrachter einige Fragen auf: Wie konnte ein Gott an solcher Barbarei Freude empfinden, konnte ein so missbrauchter Brunnen *heilig* sein, und warum wurden *nur junge Mädchen* einem männlichen Gott geopfert? War dieser allmächtige, regenspendende Gott von irdischer Lust erfüllt, weil er der Fantasie der Männer entsprungen war?

Während der Rundreise war man sich näher gekommen und daher hatte Miguel der Wunsch, seine Gäste in sein eigenes Haus einzuladen und stellte ihnen seine Familie vor. Es war ein einfaches Holzhaus mit Strom- und Wasseranschluss. Im Vorgarten pickten einige Hühner nach den wenigen Grünpflanzen, eine Ziege war an einem Pfosten angeleint und meckerte vor sich hin. Der Boden des Hauses war mit Sisalmatten ausgelegt und peinlich sauber gehalten, in einer Ecke war ein kleiner, christlicher Altar zu erkennen und dahinter versteckt ein Fernsehgerät, als sollte es vom lieben Gott nicht gesehen werden. Die vier Töchter begrüßten die Gäste mit einem braven, unbeholfenen Knicks, die kleine, wohlgenährte Hausfrau stand in der Kochecke, grüßte freundlich herüber und fuhr fort den Teig für die Tortillas auszurollen, die dann als huevos rancheros (Spiegeleier, scharfe Chilisoße und Bohnen) auf einem Holzbrett serviert wurden. Eine Nachbarin mit drei Kleinkindern gesellte sich noch zur Mahlzeit hinzu und betrachtete neugierig die Fremdlinge, wie reiche Verwandte aus Amerika. Die Kommunikation mit den Familienmitgliedern beschränkte sich wegen der Sprachbarriere mehr auf gegenseitige Sympathiebekundungen und so fand der Besuch ein baldiges Ende.

In ihr Hotel zurückgekehrt, ließen Helena und Erik ihre Reiseeindrücke bei einem Glas Wein noch nachklingen. Helena war beglückt, dass Erik die anstrengende Rundreise so mühelos überstanden hatte, von der ihr besonders das im Urwald versteckte Caba gefallen hatte. Erik wollte noch ein Souvenir für Helga besorgen und lief zum nahegelegenen Marktplatz. Helena war etwas erschöpft von der Besichtigung und zog es vor in der Hotelbar zu warten.

„Ich bin in fünf Minuten wieder zurück", versicherte Erik.
Helena wippte ungehalten auf ihrem Stuhl und starrte auf ihr fast leeres Weinglas. Irgendwie wurde sie von Sehnsucht durchdrungen und gleichzeitig von Wehmut bedrückt. Sie suchte seine Nähe aber vermisste seine Aufmerksamkeiten, kleine Gesten der Bewunderung und ihr fehlten seine Zärtlichkeiten. Sie fühlte sich fast wie auf einer Geschäftsreise. Als Erik nach einer halben Stunde immer noch nicht zurückgekehrt war, wurde sie besorgt, aber auch ungehalten. Früher wäre die so lange alleinsitzende Helena längst von einem anderen Mann angesprochen worden. Heute, als reife Frau, wurde sie ignoriert oder schlimmer noch, mit Mitleid betrachtet. Sie kannte Helga nur aus Eriks Berichten, dennoch hatte sie ihr gegenüber ein schlechtes Gewissen, vielleicht aus einer undefinierbaren Frauensolidarität heraus. Sie dachte auch an

ihre gescheiterte Ehe mit Heinrich, an das Fiasko mit Wolfgang, an Paolo, für den sie mehr väterliche Gefühle empfand und fragte sich, warum treffe ich mich immer wieder mit Erik? In ihrem Leben musste sie viel Geduld aufbringen und mit zunehmendem Alter wurde ihre Bereitschaft dazu immer geringer. Es schien ihr unangemessen, ja, sogar verschwenderisch, die ihr verbleibende Lebenszeit mit Warten zu verbringen.

Endlich kam Erik mit einer Tüte im Arm zurück in die Bar, setzte sich ohne jede Entschuldigung neben sie, legte seine Hand auf ihren Schenkel und sein Blick verriet, dass er jetzt gerne mit ihr kuscheln würde. Sie sah in sein Gesicht mit den Tränensäcken unter den Augen, den Altersflecken auf den Wangen und dem schütten, verschwitzt anklebenden Haar und ihr drängte sich der Eindruck auf, er wollte nun auch noch schnell den Sex erledigen. Sie sehnte sich zwar nach ihm, aber ihr Beisammensein hatte sie sich doch anders vorgestellt und ein Gefühl der Enttäuschung bedrückte sie, wie ein schwerer, mit Steinen gefüllter Rucksack. Sie schob seine Hand ungehalten zur Seite, nestelte aus der Handtasche Spiegel und Lippenstift hervor und schminkte sich umständlich. Er drängte darauf ins Hotelzimmer aufzubrechen, sie zögerte und schlug vor noch einige Schritte durch den Hotelgarten zu gehen. Beim Spazieren gehen legte Erik seinen Arm um ihre Schulter und sah sie fragend und ungeduldig an.

„Kannst Du Dir vorstellen, dass Helga Dich wegen unserer Beziehung verlassen könnte, würdest Du das überstehen?", fragte Helena nach einer längeren Pause.

„Früher hatte sie gelegentlich solche Gedanken, heute weniger. Sie weiß, dass ich kein treuer Ehemann sein kann, aber sie weiß auch, dass ich sie nicht verlassen werde und das hat sie langsam innerlich akzeptiert."

Helena entdeckte eine Kakteenblüte und ging mit leuchtenden Augen auf sie zu, als sollte die Schönheit der Natur ihr helfen die düsteren Gedanken aufzuhellen: „Schau diese Farbe, sie blühen nur selten!", dann führte sie ihre Nase dicht an die Blühte und begann eine intensive Betrachtung, als wollte sie Zeit gewinnen, und eine innere Entscheidung reifen lassen. „Angenommen wir hätten uns kennen gelernt, bevor Du mit Helga verheiratet warst, hättest Du mich geheiratet, wenn ich, auch mit Kindern, auf einer Fortführung meiner beruflichen Tätigkeit bestanden hätte?"

Eriks Blick verfinsterte sich, er nahm seine Hand von ihrer Schulter, blickte in die Ferne und verlangsamte seinen Schritt: „Du weißt, die Betreuung der Kinder durch die Eltern hat für mich eine hohe Priorität. Vor einer Eheschließung hätte ich auf einer Absprache zu diesem Thema bestanden." Er fand am Wegesrand ein Stöckchen, das er durch die Luft wirbelte, als wollte er einen unsichtbaren Feind treffen.

Sie setzte sich gedankenverloren auf eine Parkbank und lud ihm mit einer zaghaften Geste ein neben ihr Platz zu nehmen: „Ist nicht auch der Vater aufgerufen sich um die Betreuung der Kinder zu kümmern, warum erwartet man das automatisch auch von Müttern, bei denen der Gluckeninstinkt nicht so stark ausgeprägt ist? Putzen, waschen, Babys füttern und wickeln, den Mann bekochen und isoliert in der Wohnung sitzen, bedeutet für manche Frau nicht das höchste Glück, sondern eine Strafe, die das gefürchtete Hausfrauensyndrom auslöst. Heinrich hatte zu dieser Frage eine ähnliche Einstellung, wie Du und das hatte zu den ersten Rissen in unserer Ehe geführt. Daher wiederhole ich meine noch unbeantwortet gebliebene Frage: Hättest Du mich geheiratet, wenn ich, auch mit Kindern, auf einer beruflichen Tätigkeit bestanden hätte?"

Erik fand zwar Helena immer noch faszinierend und er begehrte sie, auch weil beide keinen Alltag miteinander meistern mussten. Ihre mütterlichen Qualitäten empfand er jedoch als schwach ausgeprägt, aber das wollte er allenfalls zart anzudeuten: „Meine Pianistentätigkeit ist mit Auslandseinsätzen verbunden, daher könnte ich, auch rein theoretisch, keine volle Kinderbetreuung übernehmen und Helgas Einkommen würde nicht einmal annährend ausreichen für unsere Familie. Ich denke auch von der Veranlagung her sind Frauen mit ihrer Fähigkeit Kinder zu stillen und *verschiedene Dinge gleichzeitig* erledigen zu können, eher für die Kinderbetreuung geeignet, als Männer, die nur *eine* Aktivität gezielt ausführen können. Ich bin überzeugt, dass wir damals eine breite Basis für eine Ehe gehabt hätten, auch wenn wir uns nicht in allen Fragen einig waren."

„Du mogelst Dich wieder einmal an einer Antwort vorbei, weil Du zu feige für eine ehrliche Antwort bist. Ich glaube, dass für das Wohlergehen des Kindes nicht zwingend die Betreuung durch die Mutter erforderlich ist. Mein Sohn hatte einige schwierige Phasen in seinem Leben, genauso wie Dein Sohn Pascal, aber er hat sich, auch ohne mütterliche Vollzeitbetreuung, zu einem wohlgeratenen Mann entwickelt. Du könntest leicht eine Tätigkeit als Klavierlehrer ausführen, ohne Auslandseinsätze, wenn Dir die Kindererziehung wichtiger wäre als Deine Karriere und mein Einkommen wäre völlig ausreichend für eine Familie. Ich finde jede Frau sollte ein Wahlrecht haben, ob sie die Erzieherrolle oder die Einkommensbeschaffung übernehmen will, abgestimmt mit dem Partner, aber losgelöst vom Rollenverhalten und den Erwartungen der Gesellschaft."

Der Abend senkte sich über die Dächer der Hotelanlage und die Sonne war hinter dem Meer versunken. Die Beregnungsanlage im Garten begann feine Tropfen in die schon feuchte Luft zu versprühen. Um die Laternen des Gartenweges versammelten sich die Insekten, und Fledermäuse flatterten heran, um sich das Abendessen zu erjagen. Die Blumenblüten schlossen sich und bereiteten sich auf die Nachtkühle vor. Die Kellner sammelten die Gläser ein, schoben die Terrassenstühle übereinander und fegten die Blätter fort. Helena erhob sich von der Bank und schlenderte in Richtung des gemeinsamen Zimmers, er trottete langsam hinterher. Sie war erschöpft vom Tag und enttäuscht von dem Gespräch und hatte den Wunsch frühzeitig ins Bett zu gehen.

Sie bereitete sich auf die Nacht bei geschlossener Badezimmertür vor und zeigte sich Erik, trotz der hohen Temperaturen und der Luftfeuchtigkeit, in einem langen, hochgeschlossenen Nachthemd. Als sie neben ihm im Bett lag, ließ er sanft seine Hand über ihre Brust gleiten, die sie jedoch genau so sanft zu ihrer Schulter ablenkte. Noch während Erik darüber nachdachte, ob sie zu müde war, oder aus Sorge um sein, erst kürzlich operiertes Herz nicht kuscheln wollte, glitt sie neben ihm in das Reich der Träume und es war nur noch ihr sanftes Säuseln zu vernehmen. Sein müder Annäherungsversuch blieb ungehört, aber er fühlte keine Enttäuschung.

Kapitel 13
Der Hypermensch
Rom, 2014

Seit seiner Herzklappen OP war Eduard weniger belastbar auch sein fortgeschrittenes Alter bewirkte spürbare Einbußen an Lebensqualität. Die Wortfindung, die Zuordnung eines einfachen Begriffs zu seiner Bezeichnung, gelang ihm gelegentlich nicht mehr, die von Arthrose geplagten Gelenke versagten von Zeit zu Zeit und lösten ein Unsicherheitsgefühl aus. Sex bescherte ihm jetzt mehr Arbeit als Freude, der Konsum von mehr als einem Glas Wein wurde mit nächtlichen Scheißausbrüchen abgestraft und er verbrachte einen zunehmenden Teil seiner Freizeit in den Wartezimmern der Ärzte. Die Reihe der verordneten Pillen musste umständlich aus Plastikfolien gedrückt und zur vorgeschriebenen Zeit eingenommen werden. Sie verursachten lästige Nebenwirkungen und schmälerten den Geldbeutel. In der Oper oder beim Fernsehen überfiel ihn auch schon Mal ungewollt der Schlaf, dafür lag er dann nachts stundenlang wach im Bett und wälzte sich von einer Seite auf die andere und langweilte sich. Von den Zähnen waren einige nicht mehr zu retten und mussten entfernt werden. Implantate und Brücken füllten dann die lückenhaften Zahnreihen wieder auf. Beim Skilaufen stürzte er öfter schmerzhaft und gab diesen geliebten Sport schließlich auf mit der tröstenden Bemerkung: Man muss loslassen können.

Helgas Zähne und ihr Gehör waren noch in einer guten Verfassung, dafür klagte sie über Schweißausbrüche, Schwindelgefühle, Gleichgewichtsstörungen und Schwankungen ihrer Stimmung. An manchen Tagen konnte sie ihren Mann unter den Tisch trinken, an anderen Tagen bereitete ihr schon ein Glas Wein Beschwerden. Ihre Leistungsfähigkeit und Ausdauer ließen deutlich nach, das Tragen eines Tabletts mit Tellern bereitete ihr Schwierigkeiten und nach dreißig Minuten Spazierengehen war sie völlig erschöpft. Nur wenn ihre Enkeltochter Luisa zu Besuch kam, dann sprudelte sie vor Tatendrang, wie in alten Tagen, und Erschöpfung stellte sich nicht ein. Ihre Fähigkeit besser hören zu können als Erik wurde gelegentlich unterstrichen mit Fragen wie: Hast du das Klingeln des Telefons wieder nicht gehört, oder, kannst du das romantische Zirpen der Grillen nicht hören? Früher fand sie seine häufige Abwesenheit störend, insbesondere wenn sie einen fremdgängerischen Hintergrund vermutete. Heute waren die Wunden, die seine erotischen Abenteuer ihr geschlagen hatten, vernarbt und dieses Thema erregte sie kaum noch. Helga fühlte sich geliebt und anerkannt, sie freute sich darauf den Tag frei gestalten zu können und wenn Erik dann zurückkam, beglückte sie der Meinungsaustausch mit ihm und sie atmete seine Gegenwart. Gemeinsame Erlebnisse und Sorgen, die Kinder, das Enkelkind und eine tiefe Vertrautheit verbanden sie innig miteinander. Oft saßen sie gemeinsam im Garten, ließen den lauen Abend auf sich wirken und waren glücklich, einfach, weil der vertraute Partner da war und man sich geborgen fühlte. Sie verstanden sich auch ohne zu reden, wenn sie ihn ansah, wusste sie, was er dachte und er kannte ihre Meinung zu seinen Gedanken. Erik lobte gelegentlich die von ihr zubereiteten Speisen und rühmte ihre Fähigkeit gut wirtschaften zu können und schenkte ihr gelegentlich Blumen. Sie hatte oft einen Zeitungsbericht über eines seiner Konzerte ausgeschnitten und bewunderte sein Talent und seine Fähigkeit Probleme zu meistern. Man konnte den Eindruck gewinnen, das Leben hat es so eingerichtet, dass Mann und Frau am Lebensabend belohnt werden, dass sie die Höhen und Tiefen der ehelichen Gemeinschaft durchlebt, überstanden und gemeistert haben. Ihr

Alltag war durch gegenseitige Achtung und Wertschätzung sowie durch Harmonie geprägt und beide waren, rückblickend, zufrieden mit ihrem gemeinsamen Leben.

„Weist Du noch, als Du Dir in Rom einen Bart wachsen ließest auf unserer ersten gemeinsamen Urlaubsreise, weil wir Deinen elektrischen Rasierapparat beim Trödler verkaufen mussten, um die Gebühren für die Autobahn zur Rückfahrt zusammen zu bekommen?", schwelgte sie in Erinnerungen.

„Ja, und dann haben wir im Auto tief und fest geschlafen, weil die Hotels zu teuer waren und Du wolltest Dich mir nur hingeben, nachdem alle Autoscheiben beschlagen waren. Das Frühstück und das Waschen erfolgten dann in einem Bistro, ich ging voran und dann folgtest du scheu", rundete er ihre Erinnerung ab.

„Und der gut aussehende Carabinieri, der uns morgens weckte mit dem Hinweis, er habe unser Nickerchen am Autobahnrand übersehen, aber in einer halben Stunde käme seine Ablösung, dann sollte der Platz wieder geräumt sein", ergänzte sie.

„Ich würde gerne noch einmal nach Rom fahren und alte Erinnerungen auffrischen, auch wenn die Ewige Stadt heute sicherlich viel touristischer sein wird."

Erik würde viel lieber ans Meer fahren, aber er wusste, wenn sie einen Wunsch so enthusiastisch vortrug, dann wird sie ihn über kurz oder lang ohnehin durchsetzen. Er trug seinen Wunsch erst gar nicht mehr vor, sondern versuchte ihrem Vorschlag etwas Positives abzugewinnen.

„Wir wollten doch eine Kurzreise zusammen mit unseren Kindern unternehmen und an die vielen gemeinsamen Urlaube anknüpfen, vielleicht laden wir sie einfach nach Rom ein."

Helga fühlte triumphierend, dass schon ihr erster Versuch auf fruchtbaren Boden gefallen war und rundete ihre Idee mit Details ab: „Dann sollten wir aber nur zu viert fahren, wie früher. Wenn Carola und Luisa mitkämen, die ich sonst sehr gerne mag, wäre das kein Anknüpfen an frühere Reisen und würde ein nostalgisches Gefühl nicht aufkommen lassen."

„Ich halte eine Viertagesflugreise im Mai zu viert für gut, da ist es für eine Stadtbesichtigung noch nicht zu heiß und wir könnten in Rom meinen Geburtstag feiern, dadurch könnte ich auf elegante Weise dem Geburtstagsrummel hier entfliehen. Als Kind freut man sich auf den Geburtstag, nicht nur wegen der Geschenke, man ist ja dem großen Ziel, erwachsen zu sein, ein Jahr näher gekommen. In meinem Alter feiert man nicht mehr gerne Geburtstag, denn man kommt der Gruft immer näher. Unser Goldjunge Rudolf kennt sich doch gut mit dem Internet aus, er soll etwas Passendes mit Flug, Übernachtung und Frühstück heraussuchen, ohne Stadtbesichtigung, die möchte ich lieber individuell gestalten", schloss Erik die Planung ab.

Rudolf fand ein terminlich passendes und doch günstiges Angebot, Erik übernahm die Kosten und Pascal hatte das größte Auto und wollte den gemeinsamen Transport zum Flughafen übernehmen.

Am Abreisetag fuhr Pascal, der sich oft zu viel vornahm und dann ein Zeitproblem bekam, ausnahmsweise mit dem Gongschlag am elterlichen Haus vor. Das Gepäck wurde verstaut und Helga und Erik nahmen im Fond des Wagens Platz, anders als bei früheren Reisen, bei denen die Kinder immer hinten saßen. Pascal drehte sich um und fragte, genau wie es seine Eltern früher gemacht hatten:

„Habt ihr alles dabei, insbesondere: Pass, Kreditkarte, Krankenkassenkarte, Bargeld, Lesebrille, Medikamente: Blutdrucksenker und Blutverdünner, alles andere können wir notfalls unterwegs kaufen."

Erik fühlte sich wie ein Schuljunge, der seine Hausaufgaben nicht gemacht hatte und ertappt wurde, er dachte einen Augenblick nach, stieß hervor: „Einen Augenblick", und verschwand wieder im Haus. Er hatte den ungeliebten Blutverdünner vergessen und war dankbar, dass er erinnert wurde.

Während der Fahrt unterhielten sich die Söhne angeregt miteinander. Die Eltern auf den ungewohnten Plätzen im Fond saßen still Hand in Hand und ließen die Stadt an sich passieren. Dann warf Pascal ihnen einen kurzen Blick zu und fragte: „Na, ist alles im Lot auf den hinteren Plätzen?"

Während Erik sein: „Ja, ja", brummte, dachte er, genau wie früher, nur mit vertauschten Rollen. Dieser Eindruck verstärkte sich noch auf dem Flughafen. Bevor Erik seine Brille herausgeholt hatte, um die Flugsteignummer in Erfahrung zu bringen, hatten die Jungen schon den richtigen Weg eingeschlagen und die Eltern trotteten ihnen nach, versuchten Schritt zu halten, und zogen die rumpelnden Koffer auf Rollen hinter sich her.

Der Flug war angenehm und in Rom nahm man vom Flughafen Leonardo da Vinci ein Taxi, welches das Quartett nach einer knappen Stunde vor dem Hotel absetzte. Das Hotel war ein liebenswerter, alter Kasten, unweit vom Kolosseum. Jedes Mal, wenn der betagte Fahrstuhl sich in Bewegung setzte, machte man sich Sorgen, ob er auch die drei Stockwerke noch schaffen konnte. Trotz der zentralen Lage war es ein ruhiges Hotel und die reife Familie genoss das ehrwürdige, verstaubte Ambiente und die sich familiär gebende Chefin.

Am Abend fanden sich die drei Männer mehrfach zu einer Runde Skat in der Hotelbar zusammen. Zu fortgeschrittener Stunde leerte sich die Bar und dann setzte sich die

Hotelinhaberin dazu und spendierte eine Runde Grappa. Sie war eine etwas dralle Mittvierzigerin mit einem hübschen Gesicht, dunklen, ausdrucksstarken Augen und sie trug ein schwarzes Kleid mit silberfarbigen Applikationen. Über dem stark ausgeschnittenen Kleid hing eine Lesebrille an einer Kordel. Die Sehhilfe wirkte an dieser Stelle über dem Busen, wie ein Schmuckstück, das niemand berühren durfte. Sie erzählte in einer Mischung aus Deutsch, Italienisch und Englisch von ihrer ersten großen Liebe, die sie in Deutschland kennengelernt hatte und von der schönen Zeit, die sie dort verbracht hatte. Dann berichtete sie, dass sie das Hotel vom Vater geerbt hatte, und über die Schwierigkeiten, mit denen sie kämpfen musste, um gegen die großen Hotelketten bestehen zu können.

Die Skatspieler wollten nicht um Geld spielen, aber doch einen Anreiz schaffen, damit ein leichtfertiges Spielen verhindert wurde. Der Verlierer sollte, zur Belustigung der anderen, eine heikle Aufgabe erledigen. Erik hatte zunächst einen Punktevorsprung, aber im letzten Spiel rutschte er auf den Verliererplatz ab, sehr zur Freude seiner beiden Söhne. So geschah es, dass er am nächsten Tag, bei der Besichtigung des Kolosseums, von der obersten Stelle mit donnernder Stimme verkünden musste, dass es aus dem Oval widerhallte:

„Die Gladiatorenkämpfe müssen heute ausfallen, weil alle Löwen erkältet sind."

Mit dieser überraschenden Ankündigung hatte er sogar einige deutsche Touristen zum Schmunzeln gebracht und seine Söhne in einen Freudentaumel versetzt. Helga war dieses Spektakel peinlich und sie hielt Abstand von den drei erheiterten Männern. Am Nachmittag unternahm das wiedervereinte Quartett eine Stadtrundfahrt in einem der doppelstöckigen, oben offenen Busse, und am Abend fand man sich auf der Terrasse des Restaurants ein, das allen schon am Vortag gut gefallen hatte, weil es einen unvergleichlichen Blick auf das geschichtsträchtige Kolosseum bot. Der Chef des Hauses erkannte das gemischte Quartett sofort wieder, verneigte sich, etwas zu tief, führte sie an den gleichen Tisch wie am Vortag und gab eine Runde Prosecco aus für seine *deutschen Freunde*.

Am nächsten Tag war ein Besuch des Vatikan vorgesehen. Man benutzte die U-Bahn, um dem chaotischen Straßenverkehr zu entkommen. Das Kaufen der Fahrkarten, das Herausfinden der richtigen Linie bereitete, trotz der Sprachbarriere, keine Schwierigkeiten. Als der Zug einfuhr und schon voll besetzt war, fragte man sich, wie die Traube der Wartenden noch Platz finden könnte. Zur Überraschung der Touristen fanden alle noch irgendwie Platz, ein Schwanken oder gar Umkippen während der holprigen Fahrt war nicht möglich, so dicht aneinander gepresst waren die Körper.

Als sich die Familie brav in die Schlange der Wartenden auf Einlass in den Petersdom einreihte, setzte leichter Nieselregen ein. Wie auf Verabredung, boten alle fliegenden Händler, mit großem Erfolg, Regenschirme an. Eine freundliche Dame, mit einem Lichtbildausweis an der Bluse, sprach Erik in perfektem Deutsch an: „Buchen Sie bei uns eine Führung, dann können Sie sich hier die Wartezeit ersparen." Sie nannte einen Preis, Erik multiplizierte ihn mit vier und lehnte dankend ab und konnte die Bemerkung nicht unterdrücken:

„Sieh an, auch heute noch lassen sich hier Privilegien gegen Zahlung erwerben, wie damals beim Ablasshandel."

Die nun nicht mehr so freundliche Dame wandte sich dem nächsten Interessenten zu, und Rudolf fragte: „Was ist denn ein Ablasshandel?"

„Im fünfzehnten Jahrhundert hat die katholische Kirche zur Finanzierung des Petersdoms in ganz Europa Gelder durch Ablasshandel eingetrieben. Durch Zahlung eines festgelegten

Betrages konnte sich ein Gläubiger von seinen Sünden freikaufen und damit dem Fegefeuer entgehen", erklärte Helga.

„Sünden sollten doch durch Reue und ein künftig besseres Verhalten überwunden werden, was hat das mit Geld zu tun und wer ist denn bereit für so etwas zu zahlen?", fragte Rudolf weiter.

„Die Menschen im Mittelalter waren abergläubisch und ihnen wurde, durch Predigten und die Bilder von der Hölle, Angst eingejagt, daher fühlten sie sich gedrängt, durch Ablass sich freizukaufen. Der damalige Slogan: Wenn das Geld im Kasten klingt, die Seele in den Himmel springt, war sehr erfolgreich. Es war sogar möglich durch Ablasszahlung einen schon lange Verstorbenen vom Fegefeuer freizukaufen", verkündete Erik mit einem lästerlichen Kichern und Kopfnicken.

„Du sollst nicht immer die Kirche schlecht machen, sie hat auch viel Gutes bewirkt, Krankenhäuser, Kindergärten und Pflegeheime werden oft von der Kirche getragen und finanziert. Übrigens hatte die Kirche im sechzehnten Jahrhundert den Ablasshandel verboten", protestierte Helga.

Inzwischen war man dem Nieselregen entkommen und an der Sicherheitssperre angelangt, die an die Kontrollen auf Flughäfen erinnerte, und nach dem Durchlaufen weiterer Warteschleifen gelangte man endlich in das Innere des Petersdoms. Erik war durch das lange Stehen erschöpft und er suchte eine Sitzgelegenheit, während die Söhne noch zur Kuppel aufsteigen wollten. Beim Anblick dieser Pracht, der edlen Fußböden, der erhabenen Kuppel und der Größe des Doms, fühlte man sich klein und unbedeutend und vielleicht ist es beabsichtigt dieses Gefühl zu erzeugen.

Die am Tiber Ufer gelegene Engelsburg konnte man Zufluss erreichen. Sie wurde eigentlich als Mausoleum für die

Kaiserfamilie gebaut, später diente sie als Burg, dann als Kerker und heute als Museum. Erik schaffte nur mit Mühe den steilen Aufstieg zur Engelsburg und organisierte nach der Besichtigung ein Taxi, um zu ihrem Lieblingsrestaurant zu gelangen.

Wie am Vorabend begrüßte der Chef mit einer Verbeugung seine *deutschen Freunde* und begleitete sie an ihren angestammten Platz. Da Erik an diesem Tag seinen vierundsechzigsten Geburtstag feierte, bestellten die Söhne eine Flasche Champagner und ließen den Vater hochleben. Pascal wollte seine vorbereitete Laudatio eigentlich auswendig vortragen, doch der Champagner zeigte Wirkung und er griff dann doch zu seinen Aufzeichnungen. Er lobte die eigene, sonnige Kindheit, die Mutter, die mit Anteilnahme, nicht Einmischung, und Liebe den Kindern immer zu Seite stand und mit geschickter Hand sich zuspitzende Situationen entschärfte. Der Vater, der als Versorger und bei Schwierigkeiten stets präsent war und manchmal weichenstellend eingriff. Dann trug er eine Anekdote aus seiner Kindheit vor, die Erik schon längst vergessen hatte, die jedoch bei der Erzählung ihm wieder ins Gedächtnis kam:

„Ich war zwölf Jahre alt und wir gingen in die Stadt zum Einkaufen. Es war Samstag und alle Parkplätze waren belegt. Du hast dich ja schon oft über Vorschriften hinweggesetzt und stelltest unseren Wagen auf einem gähnend leeren Privatparkplatz ab mit der Bemerkung: Ist ja nicht für lange. Als wir nach einer halben Stunde zurückkamen, war der private Parkplatz mit einem massiven Gitter verschlossen. Ich dachte: Das Auto ist verloren, wir müssen nach Hause laufen und fühlte mich mitschuldig. Du sagtest: Dumm gelaufen, versuchen wir es mit dem Chefangsttrick. Du klingeltest an der Erdgeschosswohnung, ein älterer Mann im blauen Kittel öffnete. Du fragtest mit lauter, drohender Stimme: Sind sie der Herr

Lehmann und als Hausmeister auch für die Garage verantwortlich? Die Antwort kam kleinlaut, wie bei einem Kind, das eine Strafe erwartete: Ja, worum geht es denn? Du fuhrst aufgeblasen fort: Da wurde ich zu einer wichtigen Besprechung zu Herrn Rossmann eingeladen und als ich zurückkam, finde ich mein Auto eingeschlossen vor. Schon bei dem Namen: Rossmann zuckte Herr Lehmann zusammen und er stammelte: Oh, entschuldigen Sie bitte! Er eilte in die Wohnung, holte die Garagenschlüssel, öffnete das Gitter und winkte uns mit einer tiefen Verbeugung aus dem Parkhaus. Als wir erleichtert heimwärts fuhren, wollte ich wissen, woher kanntest Du den Chef und wusstest, wo der Hausmeister zu finden war? Du lehntest dich zufrieden zurück und sagtest in weltmännischer Art: Klappt ja nicht immer und darum sollte man es nicht übertreiben, aber in Notsituationen kann Frechheit auch hilfreich sein. Neben der Einfahrt war das Firmenschild befestigt: Roma, Importe, Inhaber Paul Rossmann, und die Hausmeister wohnen oft in einer Dienstwohnung neben dem Objekt, es stand auch auf seinem Klingelknopf: Lehmann, Hausmeister, das waren meine Informationsquellen. Zwar hatte ich das Gefühl, dass wir im Unrecht waren und Deiner Handlung fehlte somit die väterliche Vorbildfunktion, aber diese Rettungsaktion fand ich cool und habe in meinem Leben den Chefangsttrick auch schon erfolgreich angewandt."

Inzwischen hatte die Familie zu Rotwein gewechselt und das leckere Abendessen war verzehrt. Man konnte die Umrisse des Kolosseums im Abendlicht erkennen, die Luft war mild und die letzten Pferdedroschken klapperten heimwärts. Jeder lehnte sich zufrieden zurück und zählte auf, was ihn besonders beeindruckt hatte an diesem Tag und Rudolf fragte nachdenklich: „Wir sind nun in Rom, dem Zentrum der katholischen Christen. Warum gibt es so unüberwindbare *Unterschiede zwischen Protestanten und Katholiken*, sie glauben doch beide an denselben Gott?"

„Martin Luther hat vor fünfhundert Jahren gegen den Ablasshandel protestiert, daher wurden seine Anhänger auch Protestanten genannt. Wegen der damaligen Misswirtschaft, erkennen sie den Papst als Oberhaupt der Kirche nicht mehr an, auch gibt es in der Liturgie Unterschiede und beim Abendmahl. Die Protestanten sehen in der Hostie und dem Wein nur ein Symbol für den Leib und das Blut Christi, die Katholiken glauben an eine Verwandlung der Hostie während der Messe in den Leib Christi", erklärte Helga.

„Der Islam hat doch auch zwei Glaubensrichtungen: Die *Sunniten und die Schiiten*, hier sind kaum inhaltliche Unterschiede. Die Schiiten fühlen sich als die Nachkommen der Lieblingstochter Fatima vom Propheten Mohammed und die Sunniten fühlen sich als die Nachkommen seiner Lieblingsfrau Aischa. Beide glauben sie seien die wahren Nachfolger des Religionsspenders und bekriegen sich gegenseitig in einem Erbfolgekrieg auf das Heftigste, genau wie Katholiken und Protestanten früher bei uns", ergänzte Pascal.

„Eigentlich wollen die Religionen einen friedfertigen und gottgefälligen Weg aufzeigen", griff Erik ein, „aber tatsächlich sind sie oft Auslöser von brutaler Gewalt, nicht nur damals im Dreißigjährigen Krieg, sondern auch heute noch in Nordirland und im Nahen Osten. Oft geht die Glaubenszugehörigkeit Hand in Hand mit der *Zugehörigkeit zu einer sozialen Schicht*. So fühlen sich viele Schiiten, die meist aus sozial schwächer gestellten Familien stammen, benachteiligt und neigen dazu sich zu religiös fanatischen Gruppen zusammen zu schließen. Wenn sie keine andere Chance sehen, werden sie mit Terror versuchen sich Gehör zu verschaffen, eine tickende Zeitbombe, die auch vor Europa nicht Halt machen wird!"

Um seinen Worten mehr Nachdruck zu verleihen, schlug er mit der Faust auf den Tisch, dass die Gläser bedrohlich wackelten und die Anderen irritiert schwiegen. Man merkte dem zu theatralischen Gesten neigenden Erik an, dass diese Entwicklung ihn tief beunruhigte.

Pascal schließlich unterbrach diese Pause mit einer Frage: „Es gibt Organisationen, die über Gelder aus Spenden und Beutezügen und über viele Waffen verfügen, sie wollen einen Gottesstaat errichten, wie im Mittelalter bei uns, als die Priester uns sagten, worin Gottes Wille bestehen würde. Diese Terroristen nutzen die Schwäche der Regierungen in Syrien, in Afghanistan oder dem Irak aus, destabilisieren diese Länder und erhalten Zulauf auch von Wanderkämpfern aus Deutschland oder den USA. Was veranlasst junge Menschen diesen Weg zu gehen?"

Helga fühlte sich aufgerufen eine Antwort zu geben, denn sie war in diesem Quartett diejenige, die sich am meisten mit religiösen Fragen beschäftigt hatte und sie war als Frau geeignet zwischen den Männern zu moderieren. Sie hatte der Kirche gegenüber eine moderatere Sicht als ihr Ehemann und bildete so ein ausgleichendes Gegengewicht:

„Ich denke da spielt ein ganzes Bündel von Motiven eine Rolle, wie: Armut, Chancenlosigkeit, Abenteuerlust, oder der Versuch unserer konsumorientierten, von der Finanzwelt kontrollierten, Lebensweise entgegen zu wirken. Die Bezeichnung: Heilige Inquisition, bei uns im Mittelalter oder heute: *Dschihad, Heiliger Krieg*, der immer mit Töten und Verbrechen einhergeht, stellt eine Perversion des Glaubens dar. Christentum und Islam verbieten übereinstimmend das Töten von Menschen. Die Religion scheidet daher als Hauptbeweggrund für Kriege aus."

„Das sehe ich anders", meldete sich Erik zu Wort, dabei hielt er in der einen Hand sein Weinglas, mit der anderen gestikulierte er heftig, dabei geriet sein Stuhl ins Wanken, „die Verwüstungen des Dreißigjährigen Krieges in Deutschland, die Teufelsaustreibungen und Hexenverbrennungen im Mittelalter, die Bartholohmesnacht in Frankreich, die noch andauernden Kämpfe in Nordirland, das sind alles religiös motivierte Konflikte, die ohne religiösen Fanatismus so nicht entstanden wären. Sie stehen an Grausamkeit den Taten der arabischen Terroristen nicht nach."

„Du hebst immer nur die Schattenseiten der Religion hervor, gib doch zu, dass die Religion sinnvolle Leitlinien und Orientierung gibt, die für ein gesellschaftliches Miteinanderleben unerlässlich sind und nach denen die Menschen in allen Kulturen suchen."

„Ich gebe zu, dass ich mich mit dem Glauben schwer tue, ähnlich wie unser Dichterfürst Goethe, der seinen Haupthelden: Faust, sagen lässt: Habe nun, Ach, Philosophie, Juristerei, Medizin und *leider auch Theologie* studiert mit heißem Bemühen. Ich erkenne, dass die Schöpfung, in die wir ungefragt hineingeworfen wurden, ein gigantisches Wunderwerk ist, dass ich mit meinem begrenzten Hirn nie erfassen kann, was die Welt im Innersten zusammenhält. Es gibt Regeln, die diesem Werk innewohnen, die ich annehmen und respektieren muss, man kann sie meinetwegen göttliche Gesetze nennen. Ich wäre dann ein gottgläubiger Mensch. Ich habe jedoch massive Probleme mit einem gütigen Gott, der alles in sieben Tagen geschaffen hat und ordnend und richtend in unseren Lebenslauf eingreift, der uns erhört, wenn wir ihn anbeten, der uns seinen Sohn Jesus geschickt hat, damit er all unsere Schuld auf sich nimmt, und der uns mit dem Paradies belohnt, aber nur, wenn wir ihn fleißig anbeten und brav und gottgefällig leben."

Helga empfand seinen Gesprächsbeitrag wenig hilfreich eher gotteslästerlich und blickte sich fragend nach ihren Söhnen um und suchte Zustimmung. Sie strich die Krümel vom Tisch, bestellte sich einen Prosecco, und antwortete dann: „Sieh doch Gott nicht als einen bärtigen, alten Mann in den Wolken, sondern als eine Kraft, die allumfassend, also auch in dir, wirkt und betrachte dein irdisches Dasein als eine Bewährungsprobe."

Rudolf hatte zwar mit seiner Frage diesen Disput ausgelöst, aber an einer religiösen oder philosophischen Diskussion war er wenig interessiert, daher folgte er nur unwillig dem Gespräch. Erik bemerkte das nicht, denn wenn er sich für ein Thema engagierte, dann neigte er dazu seine Meinung wie ein Messias zu verkünden und weit ausholend und lautstark zu sein. Sein Umfeld versank dann in den Hintergrund. Anders die feinfühlende Helga, sie merkte sofort, dass sich Rudolf wiederholt die Wange rieb und dass heute etwas mit ihrem Jüngsten nicht in Ordnung war und fragte:

„Geht es dir gut, Rudolf?"

„Eigentlich wollte ich mir meinen Weisheitszahn noch vor der Reise ziehen lassen, aber ich habe keinen Termin mehr bekommen und jetzt schmerzt er unangenehm."

Seine Mutter griff in ihre Handtasche, holte Tabletten heraus und sagte: „Nimm eine davon, die müsste schnell helfen."

Rudolf nahm die Pille mit einem Schluck Wasser und schon nach kurzer Zeit ließ der ziehende Schmerz nach:

„Man kann über unsere Pharmaindustrie meckern und ihr Streben nach Geld und Macht anprangern, aber unsere Vorfahren mussten ihre Schmerzen oft ungelindert aushalten oder einen Schlaganfall hinnehmen und das kann eine Ursache sein, warum sie das irdische Dasein als Jammertal empfunden haben und sich, mehr als wir, nach dem Paradies sehnten", griff Rudolf nun erleichtert in die Diskussion ein.

Erik musterte seinen Sohn, zog die Augenbrauen hoch, schüttelte zur Bekräftigung seinen ergrauten Kopf und verkündete: „Ich glaube, dass wir die Aufgaben des Lebens hier meistern müssen im Rahmen unserer Möglichkeiten und *uns zu höheren Wesen hin entwickeln sollen*, aber gerade dabei behindert mich die christliche Vorstellung der Weltordnung. Danach führt der Weg zu Gott nur über Christus, der für uns am Kreuz gestorben ist und wiederauferstanden sein soll. Uns wird mit den Zehn Geboten durch Gott gesagt, was wir zu tun und zu lassen haben. Wer die Gebote einhält, wird mit dem Paradies belohnt, wer die Verbote missachtet, wird mit der Hölle bestraft. Wenn wir das irdische Jammertal ertragen, und wenn wir nicht versuchen vom Baum der Erkenntnis zu naschen, winkt uns der Lohn in Form des Paradieses, aber erst *nach dem Tode!* Ich kann weder an die Auferstehung von Jesus noch an ein Weiterleben nach dem Tod glauben. Du bist doch damals konfirmiert worden."

Rudolf nickte lustlos und duckte sich instinktiv leicht, als fürchtete er, es könnte eine schwer zu lösende Quizfrage auf ihn zukommen.

„Erinnerst Du Dich noch an das Glaubensbekenntnis, das die Gemeinde in der Kirche vielleicht deswegen nur murmelt, weil auch andere Menschen Zweifel an diesem Bekenntnis hegen?"

„Au weh, da kann ich wohl nur eine Kurzfassung liefern, aber es beginnt: Ich glaube an Gott den Vater, den Allmächtigen Schöpfer Himmels und der Erden. Dann geht es irgendwie weiter mit: Ich glaube an Jesus Christus, den eingeborenen Sohn Gottes, der für uns gelitten hat, gekreuzigt wurde und wieder auferstanden ist. Er sitzt zur Rechten Gottes, um zu richten die Lebendigen und die Toten. Zum Schluss heißt es dann: Ich glaube an den Heiligen Geist, die Vergebung der Sünden, die Auferstehung des Fleisches und ein ewiges Leben."

„Siehst du, da hast du in konzentrierter Form das vorgetragen, woran ich nicht glauben kann."

„Vater, du neigst zum Dramatisieren", griff jetzt Pascal in die Diskussion ein. Er wollte seine Mutter unterstützen und das Gespräch in eine philosophische Richtung lenken: „Auch in anderen Kulturen machen sich die Menschen Gedanken über das Ziel des Lebens und über ein Weiterleben nach dem Tod. Die *Zehn Gebote* finden sich in ähnlicher Form schon auf der Säule des Hammurapi aus dem achtzehnten Jahrhundert vor Christus, in Babylon, oder im Koran, sechshundert Jahre nach Christus, also scheinen diese Gebote doch eine sinnfällige Basis für das menschliche Zusammenleben zu sein. Auch kann die Angst vor der Hölle manchen schwachen Menschen von einer Missetat abhalten, dann hat sie doch ihren Zweck erfüllt."

Erik spürte, dass diese Diskussion noch länger dauern könnte und er bestellte vorsorglich eine weitere Flasche Rotwein und Wasser. Für ihn war dieses Thema eigentlich ein rotes Tuch und darum wurde er auch hitziger als angebracht und er hob mahnend die Hand:

„Die *Zehn Gebote* sind ja überwiegend Verbote, aber sie erfüllen durchaus einen Sinn, das erkenne ich an. Mit dem sechsten Gebot tun sich viele schwer, insbesondere Dein Vater: Du sollst nicht ehebrechen, es mag vor zweitausend Jahren seinen Sinn gehabt haben. Der Mann konnte sonst nie sicher sein, dass er seine leiblichen Kinder aufzieht. Heute lässt sich mit einer DNA-Analyse die Abstammung genau feststellen, daher entfällt diese Sorge, und die untreue Ehefrau wird auch nicht mehr gesteinigt. Ich möchte gar nicht, dass Christus meine Sünden übernimmt und glaube nicht daran, die Sünden mit dem Beten von zehn Ave Maria abarbeiten zu können. Ich will zu meinen Taten stehen, obgleich ich zugeben muss, dass ich oft falsch gehandelt habe, und ich manches gerne rückgängig machen würde."

Helga wollte der hitzigen Debatte die Spitze nehmen und ihren isoliert wirkenden Ehemann unterstützen und trug mit ihrer Bemerkung zur allgemeinen Erheiterung bei: „Wenn auch untreue Ehemänner gesteinigt würden, dann wäre ich schon längst Witwe."

Erik spürte dankbar ihre heimliche Hilfe und drückte ihr einen Kuss auf die Stirn. Er musste so laut und herzlich lachen, dass die italienischen Gäste am Nebentisch, die sich selbst lautstark unterhielten, verwundert zu den deutschen Touristen herüberblickten, und er mit gedämpfter Stimme fortfuhr: „Ich habe unlängst ein Buch von Michael Schmidt-Salomon in der Hand gehabt, er hat ein **alternatives Glaubensbekenntnis** verfasst, das mir voll aus der Seele spricht, ich habe es auswendig gelernt und will es kurz vortragen:

Ich glaube an den Menschen
Den Schöpfer der Kunst
Und den Entdecker unbekannter Welten.
Ich glaube an die Evolution
Des Wissens und des Mitgefühls
Der Weisheit und des Humors.
Ich glaube an den Sieg
Der Wahrheit über die Lüge
Der Erkenntnis über die Unwissenheit
Der Phantasie über die Engstirnigkeit
Und des Mitleids über die Gewalt.
Ich verschließe nicht die Augen
Vor den Schrecken der Vergangenheit
Dem Elend der Gegenwart
Den Herausforderungen der Zukunft
Aber ich glaube,

Dass wir bessere Wege finden werden
Die Freude zu vermehren
Und das Leben zu bewahren.
Ich glaube an den Menschen
Der die Hoffnung der Erde ist
Nicht in alle Ewigkeit
Doch für Jahrmillionen.

Ich finde das so trefflich formuliert, so sinnvoll für den Alltag, so frei von Mythen und Wundern und so viel optimistischer als das christliche Glaubensbekenntnis."

Es trat eine längere Pause ein, jeder ließ schweigend die Worte auf sich wirken und dann ergriff Rudolf das Wort, er wollte ein anderes Thema ansprechen, lächelte verschmitzt, wie das seine Art war, und knüpfte an das Jüngste Gericht im Glaubensbekenntnis an: „Ich wurde vor meiner Firma zu einem Managerseminar eingeladen und da kam auch ein Psychologe zu Wort. Er legte uns Untersuchungen vor, die beweisen, dass unsere Entscheidungen zu über fünfundneunzig Prozent ein Ausfluss sind aus: Erbanlagen, Erziehung und Umfeld Einflüssen, wenn es überhaupt eine freie Entscheidung des Menschen geben sollte, dann kann sie sich allenfalls auf weniger als fünf Prozent stützen. *Die meisten Entscheidungen sind also vorher festgelegt, determiniert*, der Mensch hätte gar keine Wahlmöglichkeit und sollte dann folgerichtig vom Jüngsten Gericht auch nicht verurteilt werden. Wenn mir nur ein Weg offen steht, dann kann dem Sollen doch kein Können folgen."

„Ich habe zwei Söhne großgezogen und wenn ich Eure Entwicklung beobachte, komme ich zu dem Schluss, es gibt eine gewisse Entscheidungsfreiheit des Menschen. Vielleicht besteht sie darin, dass er manchmal Einfluss auf sein Umfeld nehmen kann", kommentierte Helga nachdenklich und nahm einen kräftigen Schluck Prosecco, als sei sie unsicher und müsse sich Mut antrinken: „Ich bin eine Frau, die sich mehr vom Gefühl leiten lässt, und das sagt mir, dass ich Alternativen bei meinen Entscheidungen habe, also entscheiden kann."

„Ich bin neulich geblitzt worden", mokierte sich Pascal, „seitdem fahre ich an dieser Stelle immer langsam. Wir erkennen daraus, dass der Mensch lernfähig ist und die Angst vor Strafe abschreckt und Einfluss auf die Entscheidung nehmen kann."

Erik musste grinsen: „Und hundert Meter weiter fährst du wieder schneller! Ich wünsche mir einen weiterentwickelten Menschen. Er soll nicht aus Furcht vor Strafe fünfzig in der Stadt fahren, sondern weil er innerlich überzeugt ist, es ist für ihn und die Allgemeinheit eine sinnvolle und notwendige Regelung. Der Mensch sollte die Erkenntnis haben, nicht aus Furcht vor der Hölle, es ist nicht gut meinen verhassten Nachbar zu töten, weil diese Tat Rache und Zwietracht sät und ein gesellschaftliches Zusammenleben torpediert. Das Leben lehrt uns, wenn wir Lügen und Intrigen verbreiten, dann merken es unsere Mitmenschen bald und meiden unsere Gesellschaft, die böse Tat bestraft sich selbst, auch ohne Strafangst."

Die Nacht hatte sich über Rom gelegt, der Verkehrslärm schwächte sich ab, bunte Lichter wurden sichtbar, die Vögel stimmten ihr Abendlied an und die Luft wurde kühler. Der Ober brachte eine Runde Grappa auf Kosten des Hauses und nahm die an den Sonnenschirmen hängenden Terrassenstrahler in Betrieb, die eine angenehme Wärme verbreiteten. Helga nutzte die Pause für einen Gang zur Toilette, die sich in einer Zwischenetage befand und ein längeres Suchen erforderlich machte. Nach ihrer Rückkehr ergriff sie erleichtert das Wort:

„Wir alle streben nach Glückseligkeit, sie zu erlangen bleibt unser höchstes Ziel. Wir wollen in Harmonie leben mit unseren Mitmenschen und mit der Natur, unser Inneres soll in Einklang mit unserer Überzeugung stehen und mit unseren Taten, dann stellt sich auch Zufriedenheit und Glück ein. Der Weg zu diesem Ziel ist die Tugend, durch Einhaltung der göttlichen Gebote, ihr mögt sie Regeln der Natur nennen, und der Beachtung unseres Gewissens."

„Vorsicht! *Das Gewissen ist ein unzuverlässiger Ratgeber*", kommentierte Pascal, „lass mich dafür ein Beispiel geben: In der Französischen Revolution haben biedere Hausfrauen reihenweise ihren Nachbarn den Hals abgeschnitten, nur weil diese eine andere politische Überzeugung vertraten, das Gewissen hat sich bei dieser Massenhysterie nicht gemeldet."

„Das kann ich nur bestätigen", unterstützte Rudolf seinen älteren Bruder, was er gerne tat, wenn er es irgendwie vertreten konnte: „unser Centerleiter zögert nicht einen Mitarbeiter grundlos niederzumachen, wenn das in sein strategisches Konzept passt und er spinnt täglich neue Lügen und Intrigen, ohne die geringsten Gewissensbisse zu zeigen."

„Der gottgläubige Mensch hat da kein Problem, denn die Zehn Gebote sind gottgegeben und damit nicht diskussionsfähig, egal ob wir sie mögen oder ihren Sinn verstehen. Wer sich gottgefällig verhält ist gut, wer seine Verbote missachtet ist böse." Von der Ferne hörte man Glockengeläut, das dem Gespräch einen feierlichen Rahmen gab. Die Sterne markierten sich hell gegen den Nachthimmel, eine Sternschnuppe schlang einen Bogen, als ob sie einen passenden Hintergrund zu Helgas Betrachtung liefern sollte.

Erik sah seine Frau liebevoll an und ließ seine Hand über ihren Kopf gleiten. Er kannte ihre Überzeugung seit Jahren und beneidete sie insgeheim um ihre Fähigkeit manche Dinge widerspruchslos hinnehmen zu können und innerlich zu akzeptieren, ihm fiel das oft schwer:

„Du hast vorhin eine so humorvolle Anmerkung zu meinem Problem mit dem sechsten Gebot gemacht, aber ich habe auch Probleme mit dem neunten und zehnten Gebot, die selbst bei den Schriftgelehrten zu uneinheitlichen Auffassungen führen: Du sollst nicht begehren deines Nächsten Haus, Weib, Knecht, Magd, Rind, Esel noch alles, was dein Nächster besitzt. Hier wird die Frau als ein Gegenstand aus dem Besitz des Mannes betrachtet, der Frau werden keine eigenen Entscheidungen zugebilligt und das Haus steht noch vor der Frau. Im Gebot müsste sonst auch stehen: Die Frau soll nicht begehren ihrer Nächsten Ehemann noch alles, was ihr gehört. Göttliche Gebote sollten doch für beide Geschlechter gelten. So wie das zehnte Gebot im zweiten Buch Moses steht, passt es nicht in unsere Zeit und die emanzipatorische Bewegung müsste laut aufschreien."

An der Stirnseite der Terrasse nahmen neu angekommene Gäste Platz, ein italienisches Paar mit der vierjährigen Tochter und einer gebrechlich wirkenden Seniorin, die sich auf einen Stock stützten musste. Für die Tochter wurde ein Kinderstuhl herbeigetragen, damit das strohblond gelockte Kind über die Tischkante schauen konnte. Ihre Mutter war dunkelhaarig, schlank, sie war eine aparte Erscheinung in ihrem figurbetonten, champagnerfarbenen, dezent ausgeschnittenen Kleid. Der Vater war groß, gut aussehend, mit graumelierten Haaren, einer markanten, römischen Nase und aristokratischen Bewegungen. Die Mutter ermahnte halbherzig ihre Tochter Paola still am Tisch zu sitzen und der Vater nickte bekräftigend. Allein die Tochter interpretierte diese Ermahnung mehr als eine lästige Anregung, rutschte von ihrem Stühlchen herab und ging auf

Helga zu: „Que bella", rief sie mit einem bewundernden Lächeln, als wollte sie sagen: „Du bist noch nicht so runzelig wie meine Oma." Helga holte zunächst den zustimmenden Blick der Mutter ein und bedankte sich für das kindliche Kompliment mit einem Gummibärchen aus ihrer Handtasche, die trefflich bestückt zu sein schien.

Bei diesem Anblick dachte Pascal unwillkürlich an seine Tochter Luisa, die er sehr vermisste. Sein Handy klingelte und Carola seine Ehefrau meldete sich erneut. Im Laufe des Telefongesprächs verfinsterte sich sein Gesicht zunehmend. Sie berichtete, dass Luisa vom Kinderstuhl gefallen sei und sich möglicherweise den Arm angebrochen habe. Sie sei nun völlig ratlos und Pascal sollte kommen und sie umgehend ins Krankenhaus fahren. Pascal tat es gut, dass seine Frau ihn brauchte und sehen wollte. Der praktisch veranlagte Rudolf hielt das Telefonat für einen Kontrollanruf und beruhigte seinen aufgeregten Bruder: „Falls der Arm wirklich gebrochen sein sollte, kannst du ihn nicht heilen. Sie kann sich eine Taxe ins Krankenhaus nehmen. Bei Pauschalflügen ist ein vorzeitiger Rückflug nicht möglich." Er wollte seine Meinung nicht verheimlichen und fügte noch hinzu: „Nach nunmehr vier Anrufen würde ich mein Handy abstellen", und wandte sich mit einer typischen Rudolf-Frage wieder der laufenden Diskussion zu:

„Wenn wir einmal davon ausgehen, dass Gott kein Mensch aus Fleisch und Blut ist, wie kann er uns dann seine Gebote übermitteln, wurden sie von einem Kometen an den Himmel geschrieben?"

„Für die Propheten und Religionsspender war es ein echtes Problem ihren Anhängern hier eine plausible Erklärung zu geben. Moses behauptete, er habe die zehn christlichen Gebote auf dem Berg Sinai während eines Gewitters von Gott direkt erhalten, auf zwei Steintafeln gemeißelt, die allerdings niemand gesehen hat. Mohammed hatte einen Traum während er meditierte. Da erschien ihm der Erzengel Gabriel und habe ihm die Gebote Allahs übermittelt."

„Auch unsere Philosophen tun sich schwer mit der Beantwortung der Frage: Was ist gut und was ist böse, wenn man diese Frage losgelöst von den göttlichen Geboten versucht zu beantworten", ergänzte Pascal die Ausführungen seines Vaters, „auch ein Mord kann nicht automatisch als eine böse, verdammenswerte Tat betrachtet werden. Wie wäre das Attentat auf Hitler zu werten, vom Graf Stauffenberg und der Gruppe deutscher Offiziere im Zweiten Weltkrieg, wenn es geglückt wäre? Das hehre Ziel des Attentats war ja eine sofortige Beendigung des längst verlorenen Krieges, die Beseitigung eines sadistischen Despoten und die Befreiung der Menschheit von dieser Geißel, die alle Gebote missachtete."

Erik sah fragend in die Runde und als niemand Interesse zeigte, schenkte er sich den letzten Wein aus der Flasche ein:

„Mir erscheint der *kategorische Imperativ* von dem Philosophen Kant ein brauchbares Maß für eine Trennung in Gut und Böse: *Überprüfe deine Handlung daraufhin, ob du sie als Maxime wollen kannst und sie für alle Menschen gelten kann.* Gut kann es nur geben, wenn das Böse als Gegenpol vorhanden ist, warm können wir nur empfinden, wenn es auch kalt gibt, unsere Welt ist polar aufgebaut. Der Mensch kann daher das Böse nicht abwerfen, das funktioniert nur in schlechten Filmen. Aber ich wünsche mir einen Menschen, der nicht aus Furcht vor Strafe das in jedem vorhandene Böse bekämpft, sondern aus einer allgemein anerkannten Notwendigkeit und inneren Überzeugung heraus. Ich hoffe, die Entwicklung des Menschen kann mit der rasanten Entwicklung der Technik mithalten, damit die Technik nicht einmal den Menschen beherrscht, wie in manchen Science-Fictionfilmen."

Pascal war noch durch Carolas Anruf beunruhigt und konnte nur halbherzig dem Gespräch folgen. Natürlich hatte er sein Handy nicht abgeschaltet, sondern begab sich nun zur straßenzugewandten Seite der Terrasse, wo der Empfang etwas besser war und die Familie nicht mithören konnte und rief seine Frau an. Es hatte sich herausgestellt, dass Luisas Hand nur verstaucht war. Rudolf kommentierte diese Nachricht mit hochgezogenen Augenbrauen und Kopfschütteln, aber er sagte nichts. Pascal knüpfte erleichtert wieder an die Diskussion an:

„Betrachten wir die Meilensteine in der Entwicklung des Menschen: Aufrechter Gang, Zusammenschluss zu Sippen, Entwicklung einer Sprache und Bau von Geräten und Waffen aus Stein. Ein großer Entwicklungssprung wurde möglich durch die Fähigkeit Feuer zu entzünden, damit konnte man Speisen kochen, Metalle flüssig machen und sich hochwertigere Waffen und Geräte bauen. Züchtung von Nutzpflanzen, Entwicklung der Schrift und der Zahlen und Entwicklung geeigneter Staatsformen. Transportwege und die Schifffahrt öffneten die Welt, Universitäten kultivierten die Wissenschaften und den Humanismus, durch die Erfindung von Maschinen und Motoren wurde körperliche Arbeit fast überflüssig und die Informationstechnik eröffnet heute eine neue Dimension der Datenübertragung."

„Halt! Da liegt die Lücke", unterbrach ihn Erik, „seit 1850 hat die Technik gewaltige Fortschritte erzielt, jedoch der Mensch ist in seiner Entwicklung beim Humanismus stehen geblieben."

„Das sehe ich nicht so", protestierte Helga, „mein Großvater ist noch mit Begeisterung und Patriotismus in den Ersten Weltkrieg gezogen, die Errichtung von Kolonien hielt er für ein legitimes Recht von Großmächten, und dass einige Klassen des Volkes eine dienende, andere eine beherrschende Rolle ausübten, hielt er für gottgewollt. Betrachte ich den Standpunkt meiner Kinder heute, so stelle ich durchaus eine Weiterentwicklung des Menschen fest."

„Ich sehe darin zwar eine positiv zu wertende Bewusstseinserweiterung, aber keine wirkliche Weiterentwicklung des Menschen. Der Begriff: Übermensch, den Nietzsche geprägt hatte, wurde in der Vergangenheit oft als Herrenmensch interpretiert und missbraucht, daher möchte ich für meinen weiterentwickelten Menschen eine andere Bezeichnung finden. Dieser Mensch *will nicht beherrschen*, er will Verantwortung für seine Handlungen selbst übernehmen, ich will ihn *Hypermensch* nennen. Er hat erkannt, dass ihn einige seiner Charaktermerkmale hindern die *angestrebte Glückseligkeit* zu erreichen, dazu gehören: Hass, Eifersucht, Neid, Gier, Bosheit, Missgunst, Rache- und Streitsucht, Jähzorn, krankhafter Ehrgeiz und Egoismus, um nur einige zu nennen. Diese *Glückshemmer* kennt der *Hypermensch* und fühlt sie auch in sich, aber er setzt sie nicht ein oder kann sie beherrschen. Er ist bereit für seine Handlungen selbst einzutreten, obwohl diese zuweilen schlecht sind. Er verzichtet wohlgemut auf eine Instanz, die seine Sünden übernehmen will, und muss sie daher auch nicht anrufen oder zu ihr beten."

Erik deutete mit beiden Händen eine Wolke an und richtete den Blick himmelwärts, dann blickte er seine verzweifelt dreinblickende Frau an: „Mit seinen Zweifeln und seiner eigenen Unzulänglichkeit muss er versuchen selbst zu Recht zu kommen. Er weiß, dass er sich seine Charaktereigenschaften nicht aussuchen konnte und er arbeitet an sich, um das Böse in ihm zu zügeln. Der *Hypermensch* handelt, wie der Pilot eines Passagierflugzeugs, nach erlernten und oft eingeübten, rein sachlichen, wohl überlegten Gesichtspunkten, ohne

Imponiergehabe und Selbstüberschätzung. Wenn wir nach einer anerkannten Ethik handeln würden und unsere niederen Triebe kontrollieren könnten, dann hätte die Menschheit einen Entwicklungssprung erzielt, der vergleichbar dem damaligen Feuerentfachen wäre."

„Ich stelle mir einen solchen Hypermenschen als einen emotionsarmen, maschinenähnlichen, armen Tropf vor", platzte es aus Helga heraus.

Rudolf: „Ich bin ein praktisch denkender Mensch und versuche mir einen solchen Typen in der Praxis vorzustellen. Wie wirken sich denn diese veredelten Charaktermerkmale im Alltag deines Hypermenschen aus?"

„Der Hypermensch hat erkannt, dass Gier zum Raubbau am Planeten führt, dass Aggression und Machtstreben zur Entwicklung von atomaren, chemischen und biologischen Waffen führen, die das Potential haben unsere Erde unbewohnbar zu machen. Der *Hypermensch* weiß, dass er finanzielle Mittel benötigt, um seine Grundbedürfnisse zu befriedigen. Er weiß hingegen auch, dass *demonstrativer Konsum*, der Neid erzeugen will, sein Glück hemmt. Er hat erkannt, dass ein Zusammenraffen und Verteidigen von Kapital nur mit dem Ziel, Kapital zu vermehren und Macht anzuhäufen, die Quelle von Übel ist. Der *Turbokapitalist* wird verleitet, oft gezwungen, Gemeinheiten oder gar kriminelle Handlungen zu begehen, die ihm dann Unbehagen schaffen und er schämt sich dafür. Der *Hypermensch* ist überzeugt, dass alles, was Lebensqualität bewirkt, nicht im Konflikt mit seiner Ethik stehen darf, es lässt sich nicht käuflich erwerben und er hat die Fähigkeit danach zu handeln."

„Wie soll dein Hypermensch als Arbeitnehmer in Zeiten von hoher Arbeitslosigkeit funktionieren?"

„Ein Gesetz zum Beispiel: Ab 2017 ist die Gründung von Scheinfirmen verboten, die das Ziel haben Gewinne zu verschieben, wäre völlig überflüssig. Eine Firma, die schurkische Handlungen von ihren Mitarbeitern erwartet, findet unter den *Hypermenschen* keine Mitarbeiter mehr, trotz der Arbeitslosigkeit."

Pascal griff nun wieder in das Gespräch ein, als wollte er seinen Vater wieder zurückholen aus seinen schöngeistigen Gedanken, die er für utopisch hielt, in einer realen Welt: „Das kann nur funktionieren, wenn alle Menschen sich zu Hypermenschen entwickeln würden und das ist keineswegs sicher. Der Kommunismus ist gescheitert, weil er von einem zu idealistischen Menschenbild ausgegangen ist."

Der Wein war ausgetrunken, die Terrasse hatte sich inzwischen geleert und der Kellner trat ungeduldig von einem auf das andere Bein.

„Bitte zahlen", rief Erik, sehr zur Erleichterung des Kellners, der sofort an seinen letzten besetzten Tisch eilte, um zu kassieren und sich mit einem übertrieben langgezogenen: „Buona notte", verabschiedete.

„Wir können dieses Thema zu keinem Abschluss führen, selbst wenn der Kellner noch mehr Geduld gezeigt hätte", fasste Erik auf dem Rückweg zum Hotel das Gespräch zusammen, „aber in Rom wird man zu einer Auseinandersetzung mit Glaubensfragen angeregt."

„Wärst Du eigentlich sehr enttäuscht, wenn Dein Hypermensch dem Papst die Hand küssen würde, damit sein Weg in den Himmel geebnet wird?", spöttelte Rudolf und zupfte seinen Vater an der Nase. Es war seine Art ihn zu necken und zu signalisieren, dass er über das Ende dieser Diskussion nicht wirklich traurig war.

Die Rückreise war für den nächsten Tag vorgesehen. Die Familie hatte so viel Schönes gemeinsam erlebt und so viel Beeindruckendes gesehen, daher wären alle gerne noch länger geblieben. Das gemeinsame Erleben hatte das Band der Familie erneuert und man war sich, wie in alten Tagen, vertraut und fühlte sich geborgen, so als seien die nun erwachsenen Kinder wieder in den Mutterschoß zurückgekehrt. Diese Familienreise war umfangen von einer Harmonie, die beim Abschied wehmütig stimmte.

Kapitel 14
Das letzte Konzert
Berlin, 2015

Der Sommer war sehr warm und trocken. Helga und Erik pflegten im Sommer nicht mehr zu verreisen, seit die Kinder außer Haus waren und so verbrachten sie die Abende oft lesend oder diskutierend oder still beieinander sitzend im Garten. Eriks Konzerte wurden seltener, denn auswärtige Termine wollte er nicht mehr wahrnehmen, er fühlte sich wohl zu Hause und zunehmend unsicherer auf Reisen. Die Zeit der großen Feste lag auch schon einige Zeit zurück, denn sie bereiteten im Alter mehr Anstrengung als Freude.

Erik hatte zu komponieren begonnen, und das bereitete ihm viel Freude. Dafür hatte er sich ein elektronisches Klavier angeschafft und in seinem Arbeitszimmer aufgestellt. Es hatte zwar nicht den breiten Klang seines Konzertflügels, aber die Lautstärke war einstellbar, ein Klavierstück konnte ohne Mikrophon direkt aufgenommen werden und das elektronische Klavier musste nie nachgestimmt werden, daher war es zum Komponieren gut geeignet. Manchmal ging Erik nachts eine Melodie durch den Kopf, dann stand er auf und hielt sie auf einem Notenblatt oder in seinem Rechner fest. Gelegentlich trug er eine eigene Komposition bei einem seiner Konzerte vor, doch er musste immer wieder betrübt feststellen, dass seine Zuhörer bekannte Melodien von eingeführten Komponisten seiner Komposition vorzogen.

Wegen seiner Nachtaktivitäten, aber auch weil das alternde Paar nachts die Toilette aufsuchen mussten und er im Schlaf Geräusche produzierte, hatten Helga und Erik schon vor einiger Zeit beschlossen in getrennten Zimmern zu schlafen. Als Pascal davon erfuhr, stellte er seinem Vater eine seiner bohrenden, indiskreten Fragen:

„Habt ihr noch Sex miteinander?"

Erik genierte sich nicht über das Thema zu sprechen, aber nur wenn er den Wunsch hatte sich drüber zu äußern, an diesem Tag spürte er diesen Wunsch nicht, daher antwortete er mit einem Scherz: „Da kommen zwei Schweizer während einer Bahnfahrt ins Gespräch, sagt der Eine: Weihnachten ist ein schönes Fest. Weil die Schweizer nicht so spontan sind, dauert es bis zur nächsten Station, da antwortet der Andere: Sex ist auch ein schönes Erlebnis. Als der Erste am nächsten Bahnhof aussteigt, ruft er: Aber Weihnachten ist öfter!"

Pascal, der begann sich über seine eigene Sexualität im Alter Gedanken zu machen, schmunzelte brav über den väterlichen Witz, aber seine Wissbegierde war dadurch noch nicht gestillt, daher formulierte er seine Frage um: *„Funktioniert Sex im Alter noch?"*

„Das ist nicht das Problem, notfalls kannst man heute mit Viagra nachhelfen. Das Problem ist eine Frau zu finden, die dich anmacht und die mit dir *kuscheln will.* Über deine Mutter möchte ich dazu nichts sagen, die solltest du schon selbst befragen. Aus Sicht des Mannes kann ich Dir sagen, es funktioniert, alles dauert etwas länger und ist etwas beschwerlicher, aber das Bedürfnis ist unverändert vorhanden, nur nicht mehr so dringend, wie früher. In unserer, von erotischer Werbung geprägten Welt, wird das Schönheitsideal der Frau mehr als beim Mann auf das Äußere fokussiert. Sie mutiert zwischen ihrem fünfzigsten und sechzigsten Lebensjahr von einer noch attraktiven zu einer alten, omaähnlichen Frau."

Pascal, der sich vorstellte seine Carola würde diesem Gespräch beiwohnen, beugte sich vor, wiegelte mit der Hand ab und fand Worte der Verteidigung für das weibliche Geschlecht: „Na, so sexy sieht ein Mann im Alter auch nicht mehr aus mit Glatze, Hosenträgern und einem dicken Bauch."

„Zugegeben, der Mann wird in dieser Zeit auch nicht schöner, aber bei ihm werden andere Qualitäten höher gewertet als ein hübsches Gesicht. Die Frau, die ich anziehend finden könnte, wäre fünfzig Jahre alt oder jünger und damit mindestens vierzehn Jahre vor mir geboren. Leider interessiert sich eine solche Frau nicht für mich und die mit vierundsechzig Jahren finde ich nicht anziehend und sie hat auch oft keine Lust mehr auf Sex. Ferner meidet sie verheiratete Männer durch die Erfahrung: Der benutzt eine Frau doch nur um ein schnelles Nümmerchen zu drehen und tattert dann wieder zu seiner Alten zurück. Bei diesen Rahmenbedingungen werden selbst die Sehnsüchte eines noch ansehnlichen Pianisten ungehört verhallen und er muss sich ungestillt im verwaisten Bett herumwälzen, oder wieder auf Handbetrieb umschalten. Weil die Natur das so eingerichtet hat, darum gibt es seit Menschengedenken die käufliche Liebe, dabei wirst Du eine Frau selten als Kundin finden."

Auch Pascal würde mit seiner Carola gern öfter schlafen und spüren, dass sie Lust auf ihn hat, aber seit der Geburt von Luisa kümmerte sie sich mehr um das Kind, der Ehemann war nur noch nützlich und wurde dafür gelegentlich mit Zärtlichkeit belohnt. Ihm war die Situation auch aus Sicht des jüngeren Mannes durchaus vertraut, die sein alternder Vater voll Bedauern so trefflich beschrieb.

Die Freundin von Helga Charlotte, die ihr Anregungen beim Malen gegeben hatte und mit der sie einige Vernissagen gemeinsam veranstaltet hatte, war nach einer längeren Krankheit gestorben. Der große Meister, der die Malgruppe ins Leben gerufen und geführt hatte, war nach München zu seinen Kindern zurückgezogen. Diese beiden Idole hinterließen eine schmerzliche und tiefe Lücke und Helgas Bilder wurden kraftloser, ohne Inspiration, auf der letzten Ausstellung konnte sie kein einziges Bild verkaufen. Schließlich verlor sie die Lust am Malen und wandte sich der Literatur zu. Erik, der sich im Alter auch mehr der Literatur zuwenden konnte, begrüßte ihre Hinwendung zu Büchern und liebte den Gedankenaustausch über ein gelesenes Buch mit ihr. Durch das Gespräch mit dem Partner wird der Geist geschärft, auch erlebt die Frau im Buch beschriebene Situationen oft anders als der Mann und erweitert auf diese Weise seine Sicht und umgekehrt. Erik saß oft mit Helga lesend vor dem Kamin oder im Garten und sie zitierten gelegentlich aus ihrer Lektüre besonders beeindruckende Textstellen. Er las gerade einen Roman über eine turbulente und unglückliche Zweierbeziehung und er dachte an die Zeit vor etwa acht Jahren, die ihn heute noch belastete, als Helga sich durch seine Liebe verraten fühlte und Helena von einer Liebe sprach, die auch kreuzigen kann, daher rutschte ihm ungewollt die Frage heraus:

„Würdest Du mich noch einmal heiraten?"

Sie blickte von ihrem Buch auf und sah ihn über die Lesebrille abwägend und gütig an. Es trat eine Pause ein, die ihn unruhig machte, schließlich antwortete sie charmant lächelnd: „Ja, ich würde Dich immer wieder heiraten, vielleicht, weil ich mir einen anderen Mann nicht vorstellen will!"

Erik lehnte sich erleichtert in den Sessel zurück, griff nach dem Rotweinglas und atmete tief durch, denn er war sich ihrer Antwort nicht sicher gewesen. „Du hast immer für die Familie gesorgt", fuhr sie fort, „warst ein guter Vater und bemühter Ehemann und hast mich auf Deine Weise geliebt, auch wenn mir Deine Liebesabenteuer Schmerzen bereitet haben. Du solltest fliegen in die weite Welt, mein stolzer Kranich, Dich auf

Deinen Schwingen empor tragen lassen und wenn Du erschöpft warst, solltest Du zurückkommen, ich war immer für Dich da und werde immer für Dich da sein. Es erfüllt mich mit Dankbarkeit, dass Du mir viel geben konntest, aber Du bist eine sehr dominierende, starke Persönlichkeit und es war schwer an Deiner Seite mich zu behaupten, nicht unterzugehen und die eigene Persönlichkeit nicht zu verlieren. Ich fühlte mich oft plattgewalzt und in die Ecke gestellt von Deinem Erfolg, aber auch von Deiner besserwisserischen Art. Das hat viel Kraft gekostet und ich habe gelegentlich eine Auszeit benötigt. Vielleicht bin ich als Malerin gescheitert, weil Dein Talent und Deine Erfolge alles andere in den Schatten gestellt hatten und klein erscheinen ließen."

„Sei nicht so bescheiden! Du hast mir das gegeben, was einem Manne fehlt, dadurch konnte ich in mir ruhen und habe Kraft für Kreativität gefunden, Du bist die notwendige Ergänzung in meinem Leben. Auch war ich dankbar, dass unsere Kinder aufgewachsen sind von den denkbar besten Händen beschützt. Ich finde die *Zweigeschlechtlichkeit ist das Tollste, was die Schöpfung hervor gebracht hat,* mit einer Frau zusammenzuleben ist erfüllend, anstrengend und spannend zugleich. Bei aller Toleranz gegenüber der Homosexualität, das hat sie nicht zu bieten."

„Eifersucht ist eine negative Eigenschaft, die das Glück hemmt, Dein Hypermensch kann sie beherrschen, *ich nicht!* Ich sehe in der Ehe sogar eine Rechtfertigung für die Eifersucht. Du machst keinen Hehl daraus, dass die Ehe für Dich nicht die beste Form für eine Zweisamkeit ist, warum hast Du dann geheiratet?"

„Ich wollte mich vor Dir und vor der Welt zu Dir bekennen und war froh, dass Du mich endlich erhört hattest. Auch fand ich, Deine und meine Eltern hatten sich das lange erwartete Hochzeitsfest verdient und schließlich galt es vor vierzig Jahren als Makel, wenn ein Kind unehelich geboren wurde, das wollte ich Dir und unseren Kindern nicht antun. Ich wusste jedoch immer, dass ich keine Idealbesetzung für einen Ehemann darstellte."

Helga wollte sich mit seiner Antwort nicht zufrieden geben, sie hoffte von ihm ein deutliches Bekenntnis zur Ehe zu hören: „Ein freies Zusammenleben lässt immer ein Hintertürchen offen, einen Fluchtweg, ein Netz unter dem Drahtseilakt. *Ehe ist ein Abenteuer, risikobehaftet, konsequent und unerbittlich.* Durch das Sicherheitsnetz unter dem Drahtseilakt geht alles Abenteuerliche in der Zweisamkeit verloren und wird flach, weil man jederzeit die Flucht ergreifen kann. Ehe ist ein Kunstwerk, an dem man arbeiten muss, um es in eine gelungene Form zu bringen. Ein Mensch, der ohne Partner lebt, muss diese Arbeit nicht vollbringen, dafür verpasst er die Freuden des gemeinsamen Erlebens und die größte Freude des Lebens: Jemanden glücklich machen zu können."

„Dein Vergleich zwischen Ehe und Abenteuer gefällt mir gut, aber empfindest Du einen Unverheirateten als einen feigen Warmduscher, der das Abenteuer scheut nur weil er sein Salto lieber über einem Sicherheitsnetz ausführen will?"

„Die Einstufung: Feige, passt nicht so richtig, denn dieser Warmduscher hat den Mut im Alter allein zu sein und sich selbst ertragen zu müssen. Ich habe diesen Mut nicht und sonne mich in der ehelichen Zweisamkeit."

Die Herbstsonne stand jetzt so schräg, dass sie Erik blendete. Er erhob sich und wollte die Markise über der Terrasse ausfahren, dabei fuhr ihm wieder ein stechender Schmerz in den Rücken und er musste sich an der Tischkante abstützen, um das Knie zu entlasten, bevor er die Kurbel betätigen konnte.

„Bei Schmerzen oder im Tod ist jeder Mensch allein und nur auf sich gestellt, trotz aller Anteilnahme durch den Partner und die

Familie. Aber es ist recht beruhigend, wenn neben mir, auf dem weiten Meer des Lebens, ein anderes, vertrautes Schiff fährt und es in Rufweite bleibt, auch ohne vertraglich dazu verpflichtet zu sein und mich einfach nur begleitet."

Es klingelte zweimal kurz und einmal lang, das war das Erkennungszeichen, das Erik mit Luisa verabredet hatte. Carola hatte Besorgungen in der Nähe zu erledigen und wollte ihren Schwiegereltern einen kurzen Besuch abstatten und einige von den Weintrauben mitnehmen. Sie waren jetzt reif und waren Eriks ganzer Stolz, er lobte, weit ausholend, ihre Qualität und verschenkte gerne seine Trauben. Luisa sprang auf den Schoß ihres Großvaters und drängelte:
"Opa erzähle mir eine Geschichte, bitte, sie soll heute von einer Fee, einem Teufel und einem U-Boot handeln."
Es war üblich, dass in die Geschichten drei Schlagworte nach Luisas Wahl einfließen sollten. Die Fee war oft dabei, das U-Boot war ungewöhnlich und bereitete dem Erzähler Schwierigkeiten. Um Zeit zum Überlegen zu gewinnen, fragte Erik: „Na, wie geht es denn in der Schule?"
„Alles im grünen Bereich, nur mit deinem Sohn habe ich Probleme, alles verbietet er mir."
Erich musste über Luisas Titulierung lachen und begann seine Geschichte zu erzählen. Sie war recht abenteuerlich und der Teufel hätte fast gesiegt, da tauchte das U-Boot auf und rettete die Fee. Die Geschichte endete mit dem Satz: Und wenn sie nicht gestorben sind, dann belasten sie die Rentenkasse heute noch.
Der großväterliche Scherz erschreckte Luisa: „Müssen auch Feen in die Rentenkasse einzahlen?"

„Bisher noch nicht, aber versuchen würden es die Rentenversicherer, wenn sie einmal eine Fee erwischen könnten", antwortete Erik mit einem Schmunzeln.

„Du sollst dem Kind nicht immer solchen Unsinn erzählen", zischte Carola, die immer mit einem halben Ohr mithörte. Erik wusste wohl, dass Carola mithörte und was ihr missfiel, aber er hatte einen diebischen Gefallen daran, sie zu necken und das Kind an ungewöhnliche Fragen heranzuführen.

Als er sich umdrehte schob er mit dem Ärmel versehentlich die Stoffpuppe der Fee vom Tisch, die auf den Boden fiel. Luisa hob sie auf, streichelte sie und sprach tröstend auf die Puppe ein: „Ich weiß schon, dass das nur eine Fee aus Stoff ist, aber meinst du nicht, dass ihr das weh tut, wenn sie so hart auf den Boden knallt?"

Erik entschuldigte sich bei der Puppe und spielte für die verunglückte Fee auf dem Flügel ein Gutenachtlied.

In den folgenden Wochen bereitete sich Erik auf sein großes Konzert vor, das im November geplant war. Er fühlte sich schwach und ausgebrannt und nicht gut in Form, daher übte täglich mehrere Stunden. Einige der Läufe saßen noch nicht so, wie er es sich wünschte und was ihm früher leicht von der Hand ging, bereitete ihm nun zunehmend Schwierigkeiten, die Finger wirkten einfach zu träge für manche der schnellen Passagen.

Am Tag vor dem Konzert fühlte er sich unwohl, Druck in der Brustgegend, Kopfweh und ein flaues Gefühl im Magen. Helga riet ihm das Konzert abzusagen und das Bett zu hüten. Erik hatte sich so lange darauf vorbereitet, auch war sein Name als Solist groß angekündigt worden, daher wollte er den Termin nicht absagen. Helga nannte ihn einen unverbesserlichen Sturkopf und war einmal mehr in großer Sorge. Erik erklärte, er habe sein Leben gelebt, nichts sei offen geblieben und man sollte abtreten, bevor alles senil und hässlich wird. Diese ehrliche Meinung trug nicht gerade zur Beruhigung seiner Ehefrau bei. In der Nacht schlief er schlecht und erwachte schweißgebadet und er fühlte sich am Konzerttag nicht besser als am Vortag. Als er jedoch das gesteifte Hemd und den Frack anlegte, noch eine kurze Übung am Flügel probte, und als schließlich die Limousine vorfuhr, um ihn abzuholen, fühlte er sich wie auf Engelsschwingen getragen, und seine Beschwerden waren wie weggeblasen.

Das Konzert war seit Monaten ausverkauft und die Menschen drängten sich vor dem festlich erleuchteten Haus, als die Limousine Erik am Hintereingang absetzte. Einige Besucher hatten sich dort versammelt und begrüßten ihn mit Beifall und Autogrammwünschen. Erik nahm diesen Rummel gar nicht richtig wahr, auch nicht die Begrüßung durch den Dirigenten und schwebte in den für ihn reservierten Raum. Als ein Lichtzeichen und die Lautsprecherstimme seinen Auftritt ankündigten, begab er sich, wie von Engeln getragen, auf die Bühne, nahm mit einer Verbeugung den Beifall entgegen und setzte sich an den Flügel, der Druck in der Brust blieb. Er spielte, wie in Trance, die Hände glitten über die Tasten und Erik wusste oft selbst nicht mehr welche Stelle des Konzerts er gerade spielte. Der Dirigent folgte an manchen Stellen dem von Erik vorgegeben Tempo, das durch seine Intuition bestimmt war. Der Schmerz in seiner Brust wurde stärker, Erik musste seine ganze Energie aufbringen, um den Schlussakkord zu greifen, der Vorhang fiel und Erik brach am Flügel zusammen. Die Zuhörer waren begeistert und spendeten stehenden Applaus, aber heute warteten sie vergeblich darauf, dass sich der Vorhang noch einmal öffnete. Der eilig herbeigerufene Notarzt konnte nur feststellen: Tod durch Herzinfarkt.

Die Familie war tief traurig, weil der geliebte Patriarch unerwartet aus ihrer Mitte gerissen wurde. Das Orchester bedauerte den Tod eines Kollegen, dessen Name oft für ausverkaufte Häuser gesorgt hatte und der als Ausnahmemusiker auch das Orchester mitgerissen hatte. Die Presse und Eriks Plattenfirma freuten sich über die Auflagensteigerung, die dieses Ereignis mit sich brachte.

Helena hörte vom Tod Eriks in den Nachrichten. Obwohl sie ihn seit fünf Jahren nicht mehr gesehen hatte, pflegten beide einen intensiven Meinungsaustausch über das Telefon. Sie fühlte sich ihm sehr nahe, er war die Begegnung ihres Lebens und sie musste sich zu der Vorstellung förmlich zwingen, dass er plötzlich nicht mehr da war. Er hatte ihr nie gehört, aber jetzt fühlte sie sich verlassen und alleine gelassen, wie ein einsamer Frontsoldat, dessen bester Kamerad gefallen war. Helena sagte alle Termine ab, verbarrikadierte sich in ihrem Haus, öffnete eine Flasche Champagner, den sie früher zusammen gerne getrunken hatten, und ließ die gemeinsame Zeit noch einmal Revue passieren: Die Begegnung in München, der gemeinsame Wintersport, die Erfüllung spendenden Nächte und ihre heimlichen Treffen an illustren Orten irgendwo in der weiten Welt. Immer, wenn sie zusammen waren, stellte sich eine hohe, von Flügeln und gegenseitigem Verständnis getragene Zeit ein. Sie musste auch an ihre schmerzlichen inneren Konflikte denken, an ihre nicht erfüllten Hoffnungen und an das Loch, in das sie nach manchem Treffen gefallen war. Sie legte sich die Halskette an, die er ihr in München gekauft hatte und fühlte, wie seine Hände sie umschmeichelten, als er ihr die Kette anlegte. Aus der Stereoanlage klang leise von Erik gespielte Klaviermusik. Das Telefon klingelte, sie hob nicht ab, sondern ging, leicht schwankend, in die Küche, um eine zweite Flasche Champagner zu öffnen.

Nach ihrem Ausflug in die Vergangenheit wurde sie in die Gegenwart zurückgeholt, sie wollte bei der Beerdigung anwesend sein, aber sie wollte die Familie nicht provozieren. Sie erinnerte sich an einen alten Westernfilm, in dem der Held sich auf einem Baum versteckte, um bei der Beerdigung seiner Mutter dabei sein zu können, ohne vom Sheriff gefasst zu werden. Ein solches Versteckspiel schien ihr jedoch unwürdig und sie verwarf den Gedanken, ohne eine Lösung zu haben.

Der praktisch denkende Rudolf wusste seit langem von der Beziehung seines Vaters zu Helena und konnte, als sensibel fühlender Mensch, sich ihren Konflikt ausmalen. Er stellte sich die Frage: Was wäre der Wunsch meines Vaters gewesen? Dann stimmte er sich mit seinem Bruder ab und lud kurzerhand Helena im Namen der Söhne ein, an der Trauerfeier teilzunehmen.

Als sich Helga und Helena zum ersten Mal von Angesicht zu Angesicht gegenüberstanden, waren sie sich auf Anhieb sympathisch, fast wie zwei, seit langem vertraute Schwestern, mit einem Schatz an gemeinsamen Empfindungen. Sie trösteten sich in ihrem gemeinsamen Schmerz und Keine hatte das Gefühl, die Andere hätte ihr etwas weggenommen. Helga schämte sich, dass sie ihre Nebenbuhlerin als Flittchen und Schlampe bezeichnet hatte und Helena schämte sich, dass sie, ohne es zu wollen, die Ursache für den Schmerz einer Freundin war. Das schlechte Gewissen der Einen wurde jeweils durch die verständnisvollen Worte der Anderen besänftigt.

In der Friedhofskapelle war Eriks Sarg aufgebart, der mit Noten bemalt und mit Blumen überhäuft war. Die Familie wollte die Beisetzung im kleinen Kreis begehen, daher wurden alle Reden von offiziellen Würdenträgern abgesagt. Trotzdem konnten nicht alle Trauergäste Platz in der Kapelle finden. Für Eriks Familie und die engen Freunde wurde die erste Reihe reserviert.

Luisa ging auf den Sarg zu, legte ihre Lieblingspuppe die Fee auf den Sarg mit den Worten:

„Opa, stell dir vor, sie ist plötzlich stumm geworden."

Dann stieg sie, begleitet von Helga, die Empore hinauf und verkündete von oben mit ihrem Stimmchen:

„Lied von der Fee, von meinem Opa Erik", und spielte auf der Orgel ein von Erik komponiertes Stück. Die Fingerchen huschten fehlerfrei über die gewaltige Tastatur und bei jedem neuen Auftakt ging sie leicht mit dem Oberkörper vor, wie sie es bei Erik beobachtet hatte. Könnte Erik ihren Auftritt jetzt miterleben, er wäre stolz auf seine, im Rampenlicht stehende, Enkelin gewesen, die ein musikalisches Talent von ihm geerbt hatte. Er hätte das Gefühl gehabt, ein Hauch von ihm lebt fort, sicherlich nicht für alle Ewigkeit, aber doch für einige Generationen. Er könnte auch zum ersten Mal erleben, dass seine Komposition gut bei den Zuhörern ankam, ja sogar Ergriffenheit auslöste. Es scheint, als würde das Werk eines verstorbenen Künstlers auch deswegen gewürdigt, weil es abgeschlossen ist und nicht mehr erweitert werden kann.

Der Chor des Opernhauses war fast vollständig erschienen und trug einen Auszug von Eriks Lieblingswerk vor: Verdis Requiem. Als der Sarg auf die Lafette gesetzt wurde, erschallte stimmgewaltig die Fortissimo-Stelle: Dies irae, und der Schall hallte von den erzitternden Wänden der Kapelle wider.

Die Lafette mit dem Sarg setzte sich in Richtung Grabstelle in Bewegung, und es begann leicht zu schneien. Die Natur legte ihr Winterkleid an, und der Wagen mit Eriks Sarg hinterließ eine kleine Spur in dem frischen Schnee. Helga und Helena liefen gemeinsam hinter dem Sarg her. Sie berührten sich an den

Schultern, als wollten sie sich gegenseitig Halt geben, um den eigenen, wankenden Gang zu stabilisieren.

Erik hatte in seinem Leben mit aller Kraft versucht das *magische Dreieck*: Erwartungen der Ehefrau, Sehnsüchte von Helena, und herrschende Moralvorstellungen in einen Einklang zu bringen. Könnte er jetzt die beiden aneinander gestützten, harmonisch vereinten Frauen sehen, er hätte große Freude an dieser Zweisamkeit gehabt, die er nie erleben durfte.

Herstellung und Verlag:
BoD - Books on Demand, Norderstedt
ISBN 978-3-7448-3827-6